鎮家之寶 1

文創風 602

皓月 著

目錄

序

皓月

小時候不像現在這樣，資訊發達，生活豐富多彩。那個時候沒有電視，小孩子每天都是滿街瘋玩，大人也沒那麼多精力來管孩子。

鄉下的孩子就跟放羊似的在養，跟現在的小孩相比，雖然沒有那麼多漂亮的衣服和美食，可是自由自在，也沒那麼多的壓力，當然幹活是必須的，畢竟家家經濟都不富裕。

年紀稍大一些，對外面的世界多了一分渴望，可是大人都忙於生計，哪有時間帶孩子出來。不說他們沒那個心情，條件也不允許。

所以能瞭解外面的世界，只有書。那時最快樂的事就是去找書看，這樣能讓我瞭解外面的世界，也能打發無聊的時光。只是家裡也沒那麼多書可以看，更別說是花錢買了。那個時候年紀小，沒認多少字，不過這也不耽誤，沒字典，就按照文章的內容猜，反正學了些字，大致能看明白。

現在想想，我還是覺得小時候的時光是最快樂，這段經歷也成為人生中的寶貴財富，也為我以後寫文打下基礎。

那個時候曾有一個夢想，如果我可以寫一本書該有多好，不過這個兒時的夢隨著時間的流逝，一點點被淡忘了。

不停的讀書、做老師和家長眼裡的乖乖女，讀完大學，接著就是工作，在快步調的生活下，各種壓力和競爭讓人停不下來，甚至很少有閒暇去回首往事，更別說是看我曾經最喜歡的書。

終於有一天，我發現自己已經快要忘記最初的夢想是什麼。

冷靜過後，我重新拿起筆，開始為兒時的夢想再次上路。

兒時見過太多的傳統女性，她們善良而隱忍，為了這個家庭奉獻自己的一生，無怨無悔。我之所以寫《鎮家之寶》，也是想嘗試透過小說來表現另外一種中國傳統女性。

如果讓你的人生重來一次，你會怎麼做？這問題問一千個人，或許會有一千種答案。每個人心裡或多或少都有些缺憾，於是我抱著這個心態，寫下文中的女主角雲水瑤，她的人生也不完美，甚至有許多缺憾，沒有正經的身分和家庭，連自己和孩子的性命都守護不了。經歷過一世，再次歸來，她沒想別的，只想尋找真相和自己的根。

她堅強、勇敢，在尋親的路上歷經磨難，即便這樣，她依然沒有放棄初衷，只為一家人團聚。雖然表面上有些反叛而不合時流，可她的骨子裡卻有傳統的一面，就好像我見過的那些傳統女性，為了家庭、為了孩子，隱忍而堅強，撐起一片天空。

有些人說，主角就像是自己的孩子，可是我想說，女主角更像是我的朋友或是我努力的方向，她的一言一行、一顰一笑，我都會為她揪心，也會為她流淚。雖然困難重重，可我更希望她能成為強者，尤其是在那樣的環境中，只有強者才能生存，而不是像菟絲花那樣，依附於別人。

說了這麼多，還請大家在書中慢慢的尋找答案吧！

希望看了這本書的讀者，能夠從水瑤這一路經歷中，學會克服心中的恐懼，勇敢追求更美好的生活，實現自己的夢想。即便人生不能重來，也不需懊惱，畢竟這就是生活，沒那麼多玄幻。

不過我們可以放緩疾行的腳步，坐下來好好休息，喝一杯茶、看一本書，欣賞周圍的風景，再打起精神繼續奮鬥也不遲。

楔子

一座宅院的偏角，此刻屋裡正傳出女人痛苦的呻吟聲，剛剛產婆餵了她一碗參湯，按理說現在她應該有力氣了，可為什麼眼睛會越來越模糊？

雲水瑤指著產婆，雙眼怒瞪。「妳——」

後面的話還沒說出來，胳膊已經無力地垂下，到死眼睛都沒閉上。

很快的，水瑤就發現自己竟然飄在半空中，望著自己的身體，她拚命想回去，她的孩子還沒生下來呢。

可惜一切都是徒勞，她已經死了，根本就回不去了。

她看著產婆幫自己合上雙眼。「妳別怪我，要怪就怪你們家夫人。」

水瑤飄到隔壁屋子，看到夫人聽小丫頭說她死了，臉上竟然露出釋然的微笑。

「死了好，以後我眼前又清淨了不少。去告訴三爺，就說他的姨娘難產而死，孩子也沒了。」

水瑤要是再不知道怎麼回事，她就是傻子了。她想衝過去狠狠搧這個女人兩巴掌，她想質問她，都是女人，何苦互相為難？

可惜，她的身體竟然從夫人身上穿行過去，她連打人都做不到。

她看到夫人臉上露出似悲似喜的表情，喃喃自語道：「以後少了一個女人跟我爭男人了，真好。」

她的心莫名感到悲傷，她也不想跟別人的女人爭男人，她也是被男人騙了。

當初在妓院裡，她想盡辦法從恩客身上學到一些東西，就只等以後有機會出去，她可以自己立足。

誰想到，那男人在這個時候出現了。一個溫柔多情的公子，對她好，還肯為她贖身，她以為遇到這輩子可以託付終身的人。

誰知道帶她回家之後，他不僅有正妻，連妾也是接二連三地抬進門，當初的溫柔和承諾全都變了。她想過離開，可她的賣身契在男人手裡，她根本走不了。

她只能躲在自己的小院子裡，戰戰兢兢的活在夫人的陰影下，原本還想著生一個孩子，可以陪她度過無盡長夜。可惜，孩子沒生下來，她也丟了性命。

她心裡暗自嘆口氣，跟著小丫頭又飄走了，看到她的男人趙家三爺，正跟他新抬進門的姨娘在紅袖添香。

那男人在聽到她死亡的消息後，竟然只是嘆口氣。「爺我也不差她這一個孩子，沒了她，以後還有別的女人為我生孩子。妳下去吧！」

聽到這裡，水瑤不由得想流淚。這就是她瞎了眼跟的男人，如果有來世，她只求一生一世一雙人。

失魂落魄的水瑤一路飄了出去，這地方她待夠了，她終於可以離開了。

可是離開這裡，她又不知道該去哪裡。

李家嗎？雖說那是她養母家，可就是那些人把她推進火坑，她寧願這輩子都不認識這些畜生。

飄著飄著，她來到曾經待過的妓院。這裡依舊很熱鬧，那個告訴她某處機關結構的酒鬼還如從前一樣，搖搖晃晃地拎著酒瓶走進妓院裡。

看著一張張似曾相識的臉，水瑤悲從中來。雖然在這裡學了不少東西，可也承載了太多的苦難。

突然，空中一道金光閃過，水瑤好像被什麼東西吸住似的，魂魄也隨即消失在空中。

天空莫名其妙下起雪，洋洋灑灑地飄落在人間，地上的一切已經被白雪覆蓋，沒人知道曾經有這麼一個年輕女子在這樣的夜晚失去了孩子，沒了性命。

天空烏雲密布，山路上兩輛馬車疾馳著，一些騎馬的男人跟在馬車旁，後面則有一群黑衣人帶著兵器，緊追不捨。

「娘，我怕！」

八歲的雲水瑤嚇得一頭鑽到母親懷裡，小小的身軀瑟瑟發抖。

洛千雪一手抱著四歲的龍鳳胎，一手摟著驚慌失措的閨女，臉上同樣滿是驚恐。

估計是年紀小的緣故，小雲崢不大明白外面究竟發生了什麼事，只在娘的懷裡，伸出小手拍拍水瑤的胳膊。「姊姊，不怕。」

馬車旁的護衛已經跟追著他們的人交起手，聽那打鬥聲音，水瑤嚇得只想哭，不過她沒敢哭出來，就怕嚇到方才安慰她的弟弟。

「夫人，這樣下去可不行，咱們還是分兩頭走吧。」

洛千雪摟著懷裡一對兒女，眼淚不由流了下來。三個孩子都是她的心頭寶，哪一個她都捨不得，可目前的情況已經由不得她選擇，對方是什麼來路她根本就不清楚，走一個是一個。

「小姐，讓小小姐跟我走，您帶小少爺他們上另外一輛車走！」嬤嬤趕緊道。

洛千雪也知道時間容不得她猶豫，因為外面已經再次響起護衛們的催促聲。

「嬤嬤，這銀子妳先拿著，留著當盤纏，帶好水瑤。瑤兒，記住要聽嬤嬤的話，娘在下一個驛站等妳們。」

洛千雪緊緊抱了下水瑤，抱著一對兒女下了車，根本就沒法去看身後那伸著小手要娘的女兒。她現在必須做出選擇，雖然她不知道他們母子幾個誰能活下來，可是總比一個都保不住要好。

「娘！」

在水瑤的聲聲呼喚中，兩輛馬車同時奔向不同的方向，老嬤嬤抱緊懷裡的水瑤低聲安慰著，可她心裡也感到無邊的恐懼。
母女二人就這樣匆匆分別了，連句道別的話都沒有。
此刻馬車就像離弦的箭，飛快地在山路間奔馳，老嬤嬤抱著小主子，內心不斷祈禱。
可惜，老天爺似乎沒有聽到老嬤嬤的期盼，後面追著他們的人立刻趕到了。
「快走！」
護衛們只留下這句話，人就迎了上去，可這四個人哪裡是黑衣人的對手，幾個來回，四人相繼倒下。馬車裡的老嬤嬤抱緊水瑤，拚命催促馬車快點趕。
車夫慌不擇路，根本就沒看到前面的路況，等他發現時已經離斷崖近在咫尺，剛想勒住韁繩，可馬卻像突然受了驚似的，高高抬起蹄子，不受控制地衝向前方。
水瑤和嬤嬤突然失去平衡，直接撞到車廂上，水瑤的腦袋都撞出血來，老嬤嬤更嚴重，人直接飛出車外。
「嬤嬤！」水瑤伸出小手想去拉，可隨著慣性，她也飛出車外，嚇得她緊緊閉上眼睛，等待落地的那一刻。
她不知道的是，頭上的血把她脖子上的墜子染紅，隨後一道柔和的光將她緊緊裹住，直到她緩緩落地後，那道光由白色變為紅色，慢慢消失。
隨之消失的還有她頭上的傷口，彷彿之前的一切根本就沒發生過。

雲水瑤悠悠醒轉，立刻被眼前這一切嚇懵了——這是什麼狀況？

她低頭看了看明顯屬於小女孩的身體。難不成她回來了？

剛抬起頭，就聽到周圍有石頭落地的聲音，她趕緊躲到崖壁下，接著大塊的石頭和暗器從空中落下。

頭頂上突然響起幾個男人的談話聲。「大哥，這人肯定死了，你看這麼高的懸崖，不說女人和孩子，估計就連咱們哥幾個下去都未必能活命。就算有人活著，就咱們這麼個砸法，活人估計早該被砸死了。咱們還是走吧，也不知道另外一路兄弟怎麼樣了……」

水瑤沒聽到其他聲音，猜想這些人應該離開了，或是他們還在觀察，看看下面是否還有人活著。

她依然一動不動，眼神呆呆地望著遠處，一邊消化腦海裡的記憶，一邊在想她為什麼會來到這裡？

她記得前一刻她還在產房裡生孩子，當時她力氣用盡，主母讓人送來一碗參湯……想到那碗參湯，她的眼睛頓時噴出怒火。就是那碗參湯有問題才會害死她，連孩子也沒了！

想到這裡，她眼淚止不住地流下來。她可憐的孩子，連這個世上是什麼樣都沒看到，就這樣糊裡糊塗的喪命了。

感傷的同時，她也在琢磨眼前這一切。之前發生的事她不是很明白，不過脖子上那個護身符隱隱發燙，讓她多少有些意識到是怎麼回事。當初舅舅給她戴上時曾告訴過她，這是洛家的傳家寶，可以保佑人生命無憂。

「行了，既然沒什麼動靜，這些人肯定已完蛋，回去咱們也可以交差了。」水瑤聽到上方傳來那些人的聲音。

她等了一會兒才起身，看到前方嬤嬤和車夫的屍體，大概也明白前因後果。

她找來一些石頭堆在兩人的屍體上，算是給兩人做了一個墳，依照目前的情況，她也只能做到這些。

她跪下給老嬤嬤他們磕了一個響頭。「嬤嬤、伯伯，等我長大了，再給你們重新立碑祭拜你們。」

接著她走到摔落的馬車旁，收拾了下車裡的東西，將一個包袱揹在肩上。

這地方她不是很熟悉，記憶中沒來過這裡，也不知當初她是怎麼被養母撿到的。

可現在她重活了一次，那就要好好選擇自己的人生。

不過命運真的很奇妙，就在她以為自己要死在這深山老林的時候，恍惚間竟看到一張熟悉的面孔。她不由暗嘆，命運真的跟她開了一個玩笑……

鄭素娥一大清早就被家裡的婆婆給攆到山裡採蘑菇。

由於這東西能賣銀子，山邊的蘑菇都被人採光了，她只能往密林深處走。因為有野獸的關係，一般很少有人光顧，所以她才壯著膽子進來，只是沒想到會在這裡見到一個暈倒的女孩子。

鄭素娥揹著她下山，走了一路也累了，剛把水瑤放下來，水瑤就清醒了。

看到這張久違的熟悉面孔，水瑤的眼淚不由自主地流下來。

這就是她的養母。

前世好像也是半路出事，那時和母親、弟弟妹妹們都走散了，後來不知怎的被鄭素娥撿回家收養，那也是她厄運開始的地方。

既然躲不過，那就只能正面迎敵了！

第一章

「娘。」

鄭素娥身體一僵，她不是沒做過娘，她有一個兒子，可是這小姑娘這一聲娘喊得她的心都跟著顫了顫，好像某根弦被撥動了。

「姑娘，妳是從哪裡來的，這到底是怎麼回事？」

水瑤也發覺自己好像有些唐突了，她有記憶，可是養母並沒有，心裡有些小小的失落，不過還是強打起精神編故事。

「姨，我父母沒了，是來投靠親戚的，沒想到送我來的人半路就把我丟下，我迷路了，身上也沒吃的，所以就……」

鄭素娥哪知道水瑤的底細，小姑娘說什麼她就信什麼，心裡替這個孩子感到可憐，這麼小就失去雙親，還不如她呢。

「那妳以後怎麼辦？」

水瑤搖搖頭。「我也不知道。」

「那妳為啥喊我娘，我跟妳娘長得很像？」

水瑤苦笑一聲。「不是像，幾乎是一模一樣。」

這句話讓鄭素娥心裡有種念頭，這就是她的閨女，那個沒緣見面的閨女過來找她了。她摸摸水瑤的臉蛋，愛憐地抱在懷裡。「丫頭，妳叫啥名字？」

「水瑤。」

鄭素娥聽到這個名字，手都顫抖了。這就是她閨女啊，她當初給孩子取名時就是用這個名字，是不是她們倆前世有緣，這個孩子代替自己的閨女來看她了？

水瑤當然知道鄭素娥在想什麼，養母當初生了一對雙胞胎姊弟，只是不知怎麼著，那個女孩死了。她不知道的是，她的名字剛好和鄭素娥心裡取的名字一樣，所以初次見到水瑤，鄭素娥就沒來由地把這孩子當成自己的閨女了。

「丫頭，咱們回家，以後我就是妳娘了。」

話雖如此，鄭素娥也沒敢直接把水瑤帶回去，而是把她送到花嬸家裡，她再回去跟家裡說一聲，畢竟這個家不是她做主。

在花嬸家簡單吃了點東西，水瑤有些等不及了，主要是擔心自己的養母。在李家，唯有養母是真心待她，而李家其他人怎麼樣，她心裡很清楚。

原本不想再回去的，可是命運又讓她回到這個地方，她無法抗拒，而且許多恩怨還沒了結，就算要去尋找親人，也必須先找到一個安身之處。

她急匆匆地跟著花嬸趕往李家，越是靠近那個曾經住了很多年的地方，心裡就越發忐忑不安，這裡留有她太多的記憶。

李家門口已經站了不少人，水瑤心裡一沈，趕緊擠開人群衝進去，就見鄭素娥正被李家母女壓在地上打，一邊哭泣一邊哀求。

「住手！」

李錢氏抬頭看了一眼。「誰家的丫頭片子敢過來管閒事？趕緊領走！老娘教訓自己的兒媳婦，妳算哪根蔥！」

水瑤哪會讓她繼續抽打鄭素娥，回頭求助眾人，可大家都畏懼李錢氏的威名，想當初為了一點小事，這老太太可以圍著人家罵三天三夜，就這本事，誰也不敢惹。

看水瑤衝過來，李錢氏大手一揮，直接就把她推倒在地上。

花嬸趕緊扶起水瑤，上前勸阻。「她嬸子，妳這是幹啥啊？自家媳婦也沒妳這麼個教訓法，妳也不怕人笑話，妳老了不指望媳婦伺候妳了？」

李錢氏鼻孔一哼。「站著說話不腰疼，我教訓媳婦還有錯了？誰讓她沒事給我惹事，這樣的騷蹄子就是欠收拾。妳也別說我了，不知道誰前兩天還跟媳婦吵架呢！」

人群裡不知誰突然說了一句。「妳這麼對待人家閨女，就不怕遭了報應？」

老太太哪是能讓人說的主，立刻反駁。「我呸！沒長眼的東西，管天管地還管到我們家裡來了，是不是你跟這個賤人有一腿？」

頓時那個男人噤了聲。誰敢管啊，白惹一身騷回去，沒事也被這老太太造謠成有事了。

水瑤急了，急匆匆跑進廚房，這地方沒有誰比她更熟悉的。她拿出一截燒著的柴火，衝著李錢氏就奔過去。

李錢氏想躲，可畢竟上了年紀，動作不很靈活，被水瑤手裡的柴火燒到衣服，在地上打起滾。「啊——」

聽到老娘的喊聲，李佳巧猛地轉過頭來，也被水瑤這氣勢嚇了一跳，趕緊從鄭素娥身上爬起來，屁滾尿流地往她老娘身後躲。

水瑤怒瞪這兩人，一手拿著還在燃燒的柴火，一手拉起鄭素娥。「娘，妳沒事吧？」

水瑤這一聲娘，讓這娘倆頓時一愣。敢情鄭素娥回來說的就是這個死丫頭？難怪啊，就這狐媚的樣子，就是傻子也動心了。

「好個騷蹄子，就是妳挑撥我家媳婦回來鬧騰的？我打死妳！」

話是這麼說，可是娘倆誰也不敢靠前。

「哼，妳們憑啥？我跟妳們不沾親不帶故，妳打我試試，我立刻報官去，看誰再敢欺負我娘！」

水瑤手中的柴火指向李錢氏母女，雖然只是一個八歲的小身板，可是歷經兩世，這氣勢早已超出一個孩子能夠表露的。

「好！」

人群中不知是誰突然喊出這麼一句，老太太不敢跟水瑤叫板，可是罵人她在行。

「哪個癟犢子養的跟著瞎起哄?!」

鄭素娥期期艾艾地說道：「娘，這就是我跟妳說的那個孩子……」

老太太八字眉一挑。「我呸！我們家倒了八輩子楣才娶了妳這個喪門星，人家撿金撿銀，妳倒好，給我撿個狐媚子回來，這事沒得商量，哪來的滾哪去！」

「娘，這是怎麼回事啊，我剛去拿個繡樣，家裡就出事了？」

其實李佳玉已經站在外面有一會兒，也從身邊的人嘴裡知道個大概，所以在她老娘還沒鬧出大事前趕緊走進來阻止。

「丫頭，沒妳啥事，快回屋去，妳嫂子太不像話，根本就沒把我這個老人放在眼裡，還想收養這個臭丫頭！妳看看，一進門就喊打喊殺的，這樣的人留著也是禍害。」

水瑤剛想開口，突然人群中讓開一條道，看到來人，水瑤不由得想笑。

真是來得及時，她正想找這個人呢。

「村長來了！」

不知是誰喊了一句，讓剛想開口罵人的李錢氏差點被口水噎到。

李大富皺著眉頭。「嬸子，妳又怎麼了，弟妹就算好脾氣，妳也不能這樣，三天兩頭的吵，再這樣下去，村裡的風氣可要被帶壞了。」

對李大富，李錢氏當然得敬重點，好歹他是村長。

剛想開口，李佳玉湊到她跟前低語了兩句，李大富就看到老太太的眼睛開始放光，那眼睛滴溜溜地在院子裡這個小姑娘身上打轉，心裡暗道不好，恐怕這老貨要打這個孩子的主意。

水瑤怎麼可能沒看到這娘倆的小動作，這個李佳玉雖然面上不顯山不露水，可卻憋著滿肚子壞水。

她搶先一步跪倒在李大富面前。「村長伯伯，水瑤初來乍到，還請您多多照顧。我跟這位嬸子投緣，我也沒父沒母，所以想認她做乾娘，但我跟李家的人沒什麼關係，希望今天您老能幫我做個見證。」

鄭素娥被水瑤的一番話給弄糊塗了，認她做乾娘，怎麼跟李家的人沒關係呢，這孩子傻了不成？

李大富眼中精光一閃，上下打量這個陌生的孩子，見她眼光靈動，皮膚白嫩，雖然穿著普通，可說話方式和做的事可不像是普通人家能養出來的。

簡單問了水瑤幾個問題之後，李大富若有所思的看她一眼。「小姑娘，妳說跟李家沒關係，那以後妳怎麼生活？妳現在還是個孩子，妳覺得妳能養活自己？」

水瑤很認真的點頭。「可以，只是我沒地方住，所以我需要一個住的地方。」

李錢氏迫不及待打斷水瑤的話。「村長，你別聽一個孩崽子的話，她一個小姑娘家家的哪能一個人住？既然老三媳婦認了她，那就是我們家的孩子，我們也不能眼睜睜看著孩子餓死。」

水瑤冷哼一聲，一臉調侃。「怎麼，老太太，現在後悔了？剛才誰打我娘來著？是誰說不想要我這個小兔崽子來著？哼，妳不要，我還不想在你們家裡待著，本來咱們倆也沒什麼關係。」

李錢氏哪會放棄這馬上要到手的肥肉，既然跟這個小丫頭片子說不通，那就跟李大富商量。

李錢氏巴拉巴拉的說著她的理由，李大富都還沒開口表態，得知消息的李家人就紛紛從人群裡擠了進來。

「喲，這是哪裡來的漂亮丫頭啊，娘，這是咱們家客人？」

李家二兒媳婦孟香草滿臉帶笑地走過來，一臉慈愛的想去拉水瑤的手，不過讓一臉戒備的水瑤躲了過去。

「我可不是你們家的客人，我是路過的。」

李老頭看了一眼三兒媳婦。「素娥，聽說這孩子是妳認的閨女？」

鄭素娥猶豫了一下，看看水瑤再看看李家的人。她不知道該怎麼說，這孩子只是喊她娘，人家還沒說要跟他們一起生活呢，況且剛才這一齣讓她心裡無端升起恐懼，這個孩子真的適合在這個家生活嗎？

「爹，是我想收養這孩子，還沒跟她商量。」

李大富笑著把話茬接了過來。「叔，剛才孩子說了，不跟你們家生活，人家只是單純想認素娥做乾娘。這事不管怎麼說，還是要尊重人家孩子的選擇，你說呢？」

在場的人都不傻，眼前這女孩子不小了，現在訂親都可以，還能收一筆銀子，若要養幾年幫家裡幹些活再嫁出去，也不會賠本。

不過這是善良人心裡的想法，李家人打的主意可大著呢。

李家大媳婦班巧鳳聽到外面的人小聲議論著，眼睛一轉，頓時眉眼帶笑地開口了。

「咳，還當是啥事，也沒啥大不了的，大夥兒都散了吧，這事我們再商量商量。」

人群裡有人冷哼一聲。「李家的，別欺負人家孩子小，沒爹沒娘已經夠命苦了，就別強逼人家留下來了。」

李錢氏被人戳穿了心思，跳著腳開罵。「妳個瞎婆子，關妳啥事？跟著摻合啥啊？難怪沒兒沒女，老天爺都開眼著呢！」

瞎婆子氣得指著李錢氏，好半天說不出話來。

水瑤卻笑了，瞎婆子姓夏，人其實不瞎，只是一隻眼睛視力不大好，沒兒沒女，老頭子去世得早，留下她一個孤老婆子，平時靠姪子們幫襯著，雖然不至於餓死，可是日子過得也清貧。

上一世她可沒少得過這個婆婆的關照，沒飯吃的時候，都是這個夏婆婆偷偷給她東西吃的。

「婆婆，我能跟妳住一起嗎？我要去找親戚，可暫時找不到，等我找到親戚之後就離開，肯定不給妳添麻煩，我還能自己掙吃的。」

看著眼前滿是期待的眼神，夏婆婆眼睛有些發紅。她都這麼大年紀了，不拖累人就行，竟還有人願意跟她住。

「丫頭，若妳不嫌棄，那咱們祖孫倆就做個伴。放心，婆婆可不像某些人心懷鬼胎，等找到妳家親戚妳就走吧。」

李大富也認為這樣最好，小姑娘留在李家的確不適合，跟夏婆婆在一起或許是最好的選擇。

「丫頭，妳想好了？」

水瑤認真點頭。「村長伯伯，我決定就住在婆婆家裡。」然後轉過頭來對鄭素娥道：「娘，雖然我不住在你們家，但我還是妳的閨女。」

李家二兒子李仲春有些著急了。「村長，這不大適合吧，你說我弟妹撿回來的孩子，怎還讓別人家養？要說起來，我三弟妹對這孩子可是有救命之恩呢。」

「可不是，要真論起來，這救命恩情最大。小丫頭，知恩圖報這道理妳應該知道吧？」孟香草衝水瑤眨眨眼，眼神也在上下打量著，想從水瑤的穿戴上找出值錢的東西。

不過水瑤這一身貧民裝扮還是讓她失望了，雖然衣服沒有補丁，可身上一點首飾都沒有，手上雖戴了個鐲子，看起來卻像是木頭做的。

李大富看了半天熱鬧，在李家人還想據理力爭時開口了。「叔，既然這孩子和夏大娘投緣，那就讓她們倆住一起吧，你們要是真有這個心，以後讓弟妹多照顧這孩子就行了，你說呢？」

村長都發話了，李家人就算真有別的想法，也不好在這個時候繼續遊說，不過一個個看水瑤的眼神好像在扒她的衣服似的。

水瑤心想總算擺脫這些吸血鬼了，雖然不住在李家，但是一個屯子裡住著，她以後還是可以幫到養母。

水瑤的包袱還留在花嬸家裡，夏婆婆先回家給水瑤收拾住的地方，鄭素娥和花嬸則陪她走了一趟。

「唉，本來好好的一件事，結果妳看妳婆婆他們！素娥，妳沒事吧？」

鄭素娥苦笑了聲。「嫂子，我都習慣了。算了，別提他們了，一會兒我得出去找孩子去，也不知道鐵蛋到哪兒去了。」

臨走時，水瑤拉著鄭素娥的手，一臉認真。「娘，妳得為自己活，那些人不值得妳這麼付出，他們的心都是黑的。」

一個孩子都看得這麼透澈，夏婆婆不禁感嘆。「素娥，妳聽大娘一句，長點心眼，不為自己，也得為孩子考慮。李家那些人……嘖嘖，都沒長心啊！」

第二章

水瑤才不管李家現在是什麼情況，她正愁著以後的事情。夏婆婆的日子過得苦，她留在這裡要是不買點糧食回來，只會給人家增添負擔。

夏婆婆看到水瑤在屋裡坐著發呆，她也發愁，好人容易做，可是以後她拿啥養活這個孩子？

「夏奶奶，這點銀子妳先拿著，就當是我這段日子住在妳這裡的生活費。」

夏婆婆被水瑤這一出手給嚇一跳。「可別，我哪能要妳的銀子，妳一個人也不容易，留著防身用吧，一旦找到親戚，沒個銀子傍身可怎麼辦？」

她這話說得也是實心實意，孩子命苦，遇人不淑，到她這裡，再要人家孩子的銀子，她成什麼人了？

水瑤不由分說地把銀子塞到她手裡。「夏奶奶，我也不確定能在妳這裡住多久，或許很多年，也或許很快就離開，可是不管怎麼樣，我總得要吃飯吧？這銀子妳拿著，不多，就是一份心意。明天是不是有集市，咱們出去買點糧食回來。」

水瑤把話說得明白，夏婆婆豈會不知這孩子是個心思通透的人？

她嘆口氣，拍拍水瑤的手。「好孩子，奶奶就厚著臉皮收下了，有啥需要的就跟奶奶說，能辦的就給妳置辦。」

看著手裡這三兩銀子，老太太心想有這個打底，這個冬天她們兩人就不難過了。

水瑤琢磨半天，終於想起一個人，這人在前世可是老鴇的打手，不過這個人也最忠心、最穩妥，她仔細回想了下當初聽到的消息，心裡暗自下了決定。

晚上，鄭素娥帶著兒子鐵蛋過來看水瑤，順便讓兒子也見見這個妹妹。

看到前世的哥哥，水瑤眼淚差點都要流出來。養母去了之後，就是靠這個兄長照顧她長大，可終究還是沒躲過李家人的毒手，後來聽說哥哥的日子也不好過。

鐵蛋看到水瑤第一眼就覺得這個妹妹可愛又漂亮，就沒見過比她還好看的女娃兒。小傢伙還有些害羞，不過水瑤覺得親切，拉著鐵蛋的手哥哥長、哥哥短地喊著。

「唉，有鐵蛋在，至少水瑤還有個伴，我這孤老婆子也不能天天陪著孩子，素娥，以後我有啥想不到的地方，妳多提醒著點……」

鄭素娥也不敢在這裡多待，家裡的人一個個看她都陰陽怪氣的，她不想再因為這個引來不必要的麻煩。

「水瑤，等鐵蛋他爹回來了，我再帶他過來看妳，娘先帶哥哥回去了。」

夏婆婆送走這娘倆才嘆口氣。「丫頭啊，以後要是不走的話，好好跟妳娘他們兩個相處。妳素娥娘不容易啊，當年生了個閨女，孩子卻沒了，讓身體落下病根，這些年一直就沒生養。奶奶要是有一天走了，至少有妳鐵蛋哥哥跟妳作伴，將來嫁人了，有個娘家哥哥在，好歹在婆家還有個依仗。」

水瑤雖然沒說什麼，可是她心裡都明白。「夏奶奶，別說喪氣話，咱們趕緊休息，明天一早還得趕路呢。」

到鎮上趕集，村裡的人大多都是用走的，不是所有人家裡都買得起牛車。

夏婆婆擔心水瑤不適應這麼遠的路程，一大清早就帶她去找有牛車的人家，這樣可以搭人家的便車過去。

看到山腳下多了一處房子，水瑤心裡有些疑惑。記憶中這裡沒有房子啊，怎麼會突然多了一戶人家？

「夏奶奶，這是誰家啊？」

夏婆婆看了一眼，搖搖頭。「不認識，才搬來沒多久，只見過幾面，跟村子裡的人也不大走動，聽說是個老太太帶著孫子住在這裡，平時也不怎麼出來。」

這事水瑤並沒有放在心上，這一世和前世相比改變得太多，多幾個人根本就影響不了什麼，她最關心的還是自己的親人。

夏婆婆找的是孫三葉和周大柱他們家，周家有牛車，而且這兩口子心地好，不是個愛計較的人。

「大娘，可就等妳們了。」

瞧見她們兩人，孫三葉熱情地招呼她們上車。老太太趕集不僅是為了買糧食，順道還把家裡攢的雞蛋和青菜拿到鎮裡去換點錢。

「喲，這就派上用場了，瞎婆子，我就說妳怎麼那麼好心呢，敢情這半大的小丫頭能幹不少活呢！」看到水瑤幫老太太拎東西，李錢氏妒忌地道。到嘴的肥肉愣是飛了，她越看越不甘心，這都是銀子啊！

夏婆婆懶得理會李錢氏的酸言酸語，這人就那樣，到手的不珍惜，沒了還妒忌。

「三葉，又麻煩你們了，我今天帶水瑤去鎮裡看看，以後我走不動了，就得讓這孩子出去跑了，免不了要麻煩你們。」

水瑤親熱地打招呼，前世她也沒少得他們的照顧。

「呀，水瑤，快過來，到我這邊坐。」孫三葉的女兒芽兒熱情招呼道。

水瑤心裡暗嘆，芽兒姐一直沒變，不管是前世還是今生，對她還真是沒話說。

水瑤拉著夏婆婆坐到芽兒身邊，李佳玉好像這時才看到水瑤來了似，一臉帶笑。

「水瑤，我是妳姑姑，以後有空到奶奶家玩，別人再親也沒咱們親，妳說是不是？」

水瑤白了她一眼。「昨天我好像說得明明白白，我跟你們李家人沒關係，別亂攀親戚。」

李佳玉還沒遇過這樣對她說話的人，臊得滿臉通紅。

李錢氏又說了些不中聽的話，不過水瑤和夏婆婆誰也沒理那個茬，把自己弄得訕訕的。

到了鎮上，水瑤讓周大柱兩口幫忙關照一下，她得出去辦正事。

「這丫頭怎一個人走了，大娘，這樣行嗎？」

夏婆婆不是很擔心水瑤。「孩子心裡著急，想早點找到親戚，既然能從山裡走出來，想必這也難不倒她。放心吧，也不是兩、三歲的孩子，鼻子下面不還有嘴嘛，再說你看她像是找不到地方的人嗎？走吧！」

水瑤直接往她當初聽說的地方走去，在被老鴇發現之前，徐五只是街頭的一個小乞丐，她遇到徐五時，他恰好生病，沒銀子醫治，所以老鴇就成了他的救命恩人。

算算日子，差不多也就這前後的事，希望能趕在老鴇之前救走這人，目前她需要這個幫手。

街頭拐角處，一個蓬頭垢面的乞丐引起她的注意，雖看不清楚長相，不過看對方的腿都生蛆了，招得蒼蠅都圍著打轉，她心裡隱隱有種感覺，這個人或許就是她要找的人。

「你叫什麼名字？」

徐五正餓著肚子等夥伴們給他送吃的，聽到一聲清脆的聲音，還以為是跟別人說話，也沒理會。

水瑤眉頭一皺，再次詢問。「喂，你叫啥名字？是否姓徐？」

這話一出可讓徐五驚呆了，這人是在問他呢。他抬起頭看向水瑤，見是一個俏生生的小丫頭。

「我就是徐五，妳找我？」

水瑤笑了。「你就是徐五啊，剛才聽一個小乞丐說起你，所以我就好奇過來看看，你這腿要是再不治療的話，看是保不住了。」

徐五苦笑一聲。「我一個乞丐，上哪兒弄錢治去？能吃個飽飯我就阿彌陀佛了，小姑娘，哪來的就哪去吧，小心蛆爬到妳身上，那可就不好玩了。」

水瑤笑笑。「我還不至於膽小到你說的那種地步，能過來找你，肯定不會沒事看你笑話的。要不這樣，我出銀子給你治病。」

徐五猛然抬起頭，一臉不解。他自認自己沒那麼大的魅力，能讓一個好看的小姑娘出銀子給他治病，他都等這麼多天了，別說討錢，就連口吃的都沒討到，人家看到他這副模樣，早就嚇跑了，哪還有人肯往前湊？

「姑娘，妳沒開玩笑吧？」

水瑤兩手一攤。「你看我像是那種無聊沒事過來找你開玩笑的人嗎？我這人也不是爛好人，幫你治病，以後你得幫我，你看行不？」

徐五苦笑一聲。「我爛命一條，能幫妳什麼？」

水瑤笑咪咪地道：「那可不見得，能不能幫到我，那得看以後，現在說什麼都沒用，先治病要緊，我帶你去治病。」

徐五眼光閃爍，頭一次遇到這麼奇怪的人，滿大街身體好的乞丐多的是，就不知道這小姑娘想讓他做啥？

水瑤招呼徐五的幾個夥伴一起把他送到附近口碑比較不錯的醫館瞧大夫，都不用對方說什麼，銀票一拍。

「人，我留在這裡，吃住都算在這裡，十天以後我過來接人，你們幾個留在這裡照顧他，有什麼事等我下次過來再說。」

聞言，徐五心裡對這個幫他的小姑娘不免感激。

水瑤囑咐完就頭也不回地走了，她還要到附近的鏢局去打聽一下驛站那邊的情況。

也是趕巧了，正好有一路鏢隊過來，可惜打聽的結果卻讓她失望，驛站離這邊不近不說，根本就沒有像她娘那麼一隊人馬在驛站裡出現過。

水瑤失魂落魄地走回來，她不知道娘他們究竟出了什麼事，是不是跟她一樣？

「丫頭，妳怎麼了？」

夏婆婆買好東西老早就在牛車上等，看到水瑤這副模樣，心都跟著揪起來。

水瑤擦擦眼淚，搖搖頭。「沒事，我沒找到親戚，也不知道什麼時候能找到人，恐怕還得繼續打擾您老了。」

「我當啥事呢，就算找不到也沒關係。妳啊，就在奶奶家住著，就多一雙筷子的事，咱們祖孫倆都有手有腳，不怕日子過不下去。」

水瑤低著頭悶悶地坐在車上，夏婆婆也怕她多尋思，忙把買來的東西跟她展示了一遍。

聽到夏婆婆的嘮叨聲，她從沈思中的思緒回過神來，她都忘了，還沒聽說見到過女人和孩子的屍體，那是不是說娘他們或許還有轉機？

這時周大柱扛著替她們買的糧食回來，孫三葉則挎著籃子跟在後面，笑意冉冉。「丫頭，找到親戚了？」

水瑤搖搖頭，看其他人還沒回來，先下車去買了些吃的回來。

「大伯、嬸子，來，咱們吃點墊墊胃。」

熱氣騰騰的包子很香也很誘人，周大柱和孫三葉肚子雖餓，可是都不好意思接這個包子。

「孩子讓你們拿著就拿著，客氣啥？水瑤這孩子心眼實誠，她喜歡什麼人，恨不得掏心掏肺，以後咱們多照顧孩子就好了。」夏婆婆看得明白，拿起包子塞到兩人手裡。

「嬸子，這個帶回去給哥哥、姊姊他們吃。別跟我客氣，以後還指望你們多照顧我呢，我是啥情況你們也知道，有不懂、不會的地方，我可不跟你們客氣。」水瑤把包著饅頭的紙包塞到孫三葉的籃子裡。

孫三葉嘆了口氣。「妳說我們這些做大人的沒給妳買口吃的，反而吃妳的，我這心怪落忍的。」

水瑤邊啃包子邊勸他們快點吃，畢竟後面的人多，她不可能一個個都給，再加上肚子是真的餓了，從昨天到現在她都只喝稀粥。

正吃著東西，就看到幾個男的在追一個半大孩子，還打起架來，周圍瞬間擠滿了人。

「咦，大柱，快去看看，那個孩子好像是才搬來的那家的！」夏婆婆叫道。

周大柱把剩下的包子塞到嘴裡，跳下車就奔過去，水瑤本來不想管閒事，可是架不住夏婆婆著急。

「夏奶奶，您在這裡等著，我去看看。」

她擠開人群，就見周大柱正跟對方理論。

「我才沒偷東西，這東西是我的，我奶奶生病了，我拿著當錢給她買藥，你們誣陷我。」那男孩道。

水瑤大概聽明白了怎麼回事，恐怕那些人看這男孩子穿得普通，卻拿著貴重的東西去當，就想訛他的銀子，不過這小孩長得還真是好，十來歲的樣子，雖然穿著一般，卻無法掩飾他不凡的相貌。

周大柱一人對上這幾個無賴，講理肯定是講不通，眼看著要打起來，水瑤趕緊開口。

「哥，你怎麼在這裡？讓你當的東西呢，怎還沒給咱奶買藥？你快點啊！」說著水瑤又看向那些人。「咦，你們這是要幹啥，為什麼拉著我哥哥不放？奶奶快不行了，你們這是要謀財害命啊?!各位叔叔、大爺大嬸們，求你們幫幫我們，我們著急等錢抓藥救命呢！」

第三章

水瑤一開口，風向立刻就變了，大家起初只是懷疑，現在看到水瑤說的話跟這個男孩子是一致的，紛紛譴責起那幾個無賴，甚至還有幾個正義感十足的，捲起袖子就想跟周大柱一起教訓對方。

邪不勝正，這幾個無賴在強大的百姓們面前只能灰溜溜地跑了。

「謝謝各位相幫，我給大家鞠躬了。」謝過眾人，水瑤拉著小男孩出了人群。

周大柱跟在後面。「子俊，你怎麼跑到這裡來了？你奶奶到底得了啥病？」

周大柱平時帶孩子上山砍柴，見過這個孩子，雖然說不上熟悉，可也算是認識。

江子俊擦擦眼淚，一臉委屈。「伯伯，我奶奶吐血了，杜郎中說要用人參，家裡沒銀子，所以我只能拿這個來當，誰知道讓人給盯上了。」

水瑤眉頭一皺，吐血可不僅是需要喝參湯這麼簡單，吃食若是沒顧好也是個問題。

她嘆口氣。「算了，先回去再說，你就算當了銀子，也未必買得起人參，不如進山看看，說不定就能找到呢。」

周大柱也是這個想法。「先別買人參了，那東西老貴不說，還不一定有用，不如留著銀子給你奶奶弄點好吃的。你先跟伯伯回去。」

江子俊雖然有些不甘，可也不得不跟著他們一起回去。

到家之後，水瑤帶著芽兒找到鐵蛋。「哥，這個你先吃，這個你留著晚上給娘吃，記得，別讓李家其他人知道，要不然娘也吃不到嘴裡。」

小傢伙猶豫了，有些不大好意思，娘認的閨女好像對他們特別好。

「讓你吃你就吃唄，扭捏啥呢！」芽兒隨她娘是個爽利的性子，一把將饅頭和包子塞到鐵蛋懷裡。

「就在這裡吃，我們看著你吃。」

水瑤和芽兒邊弄草邊聊起江子俊。「要不一會兒我帶妳到他們家看看吧。」

水瑤點點頭，之前她答應江子俊要帶他進山找人參，其實裡面有人參，只是認識的人不多，大家也不知道地方，不過她恰巧知道有一處，那還是她從崖底爬上來路過時看到的。

原本打算等沒銀子了再過來挖，可以換點錢，現在既然能救一條命，她也沒什麼捨不得，畢竟錢沒命重要。

江家住的房子也沒比夏婆婆家好多少，雖然是新房子，不過也是泥草房，屋裡的陳設就更加簡單了。

炕上躺著一位上了年紀的婦人，引起水瑤的注意，光看這面相，不像是一個農婦，跟道地的莊稼人相比，對方的皮膚要好上不少。

「奶奶，有人來看妳了。」

老婦人咳了兩聲，睜開眼睛，看到水瑤也是一愣神，不過很快就浮起笑容。「歡迎啊，快坐，家裡難得來個客人，還是貴客。子俊，快給客人倒水。」

水瑤趕緊擺擺手。「江奶奶，不用客氣了，我和芽兒姐過來看看妳，另外想跟子俊哥說一聲，明天讓他跟我一起進山，看能不能找到藥材治病。」

看老婦人實在是有氣無力的樣子，兩人也不好多留，聊了會兒就打算回去了。

「明天早上我再過來找你，晚飯你們就別做了，回頭我給你們送點過來。」

江子俊有些不好意思，家裡的確是斷糧了，問題是他自己還不怎麼會做，這兩天一直就吃紅薯配鹹菜。他可以應付，可是奶奶的身體不行，本來就勞累，現在可禁不起折騰了，所以他也沒有推拒水瑤的好意。

回到家後，水瑤把剩下的麵粉分成兩份。「夏奶奶，吃過飯，您老給兩個叔叔伯伯送過去，別因為我的到來讓你們生分了，您老就跟他們說，我不會拖累他們就行。」

老太太好笑的揉揉水瑤的頭。「妳這丫頭成精了，這事都明白。行，奶奶過去跟他們說一聲，妳也別多心，沒人會攆妳走，想住多久就住多久。」

水瑤點點頭，又道：「過兩天我可能要出門一趟，得到遠一些的地方打聽一下親戚的事，總得有個結果才行，要不我這心一直放不下。」

夏婆婆雖然有些擔心，但她也清楚眼前這孩子不是普通的孩子，她也不好多阻攔。

「行，自己多當心。」

第二天一大早，水瑤就過來找江子俊上山，兩人對這密林都不算太瞭解，摸摸索索間總算是找到了地方。幸好水瑤有準備，帶了乾糧，要不然兩人連回去的力氣都沒有。

總算沒辜負江子俊的期望，採到了人參，回來時兩人速度都加快許多，即便是這樣，水瑤也快累個半死，江子俊卻出乎她的意料，體力出奇的好。

兩人今天運氣也不錯，半路上抓了一窩的野雞和兩隻兔子，水瑤不知道江子俊會不會功夫，不過一手彈弓倒是打得挺漂亮的。

「我看以後你靠這個吃飯也不成問題了。夏奶奶家裡有雞崽，所以野雞你就拿回家養吧，兔子我帶一隻回去，蘑菇你拿一些給奶奶熬湯喝，糧食一會兒我讓夏奶奶給你們送些過去。過幾天我有些事情要去辦，有啥事等我回來再說。」

江子俊一愣。「妳要做什麼？」

水瑤苦笑一聲。「找親戚，沒找到不甘心，所以得出去一趟。」

江子俊撓撓頭，白皙的臉龐多了一抹粉紅。「要不我陪妳去吧，妳一個小姑娘也不安全。」

水瑤搖頭。「你奶奶還生著病呢，我一個人沒事，走了。」

江子俊站在原地看了許久，這個小姑娘讓他有些看不明白。

出發那天，水瑤一大清早就出門了，沒想到剛出村口就看到一個身影等在樹下。

「江子俊？你怎麼在這裡？」

小小少年修長的身姿在薄霧中竟然帶了點仙氣，讓人有些移不開眼。

「妳去找親戚，肯定得去縣城那裡，正好我也要到那邊去，咱們倆可以做個伴。」

水瑤不清楚他去縣城做什麼，不過這一路上有他陪伴，至少在她的心裡覺得自己並不孤單。

到縣城的路程可不是一般的遠，兩人沒車沒馬，都有些低估這距離了，故只能先在附近打聽，江子俊則陪著她。

一連兩天在附近詢問，得知的消息還是令人失望。

水瑤有些沮喪。「我想了想，你奶奶還生著病呢，咱們先回去吧，等有時間再出來。不過你說你要去縣城那裡，很急嗎？」

江子俊搖搖頭。「不急，我先跟妳回去吧！」

水瑤和江子俊剛走到家門口，就看到一個四十來歲的男人攙著夏婆婆往這邊走。

江子俊看到男人，先是吃驚，隨即便露出驚喜。「路伯伯！」

水瑤雖然不知道這男人跟江子俊是什麼關係，不過看樣子應該是親近的人。

「夏奶奶！」

看到水瑤，老太太也是一臉喜色。「妳這丫頭可算是回來了，怎樣，沒事吧？」

水瑤上前攙扶住夏婆婆，男人看不需要自己幫忙了，便跟水瑤點點頭，接著興奮地拉著江子俊離開。

「我沒事，不過也沒好消息。夏奶奶，那個男人是誰啊？」

夏婆婆搖搖頭。「我也不清楚，好像是江家的親戚吧，這兩天我幫著送飯，今天才看到這男人來。唉，也難為子俊這孩子了，他能陪妳出去，我也放心不少……」

第二天，芽兒找她去捉魚，也是巧了，正好碰到江子俊也在河裡撈魚，他是為他奶奶撈的。於是幾個人合作，還真的撈到不少大魚。

「昨天那個是你們家親戚啊？」水瑤問。

江子俊點頭。「他是我一個伯伯，以後會經常過來，熟了妳就認識了。」

見他沒解釋更多，水瑤便不再開口。

撈完魚，大夥兒都忙著把魚送回家去，就怕天氣熱，容易壞。

水瑤想起鐵蛋和鄭素娥，便拿著一些魚到李家。

剛進李家，就瞧見一個陌生人坐在院子裡，邊喝水邊跟鐵蛋聊天。

水瑤當然好奇這個人的身分，但從來人嘴裡知道消息之後，她的心裡驚喜交加——鄭素娥翻身的機會來了！

她先指點來人去李家的地裡找人，接著放下魚囑咐了兩句，急匆匆地離開。

「周伯伯！」水瑤一路跑到地裡去找孫三葉他們兩口子，她不大好意思麻煩村長，這事這兩個人剛好可以幫上忙。

聽完水瑤的話，周大柱驚訝道：「什麼，叔春出事了？」李叔春是李家的老三，鄭素娥的丈夫。

水瑤點頭。「我怕我娘那頭承受不住，另外我還有別的想法……」

聽完水瑤的主意，周大柱兩口子都有些吃驚。「不會吧，那是他親兒子！」

「在銀子面前，親兒子估計也沒用。這話你們先聽著，回頭讓大伯陪我走一趟。嬸子，這頭可就交給妳了，唉，也不知我娘能不能挺得住……」

孫三葉冷哼一聲。「不挺住也得挺住，說不定以後就有好日子過呢！丫頭，這事妳有成算嗎？」

水瑤眨巴眼睛，很認真地解釋。「只有一半，所以我們得努力一下，讓成功機率再高一些。」

不是她有多大的能耐，而是她前世就知道這件事，如果不出意外，李家人最終會放棄救李叔春，以至於這人被放出來後性情大變，才造成養母投繯自盡。

但她不確定這事會不會再出現變化，畢竟有些事已經改變了，故她也只有一半的把握。

果然不出水瑤所料，李家人急匆匆地趕回來，李錢氏坐在家裡就開始哭，還不敢哭太大聲，就怕被外人聽到丟臉。

個主。

「爹，我們該怎麼辦？」

李伯春著急地盯著悶頭抽菸的老爺子看。這事太大了，他雖然是老大，可是他做不了這個主。

「唉，能怎麼辦？想辦法救人啊！這事要是傳出去，咱們家名聲也完了，也不知道老三究竟偷人家啥了，按理說不會啊，他這個人挺要強的，就算窮一點，也不至於走上這條路。」

李仲春皺著眉頭。「老三也真是的，不管有沒有偷，挺大一個人了，連這點事都要人操心，還能幹啥啊！娘，想救老三不是不可以，但是那要銀子啊，人家丟的東西沒找到，肯定得讓咱們賠銀子，不給人家銀子，老三也不放出來，聽說值不少錢呢，我們上哪兒去弄那麼多的銀子？」

聞言，李錢氏也不哭了，瞪著眼睛看自家老頭。「真的啊？」

李成茂長嘆一聲。「大戶人家一點東西都能讓咱們過好些年呢，何況是特別珍貴的東西？哎，老三這回是真的惹上大麻煩了。」

老爺子一出口，孟香草和班巧鳳兩人對視一眼，都從對方的眼神裡讀出某些訊息。如果這筆銀子掏出去的話，那以後他們就得要飯了。

李伯春兄弟兩個雖然面上不顯，可是心裡盤算著，他們自己還有孩子要養活，沒銀子怎麼成？

「爹，要不明天咱們過去看看情況再說？」

李錢氏繼續哼唧著，不過沒有剛才那麼鬧騰了。

鄭素娥坐在屋裡呆呆地聽著院子裡的討論聲，思緒卻不知道飛到哪裡去了。

孩子的爹出事了，她該怎麼辦？

第四章

這一天，李家被一片愁雲慘霧所籠罩，一個個吃飯時都無精打采的。

吃完飯，孫三葉就過來了。李錢氏知道這事是瞞不住這個鄰居的，只能再三囑咐別傳出去。

「她嬸子，這事還沒搞清楚呢，妳也了解我們家老三是什麼樣的人，肯定是他們冤枉錯了人。唉，妳說咱們家怎會攤上這樣的事，可真是愁死人了……」

孫三葉都知道了，李錢氏也不怕再多說幾句，還沒好氣地衝三房的屋子呸了一聲。「那就是個喪門星，沒有她，我兒子或許還不會出事呢！占著茅坑不拉屎……」

對老太太這番謾罵，連孫三葉都聽不下去。「大娘，妳老消停點，萬一素娥想不開，你們家還不得費事啊？尤其是三兄弟趕在這浪口上，素娥就更不能出事了。行了，我先進去勸勸。」

有些話，孫三葉可不會讓李錢氏聽到。

聽見屋裡時不時傳出勸慰聲，李錢氏這才放心的出去幹活。

李家老爺子看到李叔春的時候，眼睛都紅了。看兒子被人打得差點都要認不出來了。

李叔春看到親人，不免激動。「爹，救我，我是被冤枉的啊！大哥，你快想個辦法救我出去。」

李伯春顯得比老爺子冷靜多了，讓弟弟把事情經過跟他們好好說一遍。

這事其實也簡單，也就是趕巧了，人家東家放在屋裡的玉珮不見了，而對方的下人指證只有李叔春進過那間屋子，就算不是他幹的，也是他幹的。

「真不是你幹的？」

李叔春搖搖頭。「爹，我是什麼樣的人你們還不清楚嗎？我哪有那個膽子去偷東西！你們一定要想辦法救我出去，這裡不是人待的地方。」

「行了，探視時間到了，下回再來。」

李家哥兩個還沒怎麼說到話，時間就到了，老爺子只能囑咐三兒子幾句，帶著兩個兒子匆匆離開。

下一站他們就去李叔春幹活的東家那裡，只是人家沒見他們，讓下人傳話出來：他們只要玉珮，若沒拿出玉珮，就賠償五百兩銀子。

李家父子三人垂頭喪氣地回去，頓時，五百兩銀子在李家掀起了軒然大波。

李家生活條件不算最差，可是也沒好到哪裡去。

「這也太多了，就算借都未必能借到，啥破東西會這麼值錢？這明顯就是訛人啊！」孟香草怒道。

班巧鳳對二妯娌的話倒是很贊同。「可不是，咱們家就是砸鍋賣鐵也湊不上這麼多的銀子！」

妯娌倆一唱一和，李家老大則選擇沈默。

老二李仲春跟著唉聲嘆氣。「爹，這事該怎麼辦？整個屯子裡的人都借一遍，再加上親戚，也夠不上這個數目，除非咱們借高利貸，不過那利息你也知道……」

還沒等老爺子發話，李錢氏第一個就跳出來反對。「不行，絕對不能借高利貸，那就是個無底洞，咱們幹一輩子都還不上這個數目，還會拖累子孫，這事我不答應！」

李仲春眉毛一挑，看向自己的媳婦，孟香草給丈夫一個會心的眼神。

這夫妻倆的互動可沒瞞過班巧鳳，老二兩口子都跳出來，她就不費那個勁了，還是做她的好媳婦、好大嫂。

「娘，這事也急不得，咱們慢慢想辦法，總會想到的，不管怎麼說，老三是我們兄弟，我們做哥嫂的也跟著心疼著急。」

這幾句話說得李錢氏大慰，看大兒媳婦的臉色比往常好了不少。

李佳玉在一旁悶坐半天，聽得多想得就多，加上她心思本就深，這次李叔春出事，她這心裡就一直有個擔憂。

自己馬上就要說婆家了，三哥的名聲要是傳出去，好人家誰會要她？萬一去借錢的話，她也沒什麼陪嫁了。

為了自己考慮，這借錢的事她是萬分不樂意，所以她得想辦法阻止這件事發生，至於三哥，最好人能出來，這銀子還不用他們家花。

不過想來想去，她還是沒想到適合的主意。

鄭素娥在屋裡瞧見院子裡所有人的一舉一動，昨天孫三葉跟她說的話言猶在耳，她現在內心像燃了一把火似的，燒得她喉嚨都疼。

今天有集市，一大清早江子俊就過來找水瑤。

這些日子跟水瑤相處，他發覺這女孩聰慧不說，做什麼事情跟別人都不大一樣。與她相處的時間越長，他就想瞭解得更多。

水瑤並不知道江子俊還有這樣的想法，她得先忙著掙銀子，畢竟坐吃山空可不是她的作風，人無遠慮，必有近憂，有銀子傍身，以後找人或做事也方便。

她拿起曬好的蘑菇，跟著夏婆婆和江子俊出門了。

夏婆婆知道水瑤會去打聽親戚的事，便也不管她去做什麼，只叮囑兩句。

江子俊跟水瑤打了聲招呼後也單獨行動，水瑤不願意過問人家的私事，誰沒有一點秘密呢？

看到徐五等在醫館門口，雖然還穿著之前的破衣服，腿上也還綁著紗布，可整個人的樣貌大有改觀，一身乾淨清爽，看上去陽光不少。

「小姑娘，妳就不怕我帶著剩下的銀子逃走了？」徐五一直很納悶，這小姑娘對他也太放心了點吧？

水瑤微微一笑，看向徐五的眼神多了一些調皮。「你不會。如果你走了，我頂多損失一筆銀子，卻看清楚一個人。可你的損失卻大了，你失去了一個能出人頭地的機會，更失去了一個可以帶你走得更遠的朋友，尤其是像我這樣用人不疑的人。」

她笑了笑，自我介紹。「徐五，你好，我叫雲水瑤，希望以後咱們兩個人能夠成為朋友。」

看水瑤大方地伸出手，完全沒有嫌棄他，徐五猶豫了，不過還是伸出手握住。「妳叫雲水瑤？」

水瑤點點頭。「是，以後你可以叫我水瑤。徐大哥，你現在身體怎麼樣，可以行動嗎？」

徐五燦然一笑。「那是當然，有妳的銀子在，要是還治不好，那這地方也沒有留下的必要了。水瑤，妳說說看，咱們下一步要做什麼，別跟我說妳一點打算都沒有，能找到我，妳肯定有自己的主意。」

水瑤朝他伸出了大拇指。「徐大哥，還是你聰明。來，咱們找個地方好好聊聊。」

徐五想起身上還有剩下的銀子，剛想掏出來給水瑤，卻被她攔下了。「別，一會兒我還得給你，走吧。」

這裡徐五比水瑤更熟悉，找一個適合的地方那就更不在話下了。

路上，水瑤看到一個熟悉的身影突然從街巷間閃過，那衣服好像是江子俊的？

徐五帶她到平時他們休息的地方，一間破敗不堪的房子裡。

「坐吧，別嫌棄，也就這地方最適合談話，外面人來人往，難免會被有心人給聽到。」

看到水瑤大剌剌地坐在石頭做的凳子上，徐五心裡不得不嘆服，他就喜歡跟這樣的人打交道，不像其他有錢人那樣端著架子。

「行了，那我就好好跟你說一下我的打算……」水瑤並不會告訴對方她知道以後會發生的事情，只是把要做的事情跟徐五交代。

「買糧食？可眼瞅著過不了幾個月就要秋收，這糧食價格肯定抬不上去，這樣豈不是坐等賠本嗎？」徐五不是一個什麼都不懂的人，相反的，整天混街市的人懂得比普通人要多不少。

水瑤冷靜地看著徐五的眼睛。「你按照我說的去做就行了，以後是什麼結果，你自然會看到，這些銀子也是我的所有，不算多，你儘量想辦法讓人弄，我這頭再想辦法掙點。」

看到水瑤遞給他的銀票，徐五的心有些忐忑了，這可是人家小姑娘的全部身家。在外人眼裡或許不是很多，可在徐五眼裡，那是實實在在一大筆銀子，就算他討一輩子的飯估計都要不到這麼多。

「這……」徐五眼神裡有糾結和猶豫。

水瑤則是一臉輕鬆。「徐大哥，你就放手去做，錢沒了還可以再掙。在外面你自己多當心，掙錢雖然重要，但是在我眼裡，你這個朋友比銀子更重要！」

水瑤這番話讓徐五不禁動容，同時也讓他感覺到肩上的重任。頭一次有人這麼相信自己，就衝著這份信任和恩情，他都得全力以赴去做好這件事。

「行，妳放心吧，我這邊有些兄弟正好可以幫忙，我的腿也好得差不多，妳就等著我的消息吧。」

除了這件事外，水瑤還有另一件更重要的事要找他幫忙。

這幾天，她腦海裡隱約出現母親要她分散後去中州那邊等她的念頭，雖然模模糊糊的，不知道是前世還是這一世的記憶，但她決定賭一把，不願漏掉任何一個可能。只是中州距離遙遠，她只能託徐五先幫忙打探。

「徐大哥，你去幫我打聽一下中州那裡是不是有人帶著孩子，這事做得隱秘一些，如果有消息，你趕緊派人告訴我……」

水瑤簡單跟他說了一行人的特徵之後就出來了，剛走沒幾步，就聽到有人叫她。

「咦，水瑤？」

看到江子俊，水瑤也一愣。剛才那個閃過的人影真是他？

「妳怎麼會跑到這裡來？」江子俊白皙的俊顏帶了一絲疑惑。「這區域可都是三教九流住的地方，妳一個小姑娘還是別往這個地方跑，一旦有什麼事，喊人都來不及。」

水瑤問：「那你怎麼過來了？」

他頓了頓。「我是過來看看有沒有收購皮貨的地方，咱們採蘑菇掙的都是小錢，怎麼著也得想辦法多掙點，這冬天才能好過一些。我都打聽好了，回頭咱們有東西就可以過來賣了。快走吧，說不定夏奶奶那頭該著急了。」

好在他們回來得並不算太晚，有些人去買東西還沒回來呢。周大柱見水瑤走過來，便拉著她到一旁的樹下。

「丫頭，這兩天我看李家那邊嘀嘀咕咕的，好像沒啥動作啊。」

水瑤淡淡一笑。「沒動作就對了，那麼一大筆銀子，你覺得李家人肯付？等著吧，這兩天你就能聽出端倪來，回頭咱們再去看我叔叔。」這裡的叔叔指的是李叔春，雖然她認了鄭素娥當乾娘，卻沒要認李叔春當爹。

周大柱悄悄說道：「昨天晚上妳嬸子看到李佳玉了，稍稍提點她那麼一、兩句，就不知道能不能起些作用？」

水瑤小嘴一撇。「放心，這火上澆油的事她保准幹得比誰都漂亮。」

再次見到李叔春，水瑤都不知道該形容落魄還是慘不忍睹了，前世她是沒親眼在這裡見到，可頭一次見到被關押的這人，她還是有些被嚇到了。

「兄弟，怎樣，能挺住不？」周大柱問。

李叔春看到周大柱，拉著他的手就想哭。「大哥，求求你，快跟我家裡的人說說，讓他們趕緊想辦法吧，不管是借銀子還是怎麼著，先把我弄出去再說……」

好在李叔春還知道一點——不能隨便招供。即便挨打了，可不是自己做的，他就不會屈服，只是這裡的日子他快無法忍受了。

周大柱安慰幾句，就說到重點。

「什麼，我家的人到現在也沒出去借銀子？不可能！」李叔春不相信。

「沒有什麼可不可能，這事你得有個心理準備，另外你岳母也病了，素娥是兩頭都顧不過來，沒時間過來看你，不過眼睛都哭腫了。唉，最難的還是他們娘兩個。」

水瑤在一旁定定的看著李叔春。「叔，我今天就跟你要一句話，如果你們家裡人真的不肯救你，你打算如何？」

李叔春聽到這番話，有些失神的喃喃自語。「不會，他們不會的……他們都是我的親人，不會見死不救的……」

水瑤冷哼一聲。「我就不信，你們家會一兩銀子都沒有？是不是真的，估計過兩天你就知道了，你自己好好想想吧！」

水瑤的話彷彿一把利劍，戳中李叔春的軟肋。他比誰都想得到自由，可是他無法想像自己的親人會不做任何努力就放棄。

水瑤他們的時間有限，不能在這裡逗留太久，方才還是給看守的送一壺酒，人家才肯讓他們進來。

李叔春表情頹喪。「大哥，你們幫我看著辦吧，我也沒啥主意了……」

水瑤給垂著頭的李叔春一個白眼，這個男人看著挺像一回事，其實耳根子軟，也沒什麼主見，以後她娘要靠這個人過日子，還真有些勉強。

第五章

離開看守的地方，周大柱直搖頭。「這個李叔春啊，這麼多年，真是白吃飯了。」

水瑤噗哧一笑。「伯伯，等李家人告訴他無法救他的時候，他就會知道誰好誰壞了。」她就不信李家會一點銀子都沒有。

不只她不信，李叔春也不信，別人或許不清楚，可是他心裡明白得很。

小時候他偷偷看過父母藏銀子，他是不知道有沒有五百兩，但是拿出來打點一下肯定沒問題，哪怕是先給東家，回頭再慢慢還，那也不是行不通，而且家裡的開銷他不是一點都沒頭緒，只是懶得去想罷了。

懷疑的種子在李叔春的心裡開始萌芽。

水瑤和周大柱辦完事後趕緊往回趕，因為水瑤還有一件事情要去做。

她早知道李叔春會發生這件事，為了不重蹈悲慘的結局，她已有計畫，正一步步實行，可讓養母背負那麼多債務而分家並不是她所期望的，尤其李叔春若是背上這麼一個名聲，以後想抬頭做人就更難了。

所以她得先去確認一下，是不是她來了，這事也發生變化了。好在那個地方還在，就是不知道東西還在不在，周大柱在身邊，她也沒辦法直接去看。

「這個莫地主家還真是有錢啊，妳看看人家住的房子真夠氣派的。」

兩人只是在地主家周圍轉了一圈，水瑤也清楚他們這身分想進去很難。

「走吧，聽說李家的人都沒進去，咱們就別想了，人家雖然不在乎這點銀子，但他們在乎的是面子，不找回這場子，他們是不會見的。」

周大柱也知道水瑤說得對，他就是有些捨不得李叔春，好好一個男人被打成那樣，怎麼看都於心不忍。

水瑤當然沒錯過他的表情。「放心，他死不了，受點苦也好，讓他知道天天被人打是什麼滋味，要不然我娘這罪沒人能體會。」

周大柱好笑的搖搖頭。「妳這丫頭，也就妳能想到這一點。行了，咱們走吧。」

剛要轉身，突然身後響起一道清脆的喊聲。「站住！妳是誰家的？過來陪我玩！」

水瑤轉過頭，發現一個胖乎乎的小男孩站在門口，年紀跟她差不多大，圓圓的眼睛，虎頭虎腦的挺可愛。

見水瑤沒吭聲，小男孩又開口。「說的就是妳，過來陪我玩，我給妳好吃的。」

周大柱看出點端倪了，這小孩從地主家出來，衣著不凡，看樣子應該是小少爺，這個人他們可得罪不起。

誰知水瑤竟出乎他的意料，朝小男孩走了過去。

她站在莫成軒跟前，笑意盈盈，就像個鄰家小女孩。「行啊，你靠近點，我告訴你一個好玩的遊戲。」

小男孩不知道水瑤這肚子裡還有別的彎彎繞繞，他覺得這麼漂亮的小姑娘肯定是心地善良的人。

水瑤在莫成軒的耳邊低語一陣，小傢伙眨巴著眼睛，點點頭。「行，我要是按照妳說的做，下回妳就過來陪我玩，咱們說好了。」

水瑤笑咪咪地點頭，一副天真無邪的表情。「那是當然，我要回家了，下次再見。」

這時有丫鬟過來喊道：「小少爺，夫人找你呢！」

於是莫成軒又咚咚咚地跑回去了。

周大柱在一旁都替水瑤捏了把冷汗。地主家的小少爺可不是好惹的人，弄不好又要惹上官司了。

「丫頭，妳都跟他說了啥，沒事吧？」

水瑤背著小手，一副志得意滿的樣子。「沒事，我跟他打個賭呢，希望他能幫到叔叔。」

至於說什麼她並沒提起，周大柱雖然滿腹疑惑，但也想不到水瑤會利用地主家的少爺幫她辦事。

其實水瑤跟莫成軒打了個賭，如果他能找到那個守門丫鬟經常去的地方，她就陪他玩，當然這事得保密。

水瑤並不擔心接下來沒好戲看，這個莫成軒她聽說過，這傢伙長大後挺有經營頭腦，不僅把地主爹的事業擴大許多，在生意上也很有天分。也就是說這個人腦子不傻也不笨，要不然怎能掙那麼多的銀子？

周大柱還是不清楚水瑤下一步到底要怎麼做，這該勸的、該說的，他們夫妻倆可都做了，可是李家還是一點動靜都沒有。

「咱們不急，急的應該是他們，快了。」

水瑤神神叨叨地說了一句，就跟江子俊上山去了。這一次就他們兩個，江子俊打算打獵物，他可不想帶其他的人。

「你真能打？」

不是水瑤不相信，上一次只是隻兔子，這回要是碰到大型野獸，他們兩個不成為野獸的食物就不錯了。

江子俊淡淡一笑，清瘦的身軀有某種傲視一切的氣勢。「到時候妳就知道了。」

等真正見識到江子俊的身手，水瑤不禁愣住，波光流轉的眼眸盯著他都有些移不開了。

「你太厲害了，我要是會這一手暗器該有多好！」

江子俊嘆口氣。「我這也是生活所迫，沒辦法。妳要是想學，以後我慢慢教妳，不求妳打什麼獵物，能自保就行。」

兩人拖著梅花鹿下山，好在江家就住在山腳下，也沒什麼人會看到兩個小人兒竟然打了這麼大的獵物回來。

「這鹿怎麼辦，咱們怎麼賣出去？」

這事江子俊心裡有數。「我會找人運走，這野兔妳帶兩隻回去，給妳姥姥和夏奶奶吃，等賣了銀子咱們兩個對半分。」

水瑤有些不好意思，這可是人家的功勞，況且江子俊的情況還不如她呢，這銀子她就更不能要了。都說君子愛財，取之有道，她得靠自己掙才行，畢竟要做生意，她給徐五的那些根本不夠。

「不行，你奶奶身體還沒好呢，既要吃藥還要補身體。聽我的，這銀子我不能要，若真到了需要銀子的時候，我不會跟你客氣。你先多攢著，回頭做生意我再帶你一起。」

江子俊早就知道水瑤這姑娘跟普通的小孩不大一樣，可她說出來的話還是讓他一愣。眼前這個比自己還小的丫頭竟然都有做生意的打算了？沒搞錯吧！

他比水瑤大，還沒她想得長遠，一種男人的保護慾騰然升起。

他得多賺些銀子，水瑤以後就可以少吃點苦頭，他還有親人，可是水瑤誰都沒有，跟自己比起來，她更需要別人保護和愛惜。

「行，咱們一起。」他點點頭。

這兩天一直沒見李家有什麼動靜，周大柱有些等不及了，看水瑤過來找芽兒，趕緊拉她進屋問後續的事情。

「這兩天只聽到這院子裡吵了幾聲，根本就沒提到妳叔叔的事，他們到底是怎麼打算的？」

水瑤歪著腦袋看著周大柱。「他們沒出去過？」

「有，這幾天都沒閒著，今天爺兒三個一大清早又出去了，不知道是借銀子還是有別的事。」

水瑤眉頭一皺，果斷地道：「伯伯，下午你去看我叔叔一趟，應該是有結果了，明天就讓我娘跟他們提分家這事。」

上一世李家的人就把這事捂得嚴實，就連家裡的孩子都被警告不許說出去，所以知道實情的人很少，就算外面有人在傳，李錢氏也是四兩撥千斤，輕飄飄一句「我兒子在外地跟人做生意」就打發過去，絲毫不提被關的事。

這次水瑤沒跟周大柱去，因為她正忙著陪莫成軒當細作。

「就是那裡，我看到春香去了那間房子，怎麼樣，我的任務完成了，妳是不是要陪我玩啊？」

水瑤一把摀住他的嘴巴，低聲道：「小聲點，驚動人就不好玩了，再等一會兒，說不定還能看到好戲呢。」

莫成軒有些不耐煩地踢著腳邊的石頭。「有啥好看的，就是個存東西的倉庫。」

話音剛落，水瑤一把拉他躲在牆下。「你看誰來了？」

看到來人，莫成軒還有些不在乎，壓低嗓音。「這有啥？他是管事，春香找他也正常啊。」

水瑤才不理他呢，拉著莫成軒躲在後面等待。不一會兒工夫，屋裡就響起男女打情罵俏的聲音，接著是一陣低喘吟哦。

雖然對方聲音壓抑著，可莫成軒是誰啊，他可是有錢人家的少爺，這樣的事情雖然沒經歷過，但耳濡目染，早已經知道男女間那點破事。

他臉上戾氣頓現，低聲罵道：「他娘的，偷人竟然偷到爺跟前了，不行，我得找人抓住這兩個不要臉的。」

水瑤一把抓住他。「先別，我有事同你說，跟我來。」

聽完水瑤跟他說的話，莫成軒愣住了。「妳說我爹那個寶貝玉珮跟抓的那個人沒關係？」

水瑤點點頭。「是，當初是不是這個春香給這個管事做證的？你看他們兩人竟然有姦情，這證詞可就大有文章了。還有，他既然敢這麼明目張膽的偷人，你覺得他還有什麼事情是不敢做的？玉珮或許就是他偷的，而且我猜，他不僅僅只幹了這一樁。至於怎麼拿人、怎麼審問，就不用我跟你說了吧？你是聰明人，我相信你會做得很好，不過這兩天先別動他們，我這邊還有事情要辦，你得幫我拖兩天。等事情辦成了，回頭我再請你到我們家吃飯，怎麼樣？」

莫成軒摸著下巴，看水瑤的眼神全是打量。他以為自己能裝，沒想到眼前這丫頭比他還能裝，跟聰明人打交道不嫌累，他喜歡。

「行，幫忙可以，但是妳要記住，妳欠我一個人情。鄉下有啥好吃的，妳可得讓我隨便選，明白不？」

別說是吃的，就算是讓她大出血也願意，為了養母，她豁出去了。

「行，成交，下回保證讓你吃完了還想再吃！那我就等你的好消息了，等一切都解決了，我陪你到山裡去玩，那裡可比你家這邊好玩多。」

跟莫成軒分開後，水瑤怎麼琢磨都覺得這個莫少爺不簡單，她有種被人算計的感覺，不過想想也是，將來能做大事的人，哪一個會是簡單的？

她甩甩頭，不想了，現在先分家救人要緊。

鄭素娥從周大柱兩口子那裡聽說李叔春要她分家去借銀子，只要他能出去，他會還這筆錢。畢竟在李家，媳婦根本就沒有說話的權力和辦事的餘地，只要分家了，她就可以不受束縛，借錢也方便多了。

於是鄭素娥晚飯時先提出要借錢救人的想法。

李家人當然不同意，這錢以後誰來還，還不是他們？

不過鄭素娥隨即就提出分家的事。「我借我還，就算還不上，也跟你們沒關係。」

李家人都各懷心思，鄭素娥這次態度堅決，萬一這個女人偷偷去借錢，還不如趁早把人分出去呢，這樣不僅保住李叔春，他們也不用承擔什麼。

所以即便李錢氏鬧騰，也架不住這些各懷鬼胎的人的勸慰。

分家的過程很快，在村長和周大柱等人的見證下，鄭素娥痛快地按下手印。這家分了，她的心總算是敞亮許多，也可以把老娘接過來照顧了。

「妳婆婆他們也真是的，不給房子，哪怕是給點銀子都成啊！這家分得真是不公平，妳也傻，怎麼不要啊？」有人不禁義憤填膺道。

鄭素娥只是淡淡一笑。「要了他們也不會給，還不如就這樣分家呢，省得跟他們在一起心煩。」

水瑤聽到鐵蛋帶給她的消息，哪裡還坐得住，拉著鐵蛋飛快跑了出去。

夏婆婆在後面還不忘叮囑。「慢點兒，回頭讓妳娘他們到咱們家吃飯！」

水瑤很開心，沒想到會這麼順利，看到李大富和周大柱他們喊人幫忙搬東西，她也自動加入，只是沒想到江子俊也聞風而來。

「也不喊我一聲，這麼好的事情我也要過來看看。」

水瑤一聳肩。「算是好事也不算好事，沒分到啥東西，你看看，淨是一些破爛，那些好東西他們會捨得給我娘？算了，快幫忙搬家吧。」

祠堂這邊已經有女人幫忙打掃，也不是什麼正兒八經的地方，就是在供放祖宗牌位的屋子旁的一間小偏屋，雖然不大，住娘兒兩個倒是沒問題。

李家今天晚上注定要不平靜了，不過這些都無法影響鄭素娥那雀躍的心情。

「娘，妳安心在家裡待著，叔叔早晚會回來，剩下的事情妳就不用操心了。妳明天開始跟屯子裡的人借點錢，不用多，咱們怎麼著也得做個樣子給人看。」水瑤對鄭素娥道。

鐵蛋正開心地來回察看，看看哪裡還缺少什麼東西。

水瑤看著一身補丁的娘倆，暗自嘆口氣。沒有銀子，寸步難行，她手裡也沒餘錢了，回頭得趕緊想辦法掙銀子才是最要緊的。

「想什麼呢？」江子俊挑了一擔水進來。

水瑤有些不敢置信。「你挑得動啊？以後別挑了，到時個子就難長了。」

就算這傢伙有點身手，他也還是個小孩子，還沒長大呢。

江子俊不覺得有什麼，在家裡他也常做，沒辦法，就他和奶奶兩個人，他不做就是老人家去做。

「沒事，我裝得少，心裡有數。」

鄭素娥有些過意不去，人家孩子過來幫忙，連水都幫她挑回來了，她趕緊接過江子俊的扁擔。

「明天我要到鎮子一趟，妳去不？」江子俊問水瑤。

她當然要去了。於是兩人約好時間後，各自回家。

再次見到莫成軒，小胖子好像對她熱情許多。

「怎樣怎樣，妳家裡的事情處理好沒？我可等著呢。」

水瑤笑著點頭。「行了，你趕緊處理這事，早點抓到那個真正的小偷，還我叔叔一個清白就行了。對了，你想好辦法沒？」

莫成軒搖著小腦袋，得意一笑。「當然，不想想我是誰？這事妳不用管了，妳那個叔叔先讓他受兩天苦，我這邊很快就有結果。敢偷到我爹身上，那是找死！」

別人不清楚，莫成軒可知道，那玉珮是奶奶留給爹的，就算老人家去世，這東西也是一個念想，只是沒想到竟然丟了。

莫成軒怎麼處理，水瑤並不想知道，只要能把李叔春放出來就行。

她剛想抬腳走人，卻被莫成軒拉住。「別走啊，剛來就走，太不夠意思了吧？我可幫了妳的忙，怎麼也得陪我玩一會兒啊。」

第六章

小胖子實在是找不到適合的人玩，家裡的兄姊都不是一個娘生的，有什麼話也不能隨便說，就連想找個聽他說說心裡話的人都難。

「我現在得先想辦法掙錢。」關於這事，水瑤是真著急。

不過莫成軒也是真心想幫她。「妳需要啥，我們家有，我送妳。」

水瑤腦袋一個激靈，突然想起一個辦法，不過她得回頭跟江子俊說說，也不知道這傢伙手裡有多少銀子。

「行，你回去清點一下你的私房錢，到時我有用，就算我借的，回頭我給你利息，怎麼樣？」

莫成軒有些懷疑地打量她。「我要是想參與，妳看行不行？」

水瑤差點忘了，這位可是地主家的少爺，沒那麼好忽悠。

「行，咱們算合夥成不成？我已經先期投入了，後期我需要銀子，這事我還想找另外一個人，到時候咱們再商量，反正你的身分好辦事。嗯……回頭我再找你，你趕緊先辦正事去。」

於是莫成軒回頭就大刀闊斧地給春香下了春藥，他可等不到兩人約會的時間了。

被下了藥的春香慾火焚身，當然得出去找男人，而這男人自然就是莫管事。兩人正在庫房裡打得火熱，就在他們忘乎所以的時候，「砰」的一聲，門被撞開了。

入眼的就是白花花的屁股以及一男一女交疊在一起的畫面。

「來人，給我綁了！」莫成軒喊道。

跟在兒子身邊的莫夫人面沈如水，沒想到這個家裡竟然還會發生這樣的事，要不是兒子告訴她，她根本不知情。

「娘，您別生氣，我馬上就分開審問，您先去找爹，至於怎麼說，您掂量著來。」莫成軒給娘親一個眼神。

莫夫人摸摸兒子的頭，自己生的兒子她怎會不明白，要不是家裡那些狐媚子老早就生了孩子，她兒子至於這麼藏著掖著嗎？她的兒子才是這個家真正的主子。

「行，你自己當心些，娘先找你爹去。」

很快的，春香就招供了，玉珮果然是莫管事拿的，她則幫忙做偽證。

除此之外，莫成軒還從莫管事身上挖出一個意外收穫。

原來他那個姨娘生的大哥竟然跟外面的人合夥污家裡的銀子，這下有好戲看了。

「娘，您看看，這個家要是不好好管一管，恐怕早晚會被那些人掏空。」莫成軒一臉淡定地把供詞交到莫夫人的手上。「爹那頭怎麼說？」

「你爹還不相信呢，說莫管事打小就跟著他，不可能這麼做，現在可好了，我看這老東西該怎麼說。」

這些年莫夫人也受了不少氣，就因為她一開始沒能生孩子，家裡的姨娘是一個接一個抬進來，那庶子一個接一個落地，好不容易生了這麼個兒子，卻被那些庶子給壓著欺負，這讓她心裡憋了很久。

「娘，您也別生氣，這事本來咱們就有預料，何苦呢？只是家裡的事情不能再讓他們插手，以後我邊跟先生學習，邊跟我爹學做生意，咱們現在就去找他說說。」

莫夫人還有些猶豫。「你爹會答應？」

莫老爺不是不疼愛這個小兒子，可長子畢竟是他喜歡的女人生的，一旦弄不好，反而讓兒子落了下乘。

莫成軒冷笑一聲。「我不插手，別人也會插手，不如我現在就學著。」

水瑤沒想到為了救李叔春，她反而幫莫成軒一個大忙。現在她正和江子俊來到鎮裡，順道說說自己的打算。

她需要銀子，周圍的人也都需要銀子。而現在要做的這事，如果不出意外，將會是一個很快就能賺錢的路。

江子俊聽完她的建議，沈默了許久。他不清楚水瑤為什麼會有這麼大的膽子去囤糧食，一旦新糧下來了，他們手裡的貨物很可能會賠個底朝天。

隨即他轉念一想，這小姑娘很少攛掇別人做什麼事情，況且……他總覺得李家最近發生的事跟水瑤有關係，如果真是這樣，這小姑娘可是心中有丘壑，腹內有大才啊！

「行，這事我答應了，不過光靠咱們倆應該不行吧，別跟我說妳已經找到幫手了？」

水瑤笑笑，嬌俏的小臉一揚。「還真的是。我想把莫地主家的小少爺也拉進來，這樣咱們就有足夠的本錢，不然的話，咱們兩個加起來也沒多少。」

江子俊心裡暗笑，以前他或許沒銀子，不過路伯伯來了，他手裡還真的不怎麼缺，不過誰也不會嫌銀子多不是？

「若他同意，我沒意見，反正地主家人多、車多，房子也多，咱們還能少操心，回頭妳就找他商量，可怎麼出銀子，妳要先有個想法，別到時候為銀子鬧翻，朋友也變成敵人，尤其是地主家的人，咱們暫時還惹不起。」

水瑤當然知道江子俊在擔心什麼。「沒事，到時候你們也可以幫忙，明天咱們再過來。你東西都買全了？」

江子俊指指腳邊的東西。「全了，咱們走吧。」

水瑤幫江子俊拿一些，大部分還是他自己揹，兩人一路走一路聊，就看到幾匹馬飛馳而過，水瑤還差點被馬踩到。

江子俊皺著眉頭看著遠去的背影。「這地方怎麼會出現這樣的人，看他們並不像是正路的人。」

水瑤一顫。「不會吧？」

她心裡有種不好的直覺，也不知為何，總覺得那些黑衣人好像跟自己有關係。

在水瑤不知道的另一個地方，一座房子正被烈火吞噬著。

受傷昏迷不醒的洛千雪被幾個護衛匆忙揹上馬車，已經有幾個兄弟出去纏住黑衣人，小翠則抱著雲綺緊跟在後面。

「壞了，小少爺還沒出來呢！」

「娘、妹妹——」

屋裡傳出孩子撕心裂肺的哭聲，有護衛想衝進去救出雲崢，可惜一根房樑突然掉了下來，差點把他壓在下面，而且裡面的火太大，根本就無法衝進去。

「快走吧，走一個是一個，希望小少爺吉人有天相，那邊挺不住了……」

也許是母子連心，洛千雪突然睜開眼睛，看到女兒在哭，無力地抓著孩子的手想給她安慰。

「娘，哥哥還在裡面呢，哥哥沒出來——」雲綺小臉哭得通紅，眼巴巴的望著車子後面。

洛千雪還沒明白是怎麼回事，可看到身邊少了兒子，心頓時像被人摘去，大叫一聲又昏了過去。

「快走，來不及了——」護衛喊道。

小翠抱著雲綺邊哭邊祈禱。「老天爺，祢就可憐可憐我們吧！我家夫人沒做過什麼壞事，祢不能這麼對她，有什麼報應找我，別找孩子，祢一定要保佑我們家小少爺啊……」

沒人知道老天爺聽不聽得到小翠的祈禱，大家只有一個目標，就是趕緊逃命。本來這些護衛就是護送人來的，沒想到會出這麼多的事情，就算大家心裡惦記那個在火場沒出來的小少爺，可他們也都有心無力，只能祈禱雲崢大命不死活下來。

等黑衣人追來的時候，誰也不知道火場裡還有一個孩子沒出來，他們只是順著馬車離開的方向追了過去。

當天晚上，水瑤開始作夢，夢見弟弟在火海裡哭喊著要姊姊。

雲崢，你在哪裡！

這一夜水瑤睡得並不安穩，早上起來時頭都有些疼，心裡也在為昨晚的夢擔憂。

不知道雲崢他們出了什麼狀況，也不知道他們在什麼地方，她心裡著急，卻是有勁沒地方使。

她手掌用力拍著牆垛，讓過來跟她會合的江子俊看到了。

「怎麼跟牆垛過不去？」

水瑤苦笑了聲。「昨天晚上作噩夢，正在想夢裡的事，正好你來了。」

兩人出發去找莫成軒。再次見到他，水瑤覺得他好像一夜之間變了不少，像是突然穩重許多。

「總算把妳給盼來，告訴妳一個好消息，人我抓到，他也招供了，今天早上送走的，妳叔叔應該很快就會放出來。怎麼樣，我的動作很快吧？」莫成軒說完，看到水瑤身後的江子俊，愣了一下。「妳哥哥？」

水瑤笑著拉過江子俊。「這是我鄰家哥哥，我叔叔這事先謝謝你。對了，我之前說的事你想好沒？要是可以，我們三個人一起，你若是不想，那就我們兩個人一起。」

對於這事，莫成軒是真有些拿不準，可心裡有個聲音在提醒他，不能錯過這次機會，如果真成了，他在老頭子面前地位會更穩固一些。

想起他爹處理長子的事情，他就惱火，只輕輕教訓一頓就完了，雖然不再讓大哥插手生意上的事情，可也沒讓他參與進來。

「行，算上我一份。咱們也別在門口說了，到我家裡坐坐，放心，沒人會打擾我們的。」

說是沒人打擾，可水瑤覺得這裡人多眼雜，並不是一個適合談話的地方。「換一個地方吧，就怕事情沒成，攔路虎反而先出來。」

莫成軒一聳肩，無奈地撇下嘴。「跟我來。」

三人來到莫家存放雜物的地方，莫成軒苦笑一聲。「沒辦法，我覺得只有這個地方比較穩妥，一般情況下也沒什麼人會到這裡來。總之大家都別嫌棄，今天咱們能坐在這樣的地方，說不定以後就繁花似錦了。」

水瑤笑了，烏溜溜的眼睛上下打量莫成軒。這個人以後能做那麼大的事，看來這份胸襟從小就有啊。

「借你吉言。現在就說說我們的事情……」

在這個簡陋的地方，三個半大的孩子開始商量起他們的大業，要是讓外人看到，肯定會以為三個小孩在過家家呢。

「好，那明天我就帶著紙筆和銀票過去找妳。呵呵，正好可以看看你們鄉下究竟是什麼樣子。」

對小胖子的來訪，江子俊心裡隱隱有些不大舒服，卻也沒攔。

水瑤其實更詫異江子俊竟然會跟他們出同樣數目的銀子，她尚且還有一大部分要補足呢，這傢伙究竟是從哪裡生出銀子來？還是他又去當東西了？

想到這裡，她心裡暗暗發愁，她差的那部分要從哪裡弄呢？

「水瑤，妳有那麼多銀子嗎？」江子俊問。

水瑤苦笑了聲。「還差不少，先期我已經投入一部分，但還不夠，放心，我會想辦法補足的。」

「差多少？我來想辦法。」

了。

水瑤擺擺手。「算了，等實在湊不齊再找你商量。」

其實她不想占人便宜，尤其是三個人合夥的時候，不過想辦法掙銀子倒是迫在眉睫的事

莫成軒回去後，就跟莫夫人說他們三人合夥做生意的事情。

「啊，你說那兩個孩子跟你？」

莫成軒老成的點點頭。「是。您覺得呢，這事可行嗎？」

莫夫人端著茶杯考慮了半天才開口。「甘羅十二歲就當宰相，有些人不能用年紀來衡量，尤其水瑤這小姑娘。據娘得來的消息，這小丫頭好像也不是個簡單人物，雖然外面說她是被親戚拋棄，但我總覺得這裡面有名堂。還有那個江子俊，能拿這麼多銀子出來，你覺得會是一個普通人？唉，娘老了，不能陪你一輩子，家裡的兄弟姊妹也沒幾個能靠得住，你需要幾個可靠的朋友。這一次就當試水溫，這銀子娘給你出。」

莫成軒想起要到鄉下的事情，順便提了一下。

莫夫人琢磨了一下。「去吧，總歸這次銀子出不少，瞭解一下也是應該的，娘給你安排。」

莫成軒到鄉下來時只帶一個比他大一些的小廝，兩人穿得也挺普通。

夏婆婆得了水瑤的囑咐，只是招呼他們進屋，也不多問，就自己進廚房裡忙活飯菜去。

等三個人拿紙筆簽約的時候，不僅是水瑤，就連江子俊和莫成軒都覺得以後的責任重

大。這麼多銀子，一旦做不好，那可就真的打水漂了。

第二天，水瑤打算帶江子俊到鎮裡去看看徐五那邊的進展，走到半路就遇到一個乞丐，對方看到水瑤，上下打量了半天。

江子俊有些惱火地盯著對方。「看啥看？」

「妳是水瑤姑娘？」那乞丐問。

看對方這架勢，水瑤心裡多少有些明白。「是，你是徐五的人？」

對方把徐五的信帶來給水瑤看。「五哥說東西買到了，讓咱們派人過去縣城運回來，他留在那裡繼續做事，妳看怎麼安排？」

水瑤點頭。「行，你到徐五住的地方等我消息，我現在就去找人商量。」

有莫成軒這個大財主的兒子在，不用好像太浪費了。

「讓莫成軒出車，我過去押運，咱們各盡其責。至於那些糧食，我覺得都放在鄉下也不適合，順便讓他安排一下存放的地方。」江子俊道。

兩人見到莫成軒，一說這事，他立刻就答應。「行，反正我外家就在縣城，那邊我熟悉，這車馬我來安排，剩下的事情就都看你們的。」

這回水瑤也跟著走一趟縣城，因為她還有另外的事情要辦。

只是她一到縣城，沒敢讓江子俊一起進她要去的地方，只讓他在外面守著。

「就這地方？」

水瑤嘆口氣。「別看這地方不怎麼樣，這可是銷金窟。你就在這裡等著，我去去就回。」

也不容江子俊說其他的，水瑤走進前世最熟悉的地方，雖然沒在這裡做過，可都是妓院，差不了多少。

老鴇看到水瑤一個小丫頭進來，以為是來賣身的，一聽說是要跟她做生意，臉立刻就拉下來。

水瑤不緊不慢道：「妳應該聽說過『有志不在年高』這句話吧，妳先聽我彈一首曲子，聽完再決定是否跟我合作，而且我保證接下來的東西，定能讓妳耳目一新。」

老鴇雖然不大相信一個小孩子的話，不過看水瑤胸有成竹地坐在古箏面前，一派悠閒自得的彈起曲子，決定先看情況再說。

曲畢，水瑤抬起頭看著滿臉驚豔的老鴇。「怎麼樣，我這樣不算是說瞎話的人吧？我可以跟妳打包票，如果給我機會訓練妓院那些姑娘，重新為她們編排新的表演方式，定能讓妳這妓院大紅大紫。妳看要不，咱們倆談談價錢？」

老鴇眼睛微瞇，看水瑤的眼神帶著不可置信。這小丫頭若肚子裡沒點東西，恐怕也不敢走進這裡。

老鴇琢磨了一會兒。「妳確定能讓我這家妓院財源廣進？」

水瑤點頭。「如果願意合作，我要銀子三千兩，只要這東西受歡迎，那妳幾天就能賺回來。妳給我幾天時間，我肯定會給妳一個滿意的結果。」

老鴇就是想看水瑤究竟能做到什麼程度，便爽快地答應了。

這樣一來，水瑤勢必要在縣城多待一段日子，而江子俊對她去妓院這事，一直難以理解。

「妳去掙錢？去那裡能掙什麼錢？」

在世人眼裡，進妓院就是要花銀子，怎麼可能從妓院裡挖銀子出來？

水瑤一臉高深莫測。「她們也是人，也是做生意的，只不過方式不同罷了。只要是開門做生意，那就有競爭和需要，我只是給她們提供這方面的需求。你放心，我知道自己在做什麼。」

雖然江子俊跟水瑤認識的時間不長，可他很清楚這小丫頭內心的堅持和倔強，如果給她銀子，她肯定不收，不妨看看後面的結果。

縣城裡有莫成軒陪，故江子俊也不多停留，囑咐這個臨時夥伴多照顧水瑤一些，就帶人跟著小乞丐去押送糧食。

這幾天，水瑤都在妓院裡吃喝，她在訓練的時候，老鴇想看，她都不許，要不然就沒驚喜了。

說來她這把單獨演奏變成群體演奏的本事，還是從一個番邦商人那裡學來的，前世她嘗試過，立刻風靡整個離國。

妓院這裡人才濟濟，培訓起來也不算難。另外還有舞蹈，她又重新做編排，連衣服都換成最新的款式，勾人又不露骨，簡直是一門大學問。

等老鴇看完這一場演出時，眼珠子差點都要掉到地上了。

太厲害了，簡直是開創先河！

水瑤笑咪咪地看著一臉呆愣的老鴇。「怎麼樣，您老可還滿意？如果可以的話，那我就算是完成任務了。」

老鴇好半天才回過神來。「厲害！佩服佩服！來人，拿銀票過來——」

水瑤看了一眼銀票，數目不差之後直接就揣到懷裡，又聽老鴇道：「姑娘，我明人不說暗話，妳那兒還有沒有別的點子？放心，我花錢買，不會白要。」

水瑤面帶微笑的看她一眼，慢條斯理道：「妳可知道我這點子不便宜，妳還想要？」

老鴇興奮地點頭。「只要值這個價，為什麼不要？」

水瑤笑道：「就您老這氣魄，以後肯定會生意興隆、財源廣進。」

其實她早就留有一手，她把自己準備好的幾首歌曲拿出來。「這個妳看一下，配器和樂曲我已經標好，可以讓姊姊們彈奏一下，好不好聽妳聽過就明白了。」

一曲聽完，老鴇又是一陣如癡如醉，等回過神來後當即拍板，以二千兩買下。

水瑤喜孜孜地揣著五千兩銀票走出妓院。

莫成軒坐在茶樓裡等半天，雖然他不知道水瑤去妓院幹麼，可是江子俊臨走時再三囑咐，他也不得不聽。

看見水瑤來了，他懶洋洋道：「怎麼樣，下次不用再去了吧？我跟妳說，那地方不是什麼好地方。」

水瑤嘆口氣，拍拍懷裡的銀票。「要不是為了銀子，我會去那裡？以後沒什麼事應該不會再去，累死我了，我要先回去休息。」

水瑤住的是莫家在縣城裡的房子，下人都齊全，也不用她費什麼心思。

沒想到天剛亮，江子俊就帶一隊人馬趕回來，莫成軒便先去招呼人把東西存放在倉庫。

江子俊也是日夜兼程的往回趕，因為徐五交代他務必盡快把他手裡這封信交給水瑤。為了這封信，一路上他幾乎沒怎麼休息，水瑤瞧江子俊風塵僕僕，眼睛裡還有血絲，不禁心疼。

「子俊哥，你先去休息，有什麼事我們回頭再說。」

水瑤滿懷希望地打開信，只見上面寫道——

水瑤，我派人去打聽了，中州並沒有妳說的人，不過妳也別著急，咱們的人會在附近多方打聽……

水瑤一屁股坐在椅子上，心裡有一部分突然就這麼空了，她不知道該到哪裡去尋找家人的下落？想到當初母親接到父親的信，要母親帶著他們去找他，誰知會在路上遭遇追殺，不僅父親沒找著，他們也失散了。

想到那些追殺他們的人，她不禁疑惑究竟是為了什麼，對方要對他們痛下殺手？

她有些懷疑問題是出在久未歸家的父親身上，他們娘兒幾個對父親在外的事知之甚少，所以她不得不往壞處想。

只是她不明白，父親為什麼要害他們？都說虎毒不食子，更何況是人，而且還是身上流著他血脈的兒女……

第七章

等江子俊睡一覺起來已經下午了，看到水瑤的神色不大對，他關心地問一句。

「子俊哥，我要出去找人，徐五那邊剛得到消息，雖然找不到人，可我還是想親自去看看，不然很難死心，正好我這裡銀子也籌到了，咱們一起給徐五送過去。」

江子俊打量下水瑤的神色，並沒有多問。「行，明天咱們就出發，需要帶什麼東西，妳先琢磨一下，一會兒咱們出去採買。」

得知水瑤要跟江子俊一起出門，莫成軒也想跟，不過被水瑤攔住了。

水瑤按照當初說好的，把自己掙來的一些銀子歸入總帳。

莫成軒不得不驚嘆。「好傢伙，妳去妓院幾天就掙這麼多銀子？早知道銀子這麼好掙，我也到那邊去掙，到哪裡掙銀子不是掙啊！」

水瑤苦笑道：「唉，那也得憑本事掙啊，等以後你就知道為何我會拿這麼多銀子，跟她們掙的比起來，我這是九牛一毛。」

第二天一行人老早就出發，水瑤一路心事重重，趕到下個縣城的時候天都快黑了，便找了間車馬店先休息。

水瑤沒什麼胃口，說想出去走走，順便買一些路上要吃的東西。

江子俊哪會讓她一個小姑娘單獨出去，交代一下後就陪她一起出門。說話間，兩人來到繁華地帶，雖然太陽西沈，可鬧市還是人來人往。

水瑤剛走過街角，就看到一個小乞丐跪在地上，不停地朝路人磕頭，或許是因為徐五，她現在對乞丐都有一種很親切的感覺。

誰知當她走過去時，心突然像是被人摘去那般生疼。

「怎麼了，不舒服？」江子俊發覺到水瑤的異樣。

水瑤蹲下來，捂著胸口擺擺手。「讓我緩緩，不知道怎麼回事，突然就疼……」

等疼痛過去，水瑤剛想往前走，心再次疼起來，之前從來沒有過這樣的情形。

「要不要去看大夫？」江子俊著急地問。

水瑤坐在地上，長長喘了口粗氣。「沒事，我緩緩就好。」

她回頭再看向那個一直磕著頭的孩子，心莫名狂跳起來，腦子瞬間閃過一個念頭要她過去看看。

捂著狂跳的心，她一步步往小乞丐的方向走去，江子俊雖不明就裡，卻也跟上去。

看到眼前多了一雙鞋子，小乞丐使勁地磕頭，那響聲震得水瑤的心都快跳出來了。

她也顧不上禮貌不禮貌，一把抓住小乞丐，想掀開那一頭亂糟糟的頭髮，看清他本來的樣貌。

小乞丐嚇得往後縮，水瑤就看到了一張被燒傷的臉，以及已經發炎還流著血和膿的傷口，可即便是這樣，她還是認出來了。

「雲崢?!」

小乞丐嚇得渾身哆嗦，拚命往後躲，好像她是洪水猛獸一般。

「雲崢！我是姊姊啊！」餘光看見弟弟的腿好像在流血，水瑤什麼都顧不上，抱起弟弟朝江子俊道：「我要先去醫館！」

江子俊剛才也聽到了水瑤的話，哪還不清楚眼前這小乞丐的身分，立即道：「我來抱他，妳跟上！」

大街上，兩個半大的孩子抱著一個瘦小的乞丐狂奔著，就連行人都因為這兩人的舉動紛紛駐足。

水瑤現在腦袋有些懵，她不知道弟弟為什麼會出現在這裡，而且這情況似乎和夢境一模一樣。

江子俊速度很快，馬上就帶著水瑤到附近的醫館，幸好他們來得及時，醫館還沒關門。看見雲崢這情況，連老大夫都倒吸一口冷氣，不滿地質問。「你們幹麼去了，病人都這樣了，怎麼才想到送過來？」

水瑤心裡著急，看對方還在抱怨，立刻道：「快幫我弟弟看病，一分不會少你的！」

安老大夫被眼前這小丫頭給嚇到了，又見江子俊將一張銀票拍到桌子上。「我們有銀子，快點。」

安老大夫不是沒見過拿錢砸人的，可這情況他還是頭一次見到，都是半大的孩子，看樣子也不像是有錢人家，可這做派和氣勢讓他不敢再多說，趕緊給雲崢瞧病。

水瑤現在什麼都不管了，一門心思回憶以前記住的藥方，邊想邊吩咐夥計抓藥。這不得不感謝前世在妓院裡的那段日子，三教九流的人都會光顧那裡。當初她想早點離開那個火坑，也為了以後能有生存的技能，若遇到有疑難雜症的病人，她會向懂的人請教，一方面可以得到恩客的賞賜，一方面也讓自己學點本事。

小夥計邊抓藥邊看安老大夫，因為水瑤需要的藥價格不菲，他擔心對方付不起。

「放心抓吧。」

有了安老大夫的吩咐，藥很快就準備好了，水瑤讓夥計幫忙熬藥，她則跑到弟弟身邊察看情況。

「腿已經接上，不過他的嗓子有些問題，這個得慢慢吃藥才能好轉。他還需要泡藥浴，不然這傷口很難癒合。唉，實在是耽誤的時間太久了，就怕……」

這麼小的孩子傷得這麼重，還在發燒，弄不好會死在這裡的。

水瑤心裡雖然焦慮，說出來的話卻很冷靜。「放心，你只管開方子抓藥，有事賴不到你身上。這裡有住的地方嗎？我們先暫時在這裡住下，你也留下，有什麼問題隨時處理，診金可以加倍。」

安老大夫嘆口氣。「小姑娘，這不是錢的問題，這是我們行醫人的醫德。放心住下吧，我去開藥，還有，這孩子精神好像也有些問題，這個老夫可治不了。」
雲崢在江子俊的懷裡掙扎半天，這會兒也累了，看到水瑤就像在看陌生人一樣。
「雲崢，我是姊姊，別怕，姊姊來找你了。」水瑤放緩了聲音，好像在家裡哄著弟弟睡覺一般，想讓他情緒放鬆下來。
在水瑤的柔聲輕哄中，雲崢慢慢閉上眼睛，睡了過去。
水瑤看著弟弟如此慘狀，忍半天的眼淚終於失控，撲簌簌的往下掉。
江子俊看了都跟著揪心。「水瑤，別擔心，有老大夫在這兒，妳弟弟肯定會沒事的。」
水瑤那種悽惶無助的表情彷彿在侵蝕他的心，這種感覺他經歷過，所以知道是怎樣的感受。
「子俊哥，有些事我一時半會兒跟你說不清楚，回頭再跟你好好解釋。你先回去和莫成軒會合吧，我要在這裡多待些日子，中州那裡也不去了，怎樣也得先把弟弟的情況穩定下來再說。」
江子俊立刻說要留下陪他們，卻被水瑤駁回。沒銀子，雲崢的病就沒法根治，現在她比什麼時候都迫切需要銀子。
尤其是弟弟的精神方面，那不是一天、兩天就能治好，她想給弟弟一個踏實安逸的環境，她想找回先前那個聰明活潑的雲崢。

當雲崢的衣服褪去，水瑤再也忍不住自己的情緒，失聲痛哭起來。

不只是外表那些傷痕，雲崢身上到處都是燒傷和被打的痕跡，她無法想像這些日子弟弟究竟經歷過什麼，娘她們又在哪裡，為什麼弟弟一個人流落街頭，還變成這副模樣？

饒是安老大夫見多識廣，見到如此病人，也不由長嘆一聲。

「唉，真是夠狠的，才多大的孩子，這一身燒傷已經夠讓他難受的，怎麼還忍心下這樣的毒手呢？」

興許是兩人弄痛了雲崢，本來睡著的雲崢突然驚恐的睜開眼睛，渾身不停發抖，雖然發不出聲音來，可是嗚咽得厲害，大顆眼淚從臉頰滑落。

水瑤心疼地安慰道：「雲崢，我是姊姊，別怕，姊姊在你身邊呢，沒人能傷害得了你，乖乖聽大夫的話，他在給你治傷，忍一忍就過去了。」

在水瑤略帶撫慰和溫柔的話語中，雲崢慢慢停止掙扎，目不轉睛地盯著她。那裡面沒有欣喜、沒有渴望，更沒有溫情，好像一片死水。

水瑤的心一點一點往下沈，難不成弟弟真的不認識她了？

安老大夫只能唉聲嘆氣，這孩子傷的可不只有外表，他感覺這孩子心裡也有傷，這種傷他沒法治。

「這樣的情況只能慢慢來，欲速則不達，回頭妳好好跟他說說話吧。」

水瑤看著弟弟，溫柔道：「雲崢，我不知道你經歷了什麼，娘為什麼沒跟你在一起，可是我們都不想拋下你，我這趟就是來找你們的。

「咱們先不急，慢慢來，等你能說話了，咱們再好好的說，現在你就安心治病，萬事都有姊姊在，沒人能再把我們分開了。」

話音剛落，她就聽到門外傳來一個男人粗嗄的嗓音。

「他娘的，哪個王八蛋把老子的兒子弄走了！」

雲崢聽到這聲音，嚇得立刻抱著腦袋。水瑤看到他這模樣，哪裡不明白，恐怕弟弟身上的傷跟這個男人有莫大關係。

男人大剌剌走了進來，一看到雲崢，獰笑道：「小兔崽子，原來跑到這裡來躲懶了，老子讓你去要飯，你竟然溜走，幸好有人跟我通風報信說看到你在醫館，否則還不讓你給跑了！」

話音剛落，水瑤迅速抓過一旁的銀針朝他撲過去，手裡的銀針狠狠扎進男人的大腿，接著又往其他部位上扎。

看似沒有章法，可一旁的安老大夫看得明白，她扎的全都是穴位，若這男人不立刻就醫，估計下半輩子就只能爬著走了。

他看水瑤的眼神不禁多了一絲敬畏，這小姑娘究竟是什麼來頭？對穴位掌控精準，且都完全是讓對方一時間無法察覺的快狠準手法。

「妳個臭丫頭，反了妳！」男人剛想抬手打水瑤，卻發覺自己的手使不上勁。

「你拐了我弟弟，還打我弟弟，這麼對你算是輕了，你這樣的人渣得官府來收拾你，別髒了這地方，髒了老娘的手！」

說完水瑤衝出去，對著在街上巡邏的差役大喊抓壞人。

她先跟兩位衙役說明事情的原委，又給兩人塞了些銀子。「二位官爺，這個人渣就拜託你們了。」

差役會心的保證後就押著人走了，雲崢這才敢睜著黑白分明的大眼，上下打量水瑤。

水瑤扭過頭來，正好看到弟弟那小心翼翼的眼神，見她瞅過來，又趕緊扭過頭，那樣子有些小彆扭。

她在心裡暗嘆口氣。心靈的傷害豈是一、兩次安慰就能恢復完好的？

雲崢低著頭，不發一語。

自從他眼睜睜的看著娘她們上車離開，他的心裡從失望逐漸絕望。親人也不過如此，總是在生死之間做出最有利的選擇。

從火堆裡爬出來，他幾乎只剩下半條命，可又碰上壞人，他命令他討飯，他抗拒過，對方的拷打卻讓他不得不屈服。

因為他已經承受不住身上的傷痛，所以對親人，他心裡又多了一層怨恨。

水瑤一邊給弟弟搽藥，一邊跟他說道：「雲崢，我知道你從小就聰明，姊姊雖然不知道這中間出了什麼岔，可是咱們都是娘身上掉下來的肉，失去哪一個都會要了她半條命。姊姊是最先出事的，你想想這之後娘是什麼反應？肯定是傷心吧。而丟下你，娘肯定也是萬不得已才會這樣，也許娘根本就沒有反抗的能力，也或許她身不由己，要不然她也不會拋下我們不管的……」

水瑤耐心地解釋這其中的道理，也不管雲崢有沒有聽進去。

第八章

雲崢的傷還無法隨意移動，所以水瑤就一直住在醫館這邊。這個安老大夫也不錯，這其間有空就指點水瑤學習針灸。

這孩子的腿以後還得繼續施針，求別人不如求自己，水瑤也學得認真，一個願意教，一個努力學，這幾天一老一少倒相處出感情來了。

「來，妳弟弟的嗓子，交給妳來下針。」

看著弟弟，水瑤無法下手，閉著眼睛猶豫半天，雲崢卻在這個時候伸出手，緊緊握住了她的，眼神裡多了一抹鼓勵的神色。

「雲崢，你也希望姊姊給你扎針？」

雲崢點點頭，比劃一下，他想開口說話，可是發不出聲音，他也著急。

突然，街上傳來驚馬的聲音，雲崢嚇得一頭縮進水瑤的懷裡。

安老大夫在一旁嘆口氣。「慢慢來吧，丫頭。」

就這樣，直到江子俊再次過來，雲崢的傷並沒有恢復多少，可是水瑤不得不離開了，畢竟這地方不適合他們久留之地。

和安老大夫告別後，水瑤才在回去的車上跟江子俊透露一下他們的經歷。

「……你們被人追殺？」

水瑤點點頭。「我和弟弟他們失去了聯繫，我又擔心對方會找過來，只能編個藉口，所以這次回去咱們還得編一個藉口，就說這個是我認的弟弟。雲崢，你的名字也得暫時改一下，就叫『洛雲崢』，跟舅舅他們一個姓。在沒找到父親之前，就這麼稱呼吧。」

看著水瑤懷裡滿身傷痕的小男孩，江子俊的心有些酸澀，好像看到了當年的自己。

「這個好說。不過妳弟弟這樣，回去怎麼養傷？別忘了妳還借住在夏奶奶家，要不送來我家吧？」

水瑤搖搖頭。「不用，弟弟的事我已經有打算，只要咱們不透口風，誰也不知道。」

聞著姊姊身上那獨有的味道，雲崢的心好像安了不少。親人沒有拋棄他，至少姊姊不會，因為姊姊找來了，還為了他跟壞人打架，替他報仇。

「來，雲崢，喝點藥，這個是蜜餞，喝完了藥，咱們就吃一顆。」

水瑤對待弟弟，就像是對待自己的孩子一般，耐心十足，就連江子俊看了都有些羨慕雲崢的好福氣，有這麼一位呵護他的姊姊，就算受點罪也值得了。

「對了，徐五讓我跟妳說，他會繼續幫妳追查下去，這頭妳就不用擔心了。另外我覺得，沿途是不是也該有咱們儲存糧食的地方？徐五也這麼提議。」

畢竟是三人合夥，所以不能讓他一個人決定。

水瑤沒有異議。「行，回頭跟莫成軒說一聲就行了。多準備一些，既然要掙，咱們就來個大的，反正銀子也差不多夠了，短期租房子也不需要多少銀子。」

回到縣城，江子俊就去忙自己的事，水瑤則去跟莫成軒會合。

她跟他大概提了一下弟弟的事，也不知他聽懂了沒，反正他沒再繼續追問。

「對了，妳叔叔馬上要放出來，這事要不要通知妳娘一下？」

李家的事莫成軒已經打聽清楚，挺亂的，不過水瑤對這個乾娘似乎挺盡心，所以他就多嘴問一句。

「我暫時回不去，你讓人通知一下，讓我娘去接人，別被李家的人搶先，其他的事你們看著辦吧。還有我弟弟這傷，我想在縣城租間屋子調養一段時間。」

莫成軒一口答應下來，又派人找房子，幫忙收拾一下。

接下來他得趕緊回去，都出來這麼久，家裡那麼多雙眼睛都在盯著呢。

「那頭有什麼事你隨時跟我說，順便跟夏奶奶和子俊哥他奶奶說一聲，我們暫時先不回去，讓她們別惦記。」

水瑤交代完，莫成軒才離開。

沒人的時候，水瑤就把他們分開後的事跟雲崢說了一遍。小雲崢抓著水瑤的胳膊，那眼神充滿了憤怒和恐懼。

「……所以呀，咱們倆都算是撿回一條命，以後咱們要好好活著，怎麼也得報這個仇。

你身上的傷也別擔心，姊姊會想辦法治好的。」

現在水瑤做什麼，雲崢都要跟她在一起，就連上茅房，都要坐在外面的椅子上守著。

水瑤也不嫌煩，就陪著弟弟在縣城裡住下，每天施針、吃藥、搽藥，即便看弟弟疼得滿身冒汗，她都沒放棄。

某天，水瑤突然有個提議。

「雲崢，姊姊現在開始教你認字，這樣你就不會無聊了。」

雲崢雖然不會說話，卻很用力地點點頭。

姊弟倆邊教邊學，有些字水瑤也不是很懂，於是她想到了一個人。

「雲崢，姊姊去給你找個先生來好不好？放心，他跟姊姊住在一個屯子裡，這人很可靠。」

說起杜郎中這個兒子，水瑤都有些佩服，前世聽人說這小子挺能學的，後來好像還中了舉人，至於之後怎樣，她就不大清楚了，畢竟那個時候她已經在外地的某個妓院裡過著生不如死的生活。

不過這世曾聽杜郎中說過，他好像在縣城裡讀書。

說來她也是怕耽誤弟弟，她這半桶水，讀書、認字還算勉強，可是不能做先生。

就這樣，杜郎中的兒子杜偉民被水瑤請到家裡來，順便也幫他解決了住宿和吃飯的問題。

「水瑤、水瑤！」

這天，莫成軒突然來訪，急匆匆的推門而入。

最近他常在鎮子和縣城來回跑，這會兒剛到縣城，就聽見一個消息，這不就立刻趕來找水瑤了。

見到正在教雲崢寫字的杜偉民，他疑惑地問：「咦，你是誰啊？」

水瑤怕莫成軒誤會，趕緊起身過來解釋。「這位是杜郎中的兒子，杜哥哥在城裡讀書，我就讓他來給雲崢和我上上課，順道與雲崢作伴。」

莫成軒朝杜偉民上下打量一番。還好，這個人眼神清明，一身的書卷氣，這提著的心算是稍稍放下。

「對了，我要跟妳說一件事，聽說今天含香樓要推出什麼新節目，大街上圍了不少人呢，怎麼樣，你們要不要過去瞧瞧熱鬧？」

水瑤一琢磨，不由笑了。「這老鴇還挺有腦袋的，先吸引大家一下，有點意思，你們想去不？」

雖然問的是大家，眼神卻是看向弟弟。

雲崢想出去，這些日子在屋裡待得都快悶死了，可是他這樣的傷，怕出去讓人笑話，他不想讓姊姊為難。

看弟弟那渴望又帶著羞怯的小眼神，水瑤的心軟得一塌糊塗。跟剛開始比起來，弟弟已經在慢慢的恢復，當初那冷漠而平靜的眼神也一點點有了溫度，這可是她期盼已久的。

「雲崢想去看吧？那姊姊帶你一起瞧瞧熱鬧，我跟你說啊，這東西還是姊姊幫她們弄出來的，這回也讓你開開眼。」

為了不讓弟弟成為別人圍觀的對象，水瑤給他戴上帽子，遮住一大半的臉，雲崢對這帽子似乎很滿意。

「小洛子，我推你出去。冬兒，你在前面開路。」莫成軒道。冬兒是莫成軒的小廝。

「行了，我看家，你們去吧！」杜偉民沒覺得妓院裡有啥好看的，他得抓緊時間溫書。

等到了含香樓，水瑤才知道老鴇在這方面的確花了不少心思。妓院外面都重新裝修一番，讓人更覺得喜慶，尤其是那些平時濃妝豔抹的女人，一旦鉛華洗去，稍加修飾，那也是美人一個。

即便是討厭她們的婦人們都忍不住駐足多看兩眼，更別說那樂聲一響起，全場的人都被震住了。

二樓亭臺上，一群白衣飄飄的美人們奏出眾人平時根本就沒聽過的樂曲，那種震撼力別說是普通的鄉野村夫，就是那些自認雅人的達官貴人們，也都如聽到仙音一般。

全場靜悄悄的，直到一段音樂停止，下面才爆出熱烈的掌聲和叫好聲。

雲崢也挺喜歡這樣的熱鬧，尤其這樂曲聽說還是姊姊編排的，他可不管什麼妓院不妓院，反正姊姊掙到錢了，那就是有本事。

水瑤推著弟弟出來，望著湛藍色的天空，不由說道：「雲崢，要不姊姊帶你去鄉下走走吧，順便看看姊姊住的地方是什麼樣子。」

夏婆婆坐在樹蔭下編筐，看到馬車停下來，趕緊起身，猜想應是水瑤回來了。

「夏奶奶！」水瑤笑著打招呼。

夏婆婆看水瑤抱著一個受傷的小男孩下來，還有些納悶。

「夏奶奶，這是我剛認的弟弟，他姓洛，叫雲崢，暫時還不會開口說話……」

夏婆婆聽完雲崢的遭遇後，也抹了一把眼淚。

「可憐見的，誰這麼狠心啊！帶回來好，正好留在這裡養傷，要不要去喊妳杜伯伯過來？」

水瑤搖搖頭。「我跟另一個大夫學了幾天，應該還夠應付，這樣也方便一些。」

莫成軒和冬兒幫忙把東西卸下來，夏婆婆不明就裡，以為是水瑤這個朋友帶來的，還好一頓謝謝，莫成軒也不多言，東西放下就走。

「唉，這出門在外，多個朋友是不錯，可是丫頭，咱們不能老吃人家的東西啊，尤其妳還是個女孩子，這時間長了可不是啥正事。」夏婆婆說道。她記得上回好像也見過他一次。

水瑤明白夏婆婆說的道理。「夏奶奶，您放心吧，這都是用我自己的錢買的，您老就放心大膽的收著，至於我娘那兒，等晚上我再送去。」

到了晚上，水瑤帶著東西去鄭素娥家。

「娘，我回來了！」

「妳這丫頭去哪裡了，都許久沒有妳的消息，只聽說妳去找親戚了，娘都快擔心死了——」自從自家男人放出來後，鄭素娥對這個閨女就更加放在心上。

水瑤不好意思的指了指馬車裡的弟弟。「雖然沒找到親戚，不過半路上救回一個弟弟，以後他就是我弟弟。只是他受傷了，暫時還沒法自由活動。」

看到雲崢的臉，鄭素娥倒吸一口冷氣。「這孩子還不得疼死啊！」

水瑤笑了笑。「這幾天都在治療，不久後就會好的。」

從鄭素娥那處回來後，恰好遇上杜郎中兩口子過來串門，夫妻倆對水瑤接兒子另外出去住的事情一直心存感激。

杜郎中見雲崢這傷，跟著嘆氣。「唉，燒得太嚴重了，妳說這人怎就那麼缺德呢！」

烏梅用手肘頂了頂自家男人。「怎麼樣，你有沒有好的辦法？這孩子還小呢，以後可怎麼辦。」

杜郎中猶豫一下。「水瑤，我們家祖傳的醫書上是有那麼一個方子，不過那藥材別說是找，我連見都沒見過。」

水瑤對杜郎中說的藥方產生濃厚的興趣。「伯伯，回頭我去抄一份。」

杜郎中笑笑。「還用抄啊，都記在我腦子裡了。妳拿紙筆來，我唸妳寫。」

當看到紙上藥方的時候，水瑤差點都想仰天長笑了，真是得來全不費功夫啊。

她目前熬的雖然也是最好的燙傷藥，可是雲崢這傷畢竟耽誤久了，這藥的效果便不是很理想。面前這張藥方讓她想起前世的一個人，當年那個人就是靠著這張方子名震一時。

有一次，那老傢伙也不知道被什麼事刺激到，喝醉了酒，就拿其中難解的藥材跟水瑤唸叨一句，她留心記住了，杜郎中藥方裡也恰恰就是那幾味藥。

水瑤看到這張方子，心裡百感交集，老天爺總算沒有虧待他們。

杜郎中幫忙看一下雲崢的腿。「他恢復得很好，只要再多休養，應該是沒啥大問題。再多給他吃點好的，補養好了，就跟其他小孩一點差別都沒有了。」

第九章

自從雲崢跟著杜偉民學寫字，加上之前自己學過的，現在簡單的溝通已經沒有問題了。

雲崢用小手撓撓水瑤的手心，看弟弟有話要說，水瑤拿出石板和筆。

姊姊，我想娘想妹妹了，咱們什麼時候能回家？

水瑤看到「家」這個字，心有些酸酸的。上一世她不知道家在哪裡、娘在哪裡，這一世即便她很努力去尋找，也依然沒有消息。

她直視著弟弟。「雲崢，等你好了，姊姊帶你一起去找娘他們。」

到了晚上，水瑤又開始噩夢連連，這一次不只是她，連雲崢也是如此。夏婆婆看著在炕上囈語不停的兩個孩子，暗暗地嘆口氣。

而這一夜，另一處的洛千雪等人也過得不平靜。

好不容易躲過一路的追殺，剩下幾個人總算將高燒不退的娘兒兩個外加丫鬟小翠送到了目的地。

眼前這高門大院，沒來由的讓大夥兒心裡沒底，只有那明滅的燈籠發出的昏暗燈光，才給這些一路奔逃而來的人一點真實的感覺。

小翠鼓起勇氣上前，使勁地砸門，不砸不行啊，他們逃得根本就顧不上是什麼時辰，估計這會兒人早該休息了。

「誰啊？」裡面終於響起一道不耐的男聲。

「快開門！」小翠也是急了，他們家夫人還不知道怎麼樣了，小姐也是一路生病，要是再不找大夫看病，恐怕大人和孩子都不好說。

裡面的人因為小翠這一聲怒吼，嚇得趕緊小跑過來，一開門看到這一行人，臉色就變了，說話也牛氣許多。

「你們是誰啊？大晚上的，敲錯門了吧？」

話音剛落，院子裡的護衛也隨即跑過來。「怎麼回事？」

這種陣仗要是放在以前，小翠或許會害怕，可經歷過生死和一路的追殺，這場面對她來說已經不算什麼。

「趕緊找大夫過來，夫人和小姐都生病，再去通知老爺，就說我們來了！」

她的話音剛落，這些護衛一個個面面相覷。夫人？家裡的夫人一個不少的都在裡面呢，這又是從哪裡冒出來的？

看院子裡的人不動，小翠急道：「雲老爺，我們來了，夫人和小姐可等著你救命呢！」

「雲老爺」一喊出口，裡面的人頓時明白，其中一人飛快的跑向後院。

還在睡夢中的雲中鵬，不，現在應該叫曹家三老爺曹雲鵬，聽到院子裡有響動，他已經起身了，在知道原因之後，哪還顧得上別的，趕緊跑出來。

躺在床上睡覺的女人也睜開眼睛。「老爺，什麼事啊？」

曹雲鵬頭都不回地說道：「老家來人了。妳先睡，我去看看。」

女人冷哼一聲，調轉身子，面朝裡繼續躺下，不一會兒又坐起來。「不行，我得過去看看。」

當曹雲鵬看到小翠以及車子裡躺著的人，心裡頓時有一種不好的感覺。

「大小姐和少爺呢？」

小翠帶著哭腔跪在地上。「老爺，您快想辦法去找少爺和小姐吧！」

從小翠口中得知兩個孩子可能永遠都回不來之後，曹雲鵬忍不住要掉下淚來。

「回頭妳再好好跟我說。來人，找大夫，給夫人和小姐看病。你們帶其他人去吃飯、休息。小翠，妳陪在夫人和小姐身邊……」

洛千雪因為接連失去兩個孩子，加上這一路奔逃和受傷，即便路上有看過大夫，可這病情沒有緩解多少，反而越發嚴重。

大夫看了連連嘆氣。「這都是怎麼搞的，大人這樣，孩子也這樣，曹大人，按理說不應該啊！」

曹家先不說家世，就說眼前這位，好歹也是當官的，怎麼家裡的人會弄成這樣？

曹雲鵬苦笑一聲。「唉，一言難盡，大夫，你就儘管開好藥，銀子不是問題。」

「夫人，您不能進去……」

「放肆！這個家還有什麼地方我不能進去的？讓開！」

這時外頭傳來對話，讓小翠渾身打了個冷顫，眼神直直的看向曹雲鵬。

「老爺，這到底是怎麼回事，家裡怎麼還有一個夫人？」

曹雲鵬輕咳了一聲。「這事我回頭再跟妳說，妳先下去吃飯，洗漱一下，我陪著她們。妳，帶小翠下去，好好安頓。」

小翠感覺天都要塌下來了，她不傻，尤其陪在他們家小姐身邊這麼多年，多多少少都長了不少見識。一個女人敢往老爺房裡闖，那關係肯定非同一般，尤其外面的人還稱呼她「夫人」，那他們家夫人該往哪裡放？

她一轉身，對曹雲鵬跪下來。「老爺，您還是先聽完我說的……」

這一次聽到詳細經過，連曹雲鵬都坐不住，氣得手指都快掐進肉裡。

「妳說少爺是被燒死的，大小姐下落不明，約莫也出事了？」

小翠含淚點頭。「她沒按照約定跟我們在中州會合，按理說嬤嬤和老吳都是老人了，應該明白這其中的意義，除非他們也出事了，不然不會這樣的……」

曹雲鵬雙手抱著腦袋，他不知道這其中究竟出了什麼問題，難道是洛家那邊得罪了什麼人？尤其是小舅子……

「那少爺呢，他去哪兒了？」

小翠擦擦眼淚繼續說道：「少爺說既然老爺要接夫人和孩子們回來，他正好也藉這個機會出去走走看看，他想重振洛家。當初夫人他們離開的時候，少爺把家裡能賣的都賣了，給我們帶了一些，他就帶著剩下的錢說是出去尋找機會，等他發達了，就過來找我們。誰想到事情會變成這樣……老爺，求求您，趕緊派人去找小姐他們吧！小少爺即便是燒死了，至少能找到屍首也行啊！」

曹雲鵬忍著悲意道：「一切還有我呢！妳先下去吧，趕緊休息好，回頭還指望妳來照顧你們夫人。」

小翠出去的時候，曹雲鵬從打開的門看到被攔在門外、一臉不豫的齊淑玉。

他心中本就有說不出的鬱悶和煩躁，再看到齊淑玉，那股火總算有了宣洩口。「看什麼看？有那個心，就趕緊安排下面的人做點好吃的，留著她們娘倆明天早上吃。」

「娘倆？老爺，怎麼是娘倆？」

曹雲鵬嗓子都快冒火了，也沒閒心理會齊淑玉。「下去安排吧，晚上我陪她們娘倆，有事明天再說。」

打發走齊淑玉，曹雲鵬這才有空閒好好打量躺在床上的母女。他好久沒見到孩子了，誰知道再次相見竟會是陰陽兩隔？

「來人，你們馬上去這兩個地方，我活要見人，死要見屍。記住，秘密進行，這事誰也不能說。」

只是今天晚上注定不是一個平靜的夜，前院鬧出動靜，各院的人怎麼可能不清楚？很快的，各屋都不睡覺了，關著燈私下都在談論這事。

「老爺，老太太讓您去一趟。」有丫鬟進屋稟報。

曹雲鵬嘆口氣，起身去見自己的老母親。

「……什麼？孩子沒了？你說我的孫子沒了？」老太太有些不敢相信自己的耳朵，起初她雖生氣這個女人怎麼找上門來，可聽說兩個孩子一起出事，饒是她經歷多，還是被這個消息給震懾住。

好不容易才找回來她這個兒子，當年為了找這個孩子，她費了多大的力氣，沒有人知道她這個當娘的是什麼心情。

誰想到這孩子當年因為出了意外，忘記回家的路，也忘了自己的家人，好不容易回來，卻告訴她已經在外面成親，而且對方還是個落魄窮秀才家的姑娘，那樣的人家怎麼配得上自己優秀的兒子？

可是兒子堅持，老太太也不能不顧他的情緒和面子，只要求曹雲鵬必須再娶一個。問題是要他停妻再娶，曹雲鵬當然不會同意。

可他拗不過老太太，便由長輩做主娶了一位庶小姐，也就是齊淑玉，至於老太太怎麼跟人說的，他並沒有太關注。

只是一條，老太太不讓他接那娘兒幾個過來，以至於這些年家裡的人還以為這位才是正頭夫人。老太太似乎也故意縱容下人這麼稱呼，一來二去，齊淑玉就真的越來越像這家裡的正主。

至於他，前些年還兩頭跑一下，現在當官後，就更沒時間過去。不過隨著孩子越長越大，這也不是長久之計，所以他私心想讓娘兒幾個過來，至於家裡的規矩再慢慢改過來就行，只是沒想到半路會發生這樣的事。

「天哪，我這是造啥孽了，好好的孫子怎麼說沒就沒了……」

老太太主要是心疼自己的兒子，曹雲鵬這一房本就子嗣單薄，齊淑玉也就生了一子一女，庶出的也只一個丫頭，三個孩子跟其他幾房比起來真的少很多，沒想到孫子竟然出事，那三房豈不就剩一個男丁？

「不行，你得趕緊再納幾房姨娘，這樣下去，你這一房人丁單薄，以後也是個事啊！」

曹雲鵬嘆口氣。「娘，這都什麼時候了還納姨娘，虧您還能想到這一點。我現在得先找到那兩個孩子，好歹他們也是我的骨肉。」

老太太瞪眼。「說什麼呢！娘也是為你好，你聽娘的，找歸找，但是不能大張旗鼓的。雲崢我估摸是夠嗆了，要是那丫頭還活著，先打聽清楚了再說，一旦名聲壞了，就算是接回來又能如何？反而讓你成為別人的笑柄，家裡的女孩也跟著受牽連。

「這事你最好別出面，讓你大哥來吧，他行商的身分比你要方便得多。唉，家裡好不容易出了你一個做官的，可不能有任何閃失。」

「娘，哪有您說的那麼邪乎，好歹那也是我的孩子，我這個做爹的找他們是天經地義的事，外人有什麼好說道的？我先回去照顧她們娘倆了。」

曹雲鵬心裡本就窩火，說了兩句就出來了。

老太太看兒子出去了，眼神忽明忽暗，沒人知道她此刻在想些什麼。

雲綺最先甦醒過來。

看到曹雲鵬，小丫頭還不大認識，畢竟都多久沒看到這個爹，就算小時候見過，也沒什麼記憶，還是小翠提醒她，才知道喊爹，不過也是一副怯生生的模樣。

「爹，你能幫我找到姊姊和哥哥嗎？他們都不見了，哥哥還被大火燒了，雲綺怕。」

女兒的一番話說得曹雲鵬的心都跟著痛，孩子那像小鹿般驚慌失措的眼神，讓他一個做父親的突然有一種想保護好孩子的慾望。

他把閨女抱在腿上，摸摸她柔軟的髮絲，嘆口氣。「雲綺乖，爹已經派人去找姊姊和哥哥，找到他們就帶回來陪雲綺好不好？」

小丫頭乖巧的點點頭，看到躺在床上的母親，又開始淚水漣漣。「爹，雲綺想要娘抱。」

小翠拿一個果子餵她。「小姐乖乖的，等妳娘好了就會陪妳玩，咱們讓娘好好的休息好不好？」

小丫頭搖頭。「不好，雲綺想要娘。娘，妳快醒醒，咱們一起去找哥哥和姊姊……」孩子一聲哥哥、姊姊，喊得小翠都忍不住掩面哭泣，那兩個也是她和嬤嬤一手帶大的孩子，這幾個人都沒了，她心裡的感傷比任何人都要多。

床上的人好像受到觸動一般。「水瑤……雲崢……我的孩子……」

小翠急切地撲過去。「夫人？您快醒醒，您快嚇死我們了！」

洛千雪在小翠和雲綺的聲聲呼喚中慢慢睜開眼睛，那種茫然和無助讓曹雲鵬看了都不忍心。

在他的印象中，洛千雪雖然是個柔弱的女子，可一直都樂觀向上又堅強，要不然他也不會放他們幾個在家裡這麼多年。

這樣的表情他還是頭一次見到，好像眼前這個人對生活已經沒了生趣。

「千雪，快看看我，我是中鵬。」

聽到曹雲鵬的話，洛千雪眼神突然有了生機，緊緊抓著他的手道：「相公，快去救孩子……咱們的孩子，我的水瑤和錚兒！」

想到孩子，洛千雪的身子不由顫抖起來，泣不成聲。

「千雪，妳聽我說，我已經派人去找孩子，妳放寬心，只要孩子活著，咱們肯定能找到他們，妳先冷靜一下。」

等洛千雪平靜下來，她想到了一件事，眼神熱切的看向曹雲鵬。「相公，你說你找到了父母，這到底是怎麼回事？」

曹雲鵬本來不想在這個時候說的，可洛千雪卻很堅持，要不是因為這封信，她怎麼會帶著孩子出來？要不是因為這個，兩個孩子又怎麼會出事？所以她必須知道事情的真相。

「……什麼？你又成親了？連孩子都生了？呵呵，雲中鵬，你可真好啊，就為了這個，你讓我千里迢迢的帶著孩子過來？要不是因為你，孩子怎麼會出事？你當初是怎麼答應我爹的……」洛千雪也不知道是因為失去孩子還是被曹雲鵬說的事情刺激到了，越說越激動，情緒越來越不穩定，最後直接拿起東西砸人。她作夢都沒想到他們娘兒幾個付出這樣的代價，等來的卻是這種消息。

「娘，我怕……」雲綺被洛千雪的舉動嚇到，瑟瑟發抖的躲在小翠懷裡。

「雲中鵬，你好狠啊！」洛千雪一口血吐了出來，人也昏倒在地。

曹雲鵬完全沒想到洛千雪會是這麼激烈的反應。

在他心目中，這個溫婉大方的女人是不會因為這事鬧騰成這樣，而且哪個男人不是三妻四妾的，更何況他還有苦衷，又不是他願意的。

是，他當初是答應過死去的岳父照顧好他的閨女，不納妾，可那個時候他是雲中鵬，現在他是曹雲鵬；當初他是一個窮困潦倒的讀書人，現在他出頭了，怎麼就不能諒解他呢？

「老爺，夫人也是一時難以接受這個消息，你不僅姓名都改了，連孩子都生了好幾個，這麼多年過去，你總有解釋的機會吧？難怪她反應這麼激烈。給夫人一點時間吧，讓她慢慢的接受。」

小翠能說什麼，他們初來乍到，這個家根本就由不得他們說了算，如果連這個老爺都得罪了，以後他們該怎麼自處？

第十章

曹雲鵬嘆口氣。「我何嘗想這樣，我就是怕她生氣才沒敢說，沒想到會鬧成這樣，早知如此，我早就說了，兩個孩子也不會出事。小翠，妳老實跟我說，你們家少爺真的沒結下什麼仇家？那些護送你們的人都是可靠的？」

小翠有些激動。「老爺，我敢對天發誓，我們家少爺絕對沒問題，那些護送我們過來的人也沒問題，就為了保護我們，他們也死了很多人。要不是他們，我們恐怕早就埋屍荒野了，你哪裡還能見到我們？」

曹雲鵬有些無力的點點頭，問題不是出在洛家，難不成是出在曹家？誰有那麼大的膽子敢這麼做？

他首先想到的就是齊淑玉，可在他的認知裡，齊淑玉還算溫婉可人，而且嫁過來時也是以妾的身分，應該不會這麼做，且齊淑玉也不知道這事，根本就沒法派人追殺。

「算了，妳好好照顧夫人，我去安排一下。」說完他就走出去。

她們不能一直在客房裡住，他得安排正院，正室該住正院這事他一點都不含糊。

不過他沒想到齊淑玉早一步先安排好了，對於她的表現，曹雲鵬倒是挺滿意的。

水瑤這頭並不知道母親已經找到父親。

早上，姊弟倆一起床就開始討論昨晚作夢的情況。「你也夢到母親和妹妹不好了？」

雲崢點點頭，拿筆寫下：娘病了，雲綺也不好。姊，我們該怎麼辦？

水瑤苦笑一聲，一臉無奈。「姊姊也想立刻見到娘，可就是不知道他們在什麼地方，不過我已經讓人去打聽。對了，雲崢，你試看看能不能發出聲音來，這些日子一直沒斷過針，按理說你應該能開口說話了。」

雲崢使使勁，可惜沒啥動靜，看弟弟急得滿頭大汗，水瑤趕緊安慰。「別著急，慢慢來，今天不能說不代表明天不能說。老大夫說了，你這嗓子沒什麼問題，只是時間問題。」

她一邊給弟弟抹藥，一邊說道：「杜伯伯那藥方我琢磨出來了，不過有些東西得冬天才能找到，所以你也別著急，肯定會好的，姊保證不讓你這臉上留下疤痕，我們雲崢還是一個漂亮的男孩子。」

雲崢不好意思的別過臉去，其實他也怕別人笑話他，儘管姊姊已經盡最大努力保護他，可從別人的眼神裡，他還是能看出點什麼。

中午吃過飯，水瑤本來想去找郎中拿些藥，誰知剛出門就看到江子俊和徐五迎面走了過來。

如今的徐五已經不是當初那個在街頭乞討、衣衫襤褸的小乞丐，多日不見，這傢伙似乎更穩重，帶著一股成熟的味道。

「徐五？你怎過來了，東西都弄完了？」

徐五笑著點頭。「我們就等妳這頭呢。對了，我回來還要告訴妳一件事，聽說有人在跟那些乞丐偷偷打聽有沒有見到一個像妳這麼大的小女孩，而且名字還跟妳相同，別告訴我他們找的就是妳。」

「他們都是些什麼人，能知道他們是從什麼地方來的嗎？」水瑤冷靜地問。

徐五搖搖頭。「他們也是順嘴打聽的，說有消息可以到悅來客棧去找他們，奇怪的是，這些人背後還跟著一幫人。」

水瑤若有所思的點點頭。「徐五，想辦法跟第一批人聯絡上，也別說我的情況，先試探他們就好。另外，能不能想辦法把第二批人控制住？」

這事徐五在行，別看他是討飯的，這該會的門道他可一點都沒少學，要真論起來，他才是老江湖。

水瑤拿出銀票遞給他。「找人需要銀子，就算是自己的兄弟也不能讓大家白跑，幹得漂亮一些。」

徐五笑著點頭。「行，那我去做事了，有什麼事到縣城的老地方找我。妳這邊處理得差不多，也該走了吧，在城裡聯絡也方便一些。」之前水瑤雖然沒跟他說太多，可把前後的事連在一起，大概也能猜到。

水瑤點頭。「等安排好了，我會帶弟弟過去的。」

待徐五走後，她才跟江子俊道：「子俊哥，我最近老作一個噩夢，總覺得要有不好的事發生，但我不知道是什麼時候，這也是為什麼讓你們準備糧食的原因。」

江子俊心裡一驚，他沒想到水瑤準備糧食是因為作噩夢的關係，現在他的心裡都說不出是啥滋味了。

「就憑一個夢就敢做這麼大的買賣，妳這膽子可真夠大的。」

水瑤認真地看著江子俊的眼睛。「子俊哥，那你為什麼連問都不問就願意跟我一起做這些事？」

江子俊俊顏一展。「我信妳，因為妳也把自己身上所有銀子都押在這事上了，所以我才不擔心。況且即便沒妳說的噩夢，那糧食也不愁賣，現在大家都等著新糧下來，這陳糧價格自然就上不去，咱們到最後也未必會賠。妳放心做吧，有什麼事情有我呢。」

看著他的笑，水瑤不禁有些恍神，這傢伙真有禍害人的本事，將來長大了，那傾慕者還不排到大街上去！

過幾天，徐五來了。

他一臉的歉意。「真不好意思，我去找第一批人的時候，才發現他們已經離開，說是有人發現他們要找的人，不過聽說已經死了。接下來該怎麼辦？」

水瑤心裡比誰都著急，她也想早點見到父母，可是誰想到命運竟然讓他們又錯過了。

她思考一下。「你先上車。」

既然有人找她，勢必也會去找弟弟，她得趕緊去雲崢當時出事的地方。

說起來，雲崢年紀不大，能記住的有限，他自己當初都是迷迷糊糊逃出來的，連怎麼看到水瑤，他自己都記不大清楚。

所以這一路走走停停，水瑤和徐五只能根據雲崢提供的線索來推測，還向路人打聽，沒想到竟然被他們找到了。

誰知到那個地方一問，才知那幫人居然從火堆裡找出一個燒焦的孩子屍體。

水瑤的心都涼了。「怎麼可能？弟弟明明就在我這裡，這肯定是有人做了手腳！」

雲崢在石板上寫道：妹妹是跟娘走了，這屋子沒別人。

徐五的眼神難得露出一抹狠戾。「水瑤，這事太蹊蹺了，好像每一步都有人安排好似的，咱們是錯過了一步，步步都跟不上，咱們不知道他們在哪裡，總不能一直這麼毫無目標的找下去吧？」

水瑤抱著雲崢坐在草地上，望著遠處的鄉間田舍，心好像頓時被掏空一般，因此並沒有注意到懷裡的雲崢此刻正睜著驚恐的眼睛，看著已經被燒成灰燼的茅草屋。

「啊——」

陷入思緒的水瑤突然被弟弟發出來的聲音嚇一跳，看到懷裡揮舞著胳膊的弟弟，水瑤哪裡還能去想別的事情，趕緊安撫他。不過讓她驚喜的是，雲崢雖情緒激動，可他竟然能發出聲音了。

「雲崢，看著姊姊。我們一直都在你身邊，娘她們也是。」

在水瑤的柔聲安撫下，雲崢的情緒漸漸穩定下來，聲音略帶沙啞。「姊，我好害怕……我不想死，可周圍都是火，沒人能幫我……幸好那天晚上下了小雨，要不然我肯定死在這裡……」

徐五在一旁聽著，面色有些凝重，沒想到水瑤的弟弟經歷過這樣的慘劇，他心中頓時生出一股衝動。「雲崢，別怕，以後還有我呢。哥哥來保護你，沒人能再傷害到你，況且你還有姊姊，跟我比起來，你可強多了。」

雲崢哭了一會兒，哆嗦道：「姊，我想娘和妹妹了……」

水瑤給弟弟擦擦眼淚，柔聲安慰。「肯定能找到的。徐五，你有什麼想法嗎？我娘他們肯定沒有離開離國，可究竟在什麼地方？」

徐五挨著他們兩人坐下來，拿著枝條在地上分析。「你們是從南方過來的，也就是說，妳爹肯定不會在那裡，路途肯定也不會遠到北地去，那就只會在這周圍。回頭我讓乞丐兄弟都出去，在哪裡討飯都是討，出去長長見識也是不錯的事。另外，咱們以後既然要做大事，不能沒有自己的人手，所以這次也是個機會，妳說呢？」

對於徐五，水瑤不得不佩服，雖然還只是個少年，卻分析得頭頭是道。

「我現在懷疑是我爹那頭出了問題，所以這事咱們得暗中來，也可多關注一下當官的，我爹怎麼說也是個讀書人，考中到什麼程度我雖不是很清楚，但往這個方向去查找應該沒錯。」

徐五聽罷也覺得有道理。「以防危險，名字也得改了，雲崢直接叫洛崢吧，妳也是，這樣出去辦事才方便。」

水瑤點點頭。「就交給你安排。既然都來到這裡，我想帶弟弟再去找那個老大夫，他的腿還得再看看。」

安老大夫對水瑤姊弟兩個再次上門還挺熱情的。

「喲，小姑娘，好久沒見到妳，妳弟弟的腿怎樣了？」

水瑤推著雲崢，笑著走進來。「這不就過來找您老幫忙看看我弟弟的腿好點沒，我也打算留在您這裡多學兩手，就怕您老不肯傳授。」

「小丫頭這是氣我呢，我還巴不得收妳這個徒弟！」安老大夫瞪了水瑤一眼。「怎的，又遇上事了？」

水瑤苦笑一聲，搖搖頭。「沒啥大事，就是過來看看您，順便幫您老做做飯，感謝您當初的救命之恩。」

安老大夫可不相信水瑤說的話，這丫頭可精著呢，不過他倒是很歡迎這兩個孩子的到來。

「您老幫忙看看，我弟弟能開口說話了，不過聲音有些沙啞，能弄點什麼藥吃嗎？」

「沒問題。來，坐下，讓爺爺給你好好的瞧瞧。」安老大夫道。

閒談之間，小夥計就跟水瑤他們聊起昨天的八卦。

「……喲，這年頭啥都偷啊，連小孩子的屍體也不放過，真不知這些人都是怎麼想的！」

水瑤聽了，心裡咯噔一下。如果對方找到的是被偷的那個，那就能對上了。如果娘他們看到，又收到自己的消息，會是怎樣致命的打擊？

「知道是誰幹的嗎？」

小夥計搖搖頭。「上哪知道啊，畢竟以前都沒出過這樣的事情。」

水瑤緊張地追問。「知道這些人是往哪裡去的嗎？」

小夥計疑惑地看她一眼。「聽說是往西。怎地，妳認識這些人？」

水瑤展顏一笑。「沒有。對了，小哥，老先生的家人呢？怎麼沒看他的家人住在這裡？」

小夥計笑了。「這妳就不知道吧，我師父打算搬家了，家裡的人先過去置辦屋子，等那邊安排好，他再過去。所以小姑娘你們算是來得巧，要不然等我們搬走了，你們再來可就找不到我們。」

水瑤打聽一下地址之後，記在心裡。安老大夫人不錯，以後要是情況允許，她倒是願意跟老人家多走動走動。

有安老大夫在身邊，雲崢的嗓子已經沒問題，腿也恢復得很快。用安老大夫的話說，小孩子骨頭長得快，這些日子跟水瑤他們住在一起，連他和小夥計都長了不少肉。

到安老大夫啟程那天，水瑤朝老人家深深一鞠躬。

「安老，謝謝您治好雲崢，下次再去找您串門子，反正地方我都知道了。」

安老大夫趕緊一把扶起她。「傻孩子，說啥呢，要說起來，咱們倆也算是有緣分。」

別過安老大夫後，姊弟倆略收拾一下就出發了。

第十一章

回到縣城後，水瑤就見到了莫成軒，沒想到這傢伙竟然來了縣城。

「你怎過來了？」看到他，水瑤有些吃驚。

「我怎就不能來了？你們不在鄉下，我估摸著是到縣城了，這不就送玉米過來給你們吃。這天氣說變就變，幸好我爹聽我的話，連夜讓人弄玉米賣給飯館和酒樓。」

水瑤就見冬兒拿來了兩大袋玉米，此刻都不得不佩服莫成軒的聰明腦袋。有好東西吃，她當然不會拒絕，招呼還在讀書的杜偉民一起過來吃。

「唉，這東西有些多啊，就算是飯館、酒樓也消耗不了這麼多，如果這天一直不晴的話，我們家可損失大了。」莫成軒邊啃玉米邊感嘆。

水瑤也在想辦法，這只是開始，接下來的日子會更難。

「水瑤，妳說的機會不會就是這個吧？」莫成軒吃完後，冷不丁問了這麼一句。

水瑤無奈地一聳肩。「我說少爺啊，你別這麼聰明好不好？不過究竟是不是，我也說不好，總之糧價上漲了就是好事。等著吧，這雨不停，糧價還會繼續漲，剩下的事我可都交給你們了啊。」

莫成軒看了她一眼，一邊喝茶，一邊慢條斯理道：「水瑤，能跟我說說，最佳的賣出時間是什麼時候嗎？我總不能現在就開始賣吧，這才掙多少啊？」

水瑤瞅著他笑，臉上帶著揶揄的神色。「別跟我說你一點底都沒有，那可不像你的風格。」

水瑤別有意味的眼神，讓莫成軒一陣得意。「那是，我總覺得耗子扛木鍁，大頭在後面，我說的對吧？」

水瑤笑笑。「不愧是莫家少爺，腦子夠聰明。跟你說正經的，先屯著，不著急。」

送走了莫成軒後，水瑤喊來了杜偉民。

「偉民哥，想請你幫一個忙，我最近要回鄉下一趟，有些事要忙，想讓你姊姊和外甥他們過來這邊幫忙照應一下雲崢。」

杜偉民很爽快地答應了。

吃過飯，雲崢問出心裡的疑惑。「為什麼讓偉民哥的姊姊過來呢？」

水瑤坐下來，一邊給弟弟抹藥，一邊解釋道：「偉民哥的姊姊為人不錯，姊姊這頭還得回鄉下一趟，下雨天帶著你過去的確有些不方便。別忘了，杜伯伯還給了咱們藥方，就算是報恩吧。」

水瑤心裡實在放不下鄉下那幾個人，最終還是獨自回去了，順便也幫杜偉民給家裡稍了封信。

看到兒子信上的內容，杜郎中夫妻倆是感慨萬千。

見到水瑤，江子俊第一句話就問這雨什麼時候能停。

水瑤看出江子俊眼底的焦急，可她不清楚原因，便關心地問了一句。「怎麼了，家裡有急事還是你急著用銀子？」

要是江子俊急著用錢，哪怕是找莫成軒想辦法，她也得把這筆銀子給他湊齊了。

江子俊神色難得有些冷峻，眼裡多了一絲憤怒。「不是銀子的事，是我家裡人。一言難盡，以後有機會再跟妳說。」

既然江子俊都這麼說，水瑤也不好再多問。「我都敢屯糧了，那下雨的日子肯定不會短，但要說到底是多少天，我真的不清楚，總之我的夢就是這麼顯示的。」

江子俊皺著眉，沈吟了一會兒。「水瑤，我想拜託妳一件事，我有事要出去一段時間，想請妳幫我照顧我奶奶一陣子。」

水瑤驚訝地看著他。「不是還有路伯伯嗎？」

江子俊苦笑一聲。「這次他跟我一起走，所以才想請妳務必幫我照顧好我奶奶。」

聞言，水瑤立刻答應。「行，你自己多當心些，早點回來，這邊還等著你回來數銀子呢。」

她心裡有一種感覺，江子俊恐怕也是一個有故事的人，或許是跟她一樣的人吧！可既然人家不想說，她也不多問，總有一天，他總會願意對她說。

水瑤留下來了，可還是不大放心留在縣城裡的弟弟。別看雲崢平時不吭聲，這孩子極度沒安全感，而且他的傷她也不放心，但也只能暫時先這樣。

雨一直下，終於有人坐不住了，開始到地裡去搶收。沒辦法，不搶能怎麼辦，一年的口糧呢，沒了糧食他們拿啥過冬？

可問題又來了，搶收回來的糧食沒法曬乾，那豈不是在家裡等著發霉？這個問題讓富有生活經驗的鄉鄰們也頭疼。

「唉，這雨下的，我聽說好多人家幾乎都沒怎麼睡覺，其他村子就更慘了。丫頭，這些飯菜給妳江奶奶送過去吧，順便問問她咳嗽好點了沒？」夏婆婆感慨道。

江子俊走了，江老太太彷彿也沒精神頭似的。

「應該沒啥大事，杜郎中已經給她看過了，也按時給她吃了藥。夏奶奶，妳趕緊趁熱吃，這天氣不好，妳就別出去了，有啥事等我回來再說。」

看著水瑤帶著飯菜出了門，夏婆婆暗自嘆了口氣。這孩子成天幫這家、幫那家，可她自己心裡也有苦，有誰能夠清楚？

水瑤到了江家，剛進屋走到床邊，江老太太就一把抓住她的胳膊，嘴裡語無倫次地唸叨。「丫頭……快，妳快幫幫子俊，他可能要出事……」

水瑤還以為老太太在說夢話，仔細一瞧，人卻是清醒的。

「丫頭，奶奶求妳了，快去幫幫子俊吧！我剛才算了一卦，他有危險，我不知道該去求誰……丫頭，我知道這事對妳來說很為難，可是我只認識妳一個人，而且卦象顯示能幫他的人應該是妳。」

水瑤不可置信地指著自己的鼻子。「我？江奶奶，您沒搞錯嗎？我能幫子俊哥？可他在哪裡我都不知道。」

不用水瑤詢問，這回江老太太主動交代了。「子俊去救他爺爺了，他們被關在一個很深的水牢裡，就因為下雨，本來還想再準備準備的，現在已經等不及了，丫頭，妳快想個辦法救人……」

聽完老太太說的地方，水瑤頓時愣住了。

別人不清楚，水瑤卻明白，說來這得歸功於她的前世，因為在妓院的關係，知道不少隱秘，恰好她就知道這個地方，只是她不清楚江老太太怎麼算出來她能救江子俊的？

「江奶奶，您就這麼相信我？」

江老太太握著她的手，滿臉都是祈求。「卦上是這麼顯示的，我也知道這樣有些強求，可是人命關天，我也只能求妳了。」

水瑤苦笑了一聲。「行，那您在家裡照顧好自己，我先去找那個地方，能不能做到我也不清楚，但我一定盡力。」

水瑤先回去跟夏婆婆說了一聲，又趕緊去找莫成軒借人。

「妳說江子俊出事了？」莫成軒一臉驚訝。

水瑤點頭。「是他奶奶說的，我也說不準。你幫我找幾個人用用，別真的出事了。」

莫成軒上下看了水瑤一眼。「妳確定妳可以去救人？不如這樣，我也跟妳跑一趟。」

「不行，你不能去，我還指望你幫我掙錢呢，畢竟現在是關鍵時期，再過幾天也該慢慢放糧出去了，況且你去了也起不了多大的作用，還讓你娘跟著擔心。我也就過去看看，幫不幫忙的，估計還得指望你的人呢。」水瑤道。

話才剛說完，冬兒就通報說夫人來了。

水瑤有些無措，來了這麼多回，她還真沒見過這傳說中的莫夫人，她是一點心理準備都沒有。

「別擔心，我娘很和藹的。」莫成軒笑道。

看到莫夫人，水瑤趕緊上前見禮。

「妳就是水瑤姑娘啊，經常聽成軒提起過妳，我還是頭一次見到呢，來來來，別客氣，咱們坐下來說話。」

莫夫人終於見到了這個兒子嘴裡經常唸叨的孩子，她也是好一番打量，這小姑娘長得乖巧，她是越看越滿意。

莫成軒還沒等水瑤解釋，就先開口把她的來意說了一下。

「哦？」莫夫人有些古怪的打量著水瑤，那老太太究竟是什麼意思，她雖然不瞭解其中的用意，但是讓這麼小的孩子去救人，那不是開玩笑嗎？

她慢條斯理的開口。「ㄚ頭，既然妳跟我們家成軒是朋友，我身為長輩，不得不勸妳一句。妳還小，救人的事本來就不是你們這些小孩子該做的，這幫忙的事我們理應出手，至於你們倆，還是別參與了。」

水瑤心裡不禁對這個莫夫人生出一層好感，這個女人對別人怎麼樣她不清楚，但對她至少是充滿善意和真誠。

她朝莫夫人一鞠躬。「伯母，謝謝您的好意與提醒，只是這事我都答應了，怎麼也得過去看看，我不親自參與，就在一旁幫著望望風也好。至於成軒哥，他還是別去了，您也清楚我們的生意，這邊還得指望他和我朋友呢！說來我也是沒辦法，老太太都開口了，我也不知道該找誰好，就麻煩您幫忙安排一些人手了。」

莫夫人拉著她的手，嘆了口氣。「我是當娘的，自然不希望你們貿然去犯險，可妳既然要去，我也不多說了，只是妳得跟在大人身邊，聽懂了沒？」

水瑤內心莫名有種感動，點點頭，大眼睛忽閃忽閃的。「伯母，我肯定不冒險，我還等著跟成軒哥一起掙銀子養弟弟呢。」

有莫夫人在，安排人手的事進行得很順利。

「水瑤，這些東西妳帶上，若發生什麼事情，往這裡送信來不及，那就去找成軒的外公，那頭我會派人打招呼的，自己多當心。」

其實莫夫人有些不大忍心讓水瑤這麼小的孩子過去，可既然攔不住，只能為這孩子多準備一些。

水瑤走後，莫成軒有些不大滿意母親的阻攔。「娘，您為啥不讓我也跟著去啊？」

莫夫人嘆口氣。「你這孩子腦袋不笨，怎麼就想不明白這其中的道理呢？危險先不說，就說這老太太求水瑤過去幫著救人，你覺得這可靠嗎？明顯就是沒把人家的孩子當孩子看，也不知道這江子俊的家人為什麼會這麼做？不過水瑤這小丫頭以後你可以多來往，別看這孩子人小，可是個有擔當的。」

莫成軒在一旁追問了一句。「就是有擔當這麼簡單？」

莫夫人好笑的摸了兒子一把。「小東西，這已經是很高的評價了，以後的事情慢慢再說，趕緊去做正事吧。」

追根究柢，莫夫人還是挺擔心這個給她印象不錯的孩子，莫成軒何嘗不是如此？他沒什麼朋友，水瑤是他結交的第一個朋友，可惜娘不讓他去，要不然他早就跟去了。

莫夫人給水瑤安排的這些人也不是什麼普通人，都是莫家的看家護院，身上有些功夫。

水瑤帶人一路找過去，連她自己都覺得有些忐忑。這荒郊野外的，雖然搞不清楚江家到底是什麼身分，可據她所知，能耗費那麼大的心力去建造一個如此複雜的機關來關押一個人，可見這個人關係重大。

這時前面赫然出現一座道觀，看到其上那明顯的標誌，水瑤就知道他們到了。

一行人偷偷靠近道觀，她都能聞到一股血腥味，即便下著雨也沒能被沖散。

「裡面有死人，姑娘，我們該怎麼辦？」

他們不熟悉地形，萬一直接衝進去遭到埋伏可怎麼辦。

水瑤拿起手邊的石子往院中扔了出去，在寂靜的夜裡，那聲音特別明顯，可裡面依然沒有反應。

「咱們進去，我在前頭帶路。」

水瑤要打頭，那幾個大男人可不好意思，總不能讓一個手無縛雞之力的孩子衝在他們前面。

「不行，妳在我們中間，幫我們看一下，有什麼問題再跟我們說。」

水瑤也只從當初那個酒鬼恩客嘴裡聽說過這裡的機關是怎麼回事，可這裡面她還真的沒進來過。

進到院子，眾人才發現裡面已是滿地屍體，水瑤觀察了一下，那些穿著道士服的屍體恐怕是這裡的守衛，另外還有一些黑衣人，不清楚是不是暗衛。

整個道觀裡見不到其他人影，給人一種陰森森的感覺。

突然，一道奇怪的唠嗟聲傳來。

「壞了，快跟我進去，大夥兒快找找，看看有沒有暗道之類的。」只有找到了地道她才能破解機關，不然一切都是枉然。

大夥兒開始分頭行動，裡面還有不少的屍體，看樣子死的時間不長。

「姑娘，快過來看——」

聽到聲音，水瑤的眼睛頓時一亮，跑了過去。

原來在道觀的儲物間裡發現一個暗道的入口，聲音也是從這裡發出來的。

水瑤拿著油燈四下打量，這聲音應該是絞盤發出來的，也就是說，江子俊他們在下面觸動了機關，而這個機關就在此處。

水瑤腦子迅速轉著，仔細回憶那個恩客當初跟她說的話。

這時，她餘光瞄到牆上的楔子，立刻吸引她的目光。「快，把楔子推進去！」

眾人依照她的話做，這東西很輕易就沒入牆裡，那咔噠聲也隨之停止。

水瑤的小心臟總算是落回原處。「你們倆在外面守著，你們幾個跟我下去，這次我走在前面，你們跟在我後面，這裡面有機關，千萬要小心。」

第十二章

男人們還想拉住水瑤，不過看她一副胸有成竹的樣子，又縮回手，主要是他們也不清楚下面究竟是什麼情況，既然這小姑娘能帶他們過來，想必裡面的情況多少也瞭解一些吧。

水瑤現在是一點都不敢鬆懈，在腦中想了又想，確定之後才敢邁步。

後面的人也是小心翼翼，有一個稍微分心的，差點就被牆裡突然冒出的矛刺中，幸好夥伴及時將他拉回。

「打起精神來，這裡可不是鬧著玩，隨時都會送命。」水瑤不放心的多叮囑了一句。

她現在完全不敢分心，全神貫注地一路走到第三關。

這一路上也見到好幾具屍體，讓大家的神經越發緊繃，幾乎一點小動靜都能讓他們嚇得渾身冒汗。

剛走到前面，眾人就聽到一陣急促的喘息和呻吟聲。

「誰?!」

一片安靜。

「快點說話，不然就是我們的敵人！」水瑤加重了聲音。

聽見這熟悉的嗓音，被兩堵牆死死卡住的江子俊一行人都打起精神，尤其是江子俊，差點都想仰天大笑了。

天不絕我啊！

「水瑤是我！快救我們，我們被牆卡住了……」江子俊聲音有些急切，也有些不連貫，可以想像連氣都喘不均勻了。

水瑤聽到江子俊的聲音，心總算穩定下來，好在她來得及時，沒辜負江老太太所託。

「你們沒事吧？」水瑤高聲問。

江子俊喘了口氣。「再不來救我們……估計就有事了……快、快點……」

水瑤趕緊帶著其他人奔過去，可兩堵牆也是機關，中間雖有滑道，此刻卻被木樁頂住了，夾在裡面的人沒辦法，只能從外面往兩側拉，而且還得把這個木頭絆子破壞掉。

旁邊看著的人都著急，他們也不等水瑤，拿著手裡的兵器開始破壞那木頭，其他人則使勁往兩側推，可惜根本就撼動不了這兩堵牆，彷彿這東西是長在地上一般。

水瑤記得這塊應該有能恢復的機關，摸索一番，終於讓她在周圍的牆上找到一個小突起，雖然不起眼，可用力一拔，那看似重若泰山的石牆總算緩緩地移動起來。

「咦，動了！」男人們露出不可思議的表情，看著兩堵牆緩緩退到暗道兩側。「太厲害了，這是誰想出來的，簡直絕了！」

水瑤不在乎這機關到底絕不絕，她只關心江子俊的情況。「怎麼樣，還好嗎？」

江子俊等人一脫困，一個個蹲在地上大口喘氣，有的甚至還乾咳起來。

「我、我沒事，就是嗓子有些乾……」

「來，都喝點水緩緩。」水瑤趕緊把帶來的水袋遞過去，又問：「裡面到底是什麼情況？」

江子俊喝了口水緩了緩，才慢慢地開口。「妳怎麼來了？」

水瑤嘆口氣，一聳肩。「你奶奶拜託我來的，我找莫成軒借了幾個人，本來他也想來，不過生意上的事還指望他，所以我就沒讓他來。」

江子俊有些不大好意思，他沒想到奶奶竟然會求到水瑤那裡，讓這麼個小丫頭來，那不是難為人家嗎？幸好這丫頭還知道找幫手。

「等出去了我再好好的跟妳說，我爺爺被關在裡面，咱們得想辦法進去，妳也知道這地方暗道比較多。」

說起暗道，他有些詫異的看向水瑤。「對了，你們是怎麼進來的？」

水瑤一攤手。「就這麼走進來的唄！先別管這些了，回頭我再跟你解釋，先救人要緊。」

這一次水瑤帶頭，原本江子俊還堅持他要打頭陣，不過讓水瑤一巴掌給拍回去了。

「得了吧，還是我來，你們都這樣了，可別觸動機關，連帶我們都跟著遭殃。我怎麼做，你們就跟著做。」

江子俊雖然心裡充滿疑惑，可時間緊迫，此刻也不是多問的時候。

路霆楓看一眼自家小主子，見小主子沒什麼反應，也默默的跟著照做。

他不出聲，他們帶來的人自然就沒有異議。

有水瑤帶路，他們很順利地就進去了，不過一看到被鎖在水牢的老人，連水瑤都不禁憤怒。

這要多狠的心才能這麼對待一個上了年紀的老人，看那一頭花白的頭髮，鎖住就算了，何必還把人浸到水裡?!

「爺爺！」江子俊失聲喊道，眼淚瞬間模糊了雙眼。那個平時神采奕奕、精神矍鑠的爺爺哪還有昔日的模樣，待在水裡一動不動。

老人緩緩睜開一雙昏花的眼睛，還沒看清楚眼前的人是誰，便自顧自地嘆氣。「我又作夢了。」

「爺爺是我，我來救你了！」

路霆楓聲音哽咽。「老爺，我們來救你了，你等著！」

眾人七手八腳地跳進水裡，也不知道路霆楓是怎麼弄的，那個大而堅固的鎖頭竟被他給弄開了。

直到此刻，老人才終於相信他不是在作夢。「……霆楓？」

路霆楓抹了一把眼睛。「老爺，什麼話都別說，出去了你想怎麼說都行，先保存體力。」

在水瑤的帶領下，一行人終於安全離開了這個讓人膽戰心驚，估計一輩子都是噩夢的暗道。

水瑤已經看出老人的身體十分不濟，尤其此刻還穿著濕淋淋的衣服，她趕緊到房間裡找來乾淨的道服和被子，讓江子俊給老人家換上。

「江爺爺，先吃口東西，一會兒咱們馬上走。」

水瑤也不敢給老爺子吃太多東西，只是把莫夫人給的糕點用水化開，讓老爺子稍微吃了點。

「我們的馬車在不遠處，快走。」

江子俊剛才還在發愁，他們來的時候是潛行而來，就連這樣還損失了不少的人，幸好水瑤來了，這個小姑娘就像是上蒼派來拯救他們家的一樣。

揹上老爺子，水瑤他們在前頭帶路，江子俊的人斷後。他臨走時差點都想一把火燒了這個地方，不過讓路霆楓攔住。

「這地方早晚我都會燒了它，但不是現在，別惹來不必要的麻煩，快走。」

眾人上了馬車，幸好之前水瑤他們考慮周全，弄了兩輛車來。

第一站先送水瑤回去，她得先回去看弟弟，江子俊帶老爺爺離開，至於那些跟水瑤來的人，則被她打發回莫家的宅子，畢竟江老爺子的情況有些特殊，越少人知道他的住處就越安全。

睛。

水瑤大半夜到家，難免會驚動家裡的人，當雲崢看到水瑤，有些不可思議的瞪大了眼

「姊，妳怎麼這個時候回來了?!」

「我想你想得睡不著，所以就過來了。好了，趕緊去睡覺，有什麼話咱們明天再說。」

水瑤苦笑，又看向一旁的杜偉民。「偉民哥，這幾天麻煩你們了。」

杜偉民笑著推她進去。「客氣啥，要真算起來，我還要多謝妳呢！說心裡話，我姊和我外甥他們過來總算能吃上一頓熱飯，這些日子城裡人的生活也難過，這糧食價格一天一漲，再這麼下去，估計都買不起了。」

水瑤嘆口氣。「過了這一期就好。」

隔天水瑤起來的時候，杜家姊姊已經做好飯菜。

水瑤看著扶牆練習走路的弟弟，眼圈瞬間紅了。如果沒有這場變故，他們這個時候還在家裡過幸福的生活呢。

「姊，妳還會走嗎？」

面對弟弟熱切的眼神，水瑤搖搖頭。「暫時不走，先陪你住幾天，反正鄉下也下雨，還不如留在這裡，正好可以看看這邊的情況。」

有水瑤的陪伴，雲崢這些日子臉上的笑容越發多起來。

「水瑤！」

這天，姊弟倆正在屋裡學寫字，就見莫成軒冒著雨，急匆匆從外面跑進來。

「怎麼了？」

莫成軒指了指外面。「我帶了些菜過來，要放哪裡？對了，這兩天我放了一點糧食出去，不過我總覺得還不到時候，所以就慢悠悠的來。」

水瑤笑道：「還是你厲害，這事交給你我最放心，子俊哥那頭估計暫時沒空來管這事，你先弄吧，我這邊就不操心了。對了，這菜你從哪裡弄來的？」

莫成軒擦擦臉上的雨水。「我們家的，這樣你們倆就不用買菜，估計這會兒也沒人過來賣菜，地裡的菜都爛了，我聽說這周圍情況更糟糕。」

他前腳剛走，後腳徐五就上門來，這些日子他也在忙水瑤交代的事情，不出門不知道，現在他終於理解水瑤為何讓他這麼做。

「怎麼樣，最近還挺順利的吧？」水瑤最關心的是有沒有人手能派出去，人越多越好，這樣也能儘快查到父母的下落。

徐五坐下來喝了一口水，點點頭。「挺順利的，我成立了一個組織，就招收那些厲害點的人，以後咱們做事也能有個幫手，怎麼樣，這樣做可以吧？」

徐五那略帶得意的眼神引得水瑤都想發笑，到底還是個孩子。

「厲害，還是你想得周到，另外……」

聽到水瑤的建議，連徐五都有些不可思議，指指自己的鼻子問：「妳想讓我當掌櫃？我行嗎？」

水瑤一臉認真的點頭。「有什麼不行的？有誰一出生就什麼都會？慢慢學著唄！」

送走徐五，水瑤坐在椅子上有些愣神，這兩天她不是沒擔心過，就怕因為江家這事，參與進不必要的爭鬥中。

另外她也想起江家老太太，既然老太太能算出她孫子有危險，那是不是能夠算出她爹娘的位置呢？

正胡思亂想著，雲崢開口打斷她的思緒。「咦，子俊哥哥來了！」

水瑤見江子俊出現在門口，朝他招招手。「快進來。」

江子俊進了屋。「天哪，這雨什麼時候停吶！怎麼下起來沒完沒了？不過，也幸好有雨水做遮掩。」

別的話水瑤可以忽略，這句話她聽明白了，眼睛頓時一亮。「子俊哥，你的意思是對方追查不到這裡？」

江子俊瞧她那小模樣，難得開心的笑起來。「放心，雨水把所有痕跡都沖掉了，或許能想到是我們的人，可肯定想不到有妳參與，妳就把心妥妥的放回肚子裡。對了，妳不好奇我爺爺為什麼會被關在那個地方？」

水瑤看了他一眼。「你要是覺得適合，早就告訴我，知道的秘密多了，也是件麻煩事，等以後再說吧。」

江子俊嘆口氣，坐在雲崢身邊，邊摸著他的腦袋邊說道：「人雖救出來了，可這身體是徹底傷到，要想恢復也得花上幾年，這次真的謝謝妳，水瑤。」

水瑤不滿的白他一眼。「換作別人，就算求到我跟前我也不會管這閒事，這是拿命在開玩笑呢，誰讓咱們兩個是朋友，謝謝就不用了，以後我有啥事你們多幫襯點就行，現在你先專心照顧你爺爺、奶奶吧，這頭還有莫成軒在，我看他對這買賣興趣很大，咱們倆都不用操心了。」

江子俊這次也不是專程來感謝水瑤，他還有別的事要說，不過還沒開口，杜郎中兩口子就冒雨過來，江子俊便先告辭回去。

因為兒子和閨女都在這裡，兩口子實在是不放心，才趕過來瞧瞧。

夫妻倆在這裡多住了兩天，待他們要回去時，水瑤便帶著雲崢也走一趟，家裡那頭她實在放心不下。

誰知這次回去，卻得知一個令人傷心的消息——夏婆婆去了。

「這是什麼時候的事情，我們怎麼不知道？」水瑤拉著夏婆婆的姪子急切地追問。

她走的時候，夏婆婆的身體明明很好，怎麼說沒就沒了？

「水瑤，我們都知道妳心疼妳夏奶奶，這事也挺突然，誰也沒想到她會摔倒在地上，等我們過去時人已經不行了。」孫三葉一把摟住情緒有些失控的水瑤，一邊跟她解釋，她能理解水瑤和夏婆婆的感情，畢竟在她孤苦無依時，是夏婆婆對她伸出援手。

「都怪我們，家裡沒吃的，我大娘過來給我們送吃的，誰想會摔倒在地上……」夏婆婆的姪子們痛哭流涕，他們也不想這樣，事情卻偏偏發生了，他們後悔都來不及。

「丫頭，這事也怪不了他們，妳夏婆婆心善，更何況家裡的孩子都沒吃的，她不可能自己吃獨食啊。」

孫三葉說得有道理，可水瑤就是心疼，好好的人說沒就沒了，她都沒好好的孝敬老人家呢。

杜郎中過去看了一眼，嘆口氣。「丫頭，別難過了，好好送妳夏奶奶最後一程，讓老人家安心的走吧，她這輩子也不容易。」

夏婆婆被安葬在她老頭子身邊，水瑤跪在墳前狠狠磕了三個響頭。

「丫頭，回去吧，妳的心意妳夏奶奶一定能收到，唉，平時她可沒少說妳孝順她的話。」李大富攙起腿都發軟的水瑤，心裡暗自感嘆，夏婆婆的離去最難為的是這個孩子，老太太沒兒沒女，水瑤愣是負起親孫子的職責一路送走老太太，就衝這一點，老太太走得也安心了。

「村長，既然奶奶走了，這家我就不住了，房子你看怎麼分配，讓兩個叔叔、伯伯商量著來吧。」畢竟她名義上是借住的，既然人都沒了，她再繼續住著也說不過去。

第十三章

姊弟倆在這裡住了一夜，第二天水瑤帶雲崢到夏婆婆的墳上跟她告別。下一次回來，也不知道是什麼時候了。

這段日子糧食賣得好，水瑤不在，江子俊和莫成軒兩人雖然高興，卻沒人跟他們分享這份喜悅。直到水瑤回來，莫成軒立刻急不可待的把這些日子的戰果拿出來跟她分享。

「……水瑤，我太佩服妳了，這都跟撿錢似的，玩著玩著錢就來了，以後有什麼好事，妳可得帶著我們啊！」

趁莫成軒去解手的空檔，水瑤跟江子俊說起幫忙算卦的事。

「這事我跟我奶奶說起過，之前我也不清楚她還會這個，這次我出事了才知道，只是她能算準也是因為我跟她有血親的緣故，原來家中祖傳的這東西只能算自己的血脈親人。不過我還是讓她試著算了一下，只能推算個大概，可能在西北方向，至於詳細位置，她實在是無能為力。」江子俊一臉歉意，還以為奶奶能幫上忙呢，誰想到這次算卦連她自己都遭到反噬，更別說替別人算了。

水瑤嘆了口氣。「算了，她這麼說肯定是真的，而且她推算的跟我猜測的方向大致相同，我就按這個方向去找。」

「來來來，大家都說說，下一步我們該做點什麼，總不能還像之前那樣吧？」莫成軒一解手回來，立刻吆喝。

水瑤不是沒看到他眼神流露出來的意思。「你可別得意，這一次我們是僥倖，你以為做生意都像咱們這麼簡單？生意場上瞬息萬變，一個弄不好，整個身家賠進去都有可能。待到雨停，大夥兒就該搶種了，種子肯定是首選，然後是棉花，畢竟今年的棉花已經毀損，我猜到時競爭肯定也不少，要我說不如先緩緩，等有好的機會再下手也不遲。」

江子俊拍拍莫成軒的肩頭。「我看也是，錢掙得太容易，往往會讓咱們失去目標和正確的奮鬥方向，反正你們家也不缺你那份銀子。」

莫成軒一聳肩。「我還想趁熱打鐵，你們怎就對掙銀子不感興趣了呢，多好的一件事，本來我還沒癮頭，被你們給勾起來，這可怎麼辦才好？」

水瑤被他那逗趣的表情逗樂了，指著莫成軒笑道：「你啊你，不掙錢你就渾身都癢是吧？行，既然你喜歡，咱們就再做一筆，不過這事可不像糧食那麼容易，風險和利益是並存的，你們先想好，要是行，那我就說。」

其實水瑤心裡也不確定，前世她只聽了那麼一嘴，南來北往的客人多了，有些事、有些人她並無法判斷是真是假。

如果成了，其中也要付出艱辛和努力；不成也罷，就當是人生的磨練，他們都還太小，有些事只有經歷過才能瞭解其中的苦和甜。

「快說，到底是什麼買賣？」莫成軒既好奇又驚喜，他相信水瑤能有好辦法。

「唉，這事需要走遠途，你們可得考慮好了，本錢不多，但是很辛苦，尤其是運輸，這其中不是沒有危險，你們先要有心理準備。」

說到危險，兩人同時猶豫一下，不過又乾脆的點頭。「行，妳說！」

「海菜。」

「什麼？海菜？這是什麼東西，我怎麼沒聽說過？」莫成軒首先沈不住氣，不過江子俊眼神閃了閃，並沒吭聲，而是一副若有所思的樣子。

「海菜就是海裡長的，城郊和臨縣都沿海，尤其趕上這陰雨連天，海上肯定會漲潮，這東西海邊的漁民大多都用來餵鴨餵雞，幾乎不用什麼本錢。貴就貴在運費，不過這東西你們不知道，它還有一個重大的作用，那就是治病。」

這話差點沒把莫成軒嚇暈。「啥玩意，這東西能治病？」

水瑤淡淡一笑。「是，這也是我聽大夫說的，要做就得抓緊，等所有人都知道，就沒戲唱了。」

「做！憑啥不做？多好的事情啊！本錢都可以忽略不計了，再者，我們可以順路賣些乾貨，嗯……咱們還可以把沿途的土特產運回來，這可是一舉多得的好買賣。」

江子俊也不反對，於是三個人再次合夥做起了生意。

「我正好打算去找我親戚，其他的你們倆商量吧。」雖然她能出主意，但要真論起做事，她沒有太多的精力。

江子俊和莫成軒像是商量好一般。「妳只要能順路幫忙帶貨就行了，這邊我會安排人手跟妳一起走，妳就帶著弟弟安心去找親戚吧。」

「少爺，不好了！」冬兒突然急匆匆的從外面跑了進來。

莫成軒看著有些莽撞的冬兒，眉頭緊皺。「怎麼大驚小怪的，出什麼事了？」

冬兒不好意思的撓撓頭。「也沒別的事，我聽人說好多官道被毀，要修復需要點時間，也不只咱們這邊，其他縣城也是如此。」

莫成軒興奮地跳下炕。「太好了，這樣救濟糧也沒法運進來了，糧價還不得翻著跟頭漲啊！你快派人過去，讓他們注意情況，隨行就市，嗯，差不多就賣了，別再屯了，快點去。」

水瑤和江子俊相視一笑，他們這一步賭對了。

送走兩個人，水瑤便照顧睡醒的弟弟繼續練習走路。

「姊，咱們什麼時候去找娘？」雲崢現在有些著急，這雨一直不停，難不成就一直不找了？

水瑤給弟弟擦擦汗。「雨很快就會停，到時候姊就帶你出去找她們。」

此刻，正被兩個孩子掛念的洛千雪呆呆的坐在房中，好像這個世界就剩下她一個人。

本來精神已到崩潰邊緣的她，在見到燒焦的兒子和已經是白骨的女兒時，這最後一根稻草就徹底地把她的精神壓垮了。

曹雲鵬起初還對她關愛有加，不管怎麼說，這個媳婦跟他共過苦、患過難，在他發達的情況下還遇到這樣的事情，實在讓他心裡不是滋味。尤其一雙兒女的屍骨擺在他面前，就算是大男人，終究忍不住落淚了。

那段日子他對洛千雪格外的好，可惜日子久了，那份愧疚的心情隨著時間的消磨漸漸淡去，再加上洛千雪這副模樣，他心裡也鬱悶，久而久之，來的次數便少了，有時候好幾天都看不到人影。

時間長了，先不說院子裡老太太的態度，單說三老爺這態度，足以讓一些慣會看眼色的下人們知道以後的風向。

要說起來，這日子過得最苦的恐怕就是小翠和雲綺，曹雲鵬也不是慢待自己的孩子，可他是個大男人，外面一大堆的事需要他去做，這後宅他一個男人也不方便管理，還是落到齊淑玉的肩上。

所以這兩個人的日子一天不如一天，甚至連下人都開始苛待她們，即便小翠跟她們吵過、鬧過，可這上面有齊淑玉壓著，後面有老太太的默許和縱容，在這裡的日子簡直是度日如年。

「老爺，你看姊姊這樣子也不適合住在太吵的地方，大夫說對她養病不大好，要不給她換個靜一點的地方吧，這樣對姊姊的身體和精神都好一些，等她身體好了，再讓她搬回來也不遲。」齊淑玉在曹雲鵬回來時建議道。

曹雲鵬已經累了一天，回到家聽到這樣的消息有些不耐，不過轉念一想也是，看到院子裡小孩子進進出出的，千雪難免會情緒激動起來。

他嘆口氣。「行，妳好好安排個地方，不相干的人少去打擾她們，安排好她們幾個的生活。」

齊淑玉一臉溫柔的幫著男人脫掉身上的官袍。「老爺，你看姊姊身體不好，讓雲綺留在她身邊也不適合，也沒個正經人教導她，以後她出門代表的可是咱們曹家。」

提起小女兒，曹雲鵬臉色有一絲愧疚，雲綺這孩子他有段日子沒怎麼關注了，不過想起生病的洛千雪，他猶豫一下。「暫時還是別讓雲綺離開她娘，千雪的病本來就是因為孩子而得，萬一帶走雲綺，我擔心她會更加受不了，先讓小翠帶著，畢竟雲綺跟她熟，另外再多派幾個人手幫小翠照顧一下。」

曹雲鵬覺得有些日子沒過去了，剛想過去看看，卻被齊淑玉拉住。

「老爺，老太太下午還唸叨你，說你有些日子沒陪她吃飯，要不你先去給老太太請個安，陪她老人家吃頓飯？」

「爹——」這時齊淑玉的一雙兒女過來了。

齊淑玉滿是慈愛的牽起姊弟倆的手。「幹什麼去了？一頭汗，這天氣不好，小心著涼，陪你們爹去看祖母去。」

姊弟倆開心的拉著曹雲鵬的手往老太太的院子裡去，誰也沒注意到在丁香樹下，一個落寞的小身影偷偷看著他們一家人。

「雲綺，妳怎麼站在這裡？」

小翠一轉眼發現小小姐不見了，嚇得趕緊跑出來找人。她看到遠去的背影，沒來由的跟著嘆口氣，牽起滿眼都是羨慕神色的小女孩。「雲綺，以後出來要跟我說，不僅我會擔心妳，連妳娘都會擔心。」

小姑娘有些吃驚的抬起頭。「翠姨，娘真的會擔心我嗎？」

小翠抱起形單影隻的小身軀。「會，妳娘最疼雲綺了，只是妳娘現在一直在作夢，還沒醒過來呢。」

「雲綺想哥哥、姊姊了。」小姑娘眼裡閃著淚花。「翠姨，爹什麼時候能來看我們？」

這事小翠也不好說，她心裡明白，她家夫人這樣，老爺的耐心恐怕也要消耗殆盡了。她趕緊哄著要哭的雲綺。「小小姐，其實在我的心裡，大小姐和大少爺一直都在，他們在想念我們呢，尤其是想念我們雲綺，說不定他們就在我們的身邊隨時保護我們。別哭，翠姨做點東西給妳吃。」

剛走到門口，就看到三姨奶奶的丫頭端著東西走過來。

「呀，小翠，妳們還沒吃飯吧，正好我們這邊做了馬蹄糕，姨奶奶讓我給妳們送來一些。」

小翠看托盤裡可不止馬蹄糕一樣，還有其他東西，旁邊的小丫鬟還拿著幾樣水果。

「妳說姨奶奶一直關照我們，我們怎麼好意思？唉，我們也沒什麼好東西送給姨奶奶。」小翠感激道。

「瞧妳說的，都是自家人，再說我們家姨奶奶也是真的心疼你們家夫人和小姐。來，東西妳拿著，我們就不進去，回頭我讓人來取就行了。」

目送兩個丫鬟離去，小翠心裡說不出是什麼感覺，正頭的老太太對他們家夫人態度冷漠，難得這個姨奶奶倒是個貼心的。

她搖搖頭，領著雲綺走進去。「雲綺，來，乖乖坐著吃糕。夫人，妳也嚐嚐，這個是剛起鍋的，還熱乎著呢！」

洛千雪直直盯著雲綺，好像透過孩子的身體在看另外一個人似的，讓雲綺有些害怕。

「娘，吃糕糕。」

洛千雪也不說話，只是張嘴吃了一口，又把女兒的小手推過去。「妳也吃。」

小翠有些驚喜的看著洛千雪，這可是幾天以來娘第一次開口呢。

「夫人，妳感覺怎麼樣了，有哪裡不舒服或想吃點什麼嗎？」

洛千雪依然直直盯著外面，好像對她的話沒什麼反應。

「唉，夫人，妳得想開點，也許那不是少爺和小姐呢！畢竟那東西也不能說明什麼，我們又沒見到他們的模樣，怎麼他們說是，妳就相信了？」
聽到孩子，洛千雪的眼淚止不住往下流，眼神空洞，好像這個世界已經沒有了人煙。
「娘，別哭了，妳還有我呢，我會好好孝順妳的。」雲綺伸出小手幫她擦淚。

另一頭的水瑤，才剛開始吃飯，莫名一陣心痛，突然有些無法呼吸的感覺。
「姊，妳怎麼了？」雲崢疑惑地問。
杜偉民也一臉詫異的看著水瑤。「怎麼了，身體不舒服？」
水瑤點點頭。「心疼。你們先吃，我躺會兒。」
杜偉民關切地追問了一句。「要不要給妳找個大夫看看？心病可不是小事，弄不好容易出大問題。」
「沒事，緩緩就好，你們先吃。」
心疼的狀況也只是一瞬間的事情，等緩過來後，水瑤就像沒事人一樣，不過她心裡不禁想，是不是娘那頭出問題了？要不然她沒法解釋這前後又是作夢又是心疼的。
水瑤心裡也著急，找來徐五詢問下事情的進展。
「唉，到現在也沒消息，人都派出去了，按照妳提供的線索，目前是真的沒查到有這樣的人。對了，糧食快賣完，這邊我和江子俊他們已經開始著手海菜的事情，有空妳也過去看看，省得妳在家裡瞎尋思。再說雲崢的腿也快好了，多出去走走，對他身體也好。」

水瑤算了一下，很快就要晴天了，她還不想在這樣的天氣裡領著雲崢到處淋雨。「算了，改天我再過去看看，下一步你該把店給鋪起來，銀子我馬上就能拿出來，到時候你忙這邊，至於賣貨，還有莫成軒和江子俊他們，咱們忙活咱們自己的事情。」

水瑤用手指敲打著桌面。「你需要一個體面的身分，這樣以後做大買賣才可以名正言順。」

她當然知道徐五心野，不大願意被拘束，可以後要想往高處走，現在就得收拾心思開始琢磨了。

徐五一臉的愁苦，自由自在慣了，他還真擔心自己坐不住，不過看樣子，他要不做，這小主子非給他耳朵邊上磨叨出繭子不可。

接下來的一段日子，莫成軒他們抓緊時間賣糧，在價格最高峰的時候將所有的糧食銷售一空。

沒過幾天，天開始放晴，官道修好之後，朝廷的救濟糧和糧商調來的糧食也紛至沓來，只是比水瑤他們晚了一步。

人家這幾個已經坐在家裡數銀子數到手軟，就連雲崢這個小傢伙都差點要枕著銀子睡覺呢。

「好了，今天咱們來個慶功宴，慶賀咱們頭一次做生意大勝，從明天開始所有的精力都投到海菜這邊。來，過來分一下銀子，除了做海菜的本錢外，剩下的都分了吧。」看著手裡厚厚的一摞銀票，就連水瑤都覺得這銀子來得有些容易，心裡還暗自感嘆一番。

江子俊和莫成軒兩人看雲崢眼巴巴的望著他們，對視一眼，然後笑了。

「雲崢，這個是哥哥給你的零用錢，拿著，有想吃的自己買去。」

雲崢猶豫了，看看銀子，又看看水瑤，見水瑤一直沒發話，小傢伙狠下心，擺擺手。「子俊哥、成軒哥，我姊姊有，所以我不需要。再說等我長大了，我自己會掙銀子，你們留著自己用吧。」

水瑤滿意地拍拍弟弟的肩膀。「好弟弟，來，吃個豬蹄，多吃點，你的腿就會好得快一些。」

第十四章

天氣晴朗，城裡要飯的人明顯多起來，水瑤打算帶著雲崢去看看海菜，正好也可以讓他散散心。

為了避免意外，出發時還是跟著莫成軒他們一起去的，畢竟冬兒和江子俊有身手，而且莫家的護衛也跟著，不用擔心安全問題。

雲崢是第一次看到大海，有些興奮，他只聽姊姊說過，一直沒見到過。

水瑤抱他下車，攙著雲崢在沙灘上漫步，海邊已經有不少人在撿拾海菜。因為莫成軒他們的收購，在利益的驅使下，大家根本就顧不上交談，埋頭幹活。在他們眼裡，這些不起眼的東西能給他們帶來金錢，有錢就可以買糧食了。

姊弟倆邊走邊聊，沒注意前面走過來一群人，等水瑤發現的時候，差點要掉頭跑，因為對面來的這幾個人中，有一個就是當初跟她說起那個機關秘密的人。

她低下頭狀似跟雲崢小聲說話，心裡卻在想這些人怎麼會出現在這裡，難不成江子俊他們的行蹤暴露了？

看到冬兒跑過來，水瑤朝他招招手，低語幾句。

等那些人過來跟水瑤打聽有沒有見過受傷的老頭，她只是笑著搖頭，等人走了之後，這才問起江子俊的下落。

冬兒指指馬車，一臉嬉笑。「躲進車裡吃水果了。」

水瑤帶雲崢走過去。「子俊哥，我看你還是先回去，這些人能找到這裡，恐怕下一步就是進城，你回去安排一下吧。」

江子俊掀開車簾望著那些人遠去的背影，低聲問道：「是找我爺爺的吧？」

水瑤點頭。「雖然不知道他們的底細，為安全起見，你還是多做防備吧，我和莫成軒先留在這裡。」

江子俊嘆口氣。「行，我先回去安排，你們也早點回去。」

水瑤他們回去後，並沒有問江子俊是怎麼安排的，反正他手裡有人，想必穩妥。

水瑤也沒閒著，忙著跟徐五開店，那些沿途捎回來的土特產全部讓水瑤拿到自己的店裡去銷售，由於這些貨物來自不同的地方，在這個小小的縣城裡也引起不小轟動。

徐五頭一次自己做買賣，感到新奇的同時也興奮不已，這可是憑他自己的努力掙來的銀子。

水瑤看了一下帳本。「這只是開始，以後還有大買賣等著你，繼續保持。對了，那邊有消息了嗎？」

水瑤最在乎的就是此事，徐五沒讓她失望，遞給她一張單子。

「這是附近幾個縣城有錢人還有當官者的資料，按妳說的名字去找，沒有符合的，不過我也怕有什麼遺漏，就讓他們列張名單出來，其他人已經繼續四散尋找了，這個不行，就等下一批。」

水瑤仔細看著名單上的內容，看完了只是長長的嘆口氣。「一個也不像啊，名字不對、家世不對，到底在哪裡呢？」

徐五只能安慰。「或許還在遠處，心急也吃不了熱豆腐，說不定下一批的名單就有呢。」

接下來的日子，水瑤開始忙著準備弟弟用藥的事情，有些東西雖然不難尋，可一般情況下也不多見，她只能跟藥房那些人打好招呼，沒事就過去看看，等東西都湊得差不多時，天氣也轉冷了。

雲崢跟著杜偉民在他那間屋子讀書，水瑤則出門一趟，晚上她打算做點好吃的。

她來到市集，發現許多人圍在街道兩旁，也不知在看什麼。

水瑤擠進去。「嬸子，這是幹啥啊，這麼多人？」

身邊的大嬸熱情地跟她解釋。「妳不知道吧，這些都是要賣的奴隸呢，有錢人家要買回去做下人的。」

水瑤本想轉身離去，可看到被人催著像趕牛似的走過來的奴隸們，不由多看一眼。就這一眼，讓她心裡隱隱有了主意，不過這事她得找徐五商量一下。

在店裡忙活的徐五沒想到水瑤會找過來。

「妳想買人？這些人可靠嗎？會有咱們自己慢慢培養來得放心？」

水瑤嘆口氣。「咱們現在不是還沒培養出來嗎？我們現在需要一個能保護我們的人、幫著收拾家裡的人，所以這人很重要。你那邊繼續培養，咱們這邊買人，兩不耽誤。回頭我讓莫成軒幫忙看一下，他們家慣用下人，他比咱們有經驗。」

她也不能說自己以前就用過下人，只能把這事推到莫成軒身上。

水瑤要的人不多，只要會洗衣做飯，還要機伶，將來也能忠於雲崢的一個隨從，另外需要保護他們姊弟兩個安全的人。

莫成軒聽到她的要求，連連嘆氣。「這個可有些難度，去看看再說吧。」

於是三人帶著雲崢一起去人市，此刻這裡已經擠滿人，買家和賣家叫嚷的聲音很激烈，當然也不乏那些看熱鬧的人跟著起鬨。

水瑤看一眼臺上拍賣的奴隸，都是些漂亮、年輕的女子，對這些人，他們幾個不感興趣，她帶著莫成軒他們急切地尋找著。

水瑤在人群裡找到那天看到的一個男人。

「成軒哥，咱們過去看看那個男的。」

邊上有看守的人，不讓買家跟這些人接觸，因此水瑤他們只能在一旁觀察，順便再看看還有沒有適合的。

徐五和莫成軒兩人依照各自的經驗從各個角度觀察對方，水瑤需要的是一個有本事的護衛，那就得從各個細微之處去觀察對方是否真能勝任這個位置。

水瑤觀察一會兒，心裡已經有了決斷，至於選雲崢身邊的小跟班，還得徵求弟弟自己的意見，便帶著雲崢去看其他人。

「你先看著，如果有適合的，你告訴姊姊，我幫你參謀一下，以後你可能會遇到更多這樣的情況，所以看人不僅僅是看他的外表，更多的是看對方的內心。眼睛是心靈的窗戶，很多事情眼睛會告訴你，你自己慢慢的去觀察。」

很快的，水瑤鎖定一個抱著孩子的女人，她面容蠟黃、憔悴，身上的衣服單薄得差點要遮不住身體，即便是這樣，她還是把孩子緊緊摟在懷裡，用自己的體溫給孩子取暖。

不遠處也有一個中年男人用焦慮的目光看著這對母子，水瑤猜測，恐怕這一對應該是夫妻帶著孩子吧，只是她不清楚對方為什麼會淪落到這裡。

雲崢把嘴抿得緊緊的，雖然很多事他不是很懂，但他經歷過生死，又在街上討過飯，小傢伙多少還是會看人。

他拉拉水瑤的手，偷偷說道：「姊，我覺得那對母子我們可以考慮，那小孩的年紀跟我差不多，而且妳看，那個母親摟著她的孩子摟得多緊。」

雲崢那羨慕的眼神還是出賣了他的內心，水瑤嘆口氣。也是，他這個年紀可不就是圍在娘親身邊撒嬌嗎？她這個做姊姊的終究替代不了母親的位置。

「嗯，不錯，有點眼光，那你再看看，這在場的人還有誰跟這母子倆是一家的？」水瑤適時地引導弟弟，雖然現在就讓弟弟學會看人眼色有些殘酷，可總比讓人賣了或被人害了要好。

雲崢有些困惑，可還是按照水瑤說的仔細觀察，幸好小傢伙沒讓水瑤失望，他也發現了那個男人的異常。

「不錯，眼力很好，回去姊做糖醋排骨給你吃。」水瑤笑道。

她帶著弟弟走到莫成軒身邊，這兩人還在私下討論呢。

「你看看，這個人手腳都銬著雙重的鐐銬，一看就不是個安分的主，這樣的人買回去如果壓制不住那就麻煩，你說水瑤他們倆也不大，怎麼壓制？」莫成軒道。

徐五卻從男人身上看到一種跟自己相似的氣息，總覺得他們應該是同類人，雖然桀驁，可一旦認準一個人，便會忠心一輩子。

「我覺得這樣的人肯定是有本事的，也未必就一定不服管，得看怎麼個管法，與其找一個沒腦子光會打架的，還不如不找呢。」

兩人彙整各自的意見給水瑤。「妳看著辦吧，我們的意見就是這些。」

水瑤琢磨了一下，最後開口。「就買那一對母子吧。」

雲崢有些著急。「姊，妳不買那個男人了？」

水瑤摸摸弟弟的腦袋。「不急，一會兒你再瞧。」

等輪到這個男人上臺之後，拍賣的人介紹了情況，很多人都放棄競爭，大家都不是傻子，這個人看外表就覺得難以馴服，萬一跑了怎麼辦？

於是水瑤等人順利的買下這個男人，至於那對母子，大家考慮雖然買大的能回去幹活，可帶那小的回去不就吃白食啊？就算能幹活也得等上幾年，所以這一對母子水瑤他們也順利買下。

「小姐、少爺，求求你們，把那個人也買下來吧，我給你們磕頭了，他是我男人，只要我們一家人能在一起，妳讓我們做什麼都可以！」那女人哀求道。

徐五眉毛一挑，莫成軒則一臉竊笑的看著水瑤。

「想讓我買下他可以，不過我需要一個全心全意對我們的人。」水瑤道。

那女人立刻對天起誓，水瑤便將她拉起來，轉頭吩咐徐五。「你們趕緊把那個男人買下來吧。」

雖然買男人時遇到對手，不過好在大家都是聰明人，一旦出價越來越高，誰也不願意多花那個冤枉錢。

一家人跪在水瑤面前，感謝她出手讓他們一家團圓。

「行了，外面太冷，大人都夠難受，就別說孩子了，咱們趕緊走吧。」

那個被水瑤買下來的男人原本一直一言不發，這時卻突然開口。「為什麼要買我？妳也看得出我這人不受拘束，更何況你們都是些小孩子，根本就管不住我，我隨時都會離開的。」眼前這幾個明顯就是孩子，他雖然覺得有些詫異，可這是別人的事，他哪有閒心去關心，即便這人是買下他的新主人。

水瑤示意徐五帶著另外三人先走，留下莫成軒和弟弟在身邊，拿出剛才簽好的賣身契遞給男人。「我知道你隨時會走，我也沒奢望能留住你，只是我看你應該是有故事的人，所以幫你一下。這個你拿走，以後你是自由身了，不過我還是建議你跟我回去一趟，你看看你這一身衣服，根本就沒法禦寒。

「再者，你要離開也得有路費不是？先跟我回去吃頓飽飯，我會給你換身衣服再贈你路費讓你離開。你也別懷疑我的用心，我這個人做好事也得看眼緣，合我眼緣的人，只要我能幫會儘量幫……」

水瑤自顧自說著，完全不理會眼前有些傻掉的男人。別說男人，就連莫成軒都露出不可思議的眼神。這是什麼情況，水瑤買下這個男人就是為了放對方離開？

花雲崢也是一臉困惑，他不懂剛才姊姊還志在必得，為何轉頭就這麼大方的放人離開，花銀子不說，還要給人家銀子。

男人苦笑了聲。「我還真的想像不到會是這樣一個結果，小姑娘，妳真的很讓人刮目相看。」

「別人怎麼看我不重要，只要我活得舒心自在就好。」

看面前牽著弟弟、邁著小步慢慢走的小女孩，男人心裡突然一暖，隨即也跟了上去。

第十五章

那一家人，男的叫李大，女的叫李嬸，兒子叫鐵鎖。將人領回家裡，李嬸和李大一個忙著做飯，一個忙著燒水給大家洗澡。水瑤則去一趟成衣店，給大家買了些衣服和鞋子，還買不少的布料和棉花，準備讓李嬸給大家做衣服換著穿。

水瑤買完東西，一進門立刻愣住，沒想到她買回來的人洗完澡後都還挺周正的，尤其是那個名叫「駱冰」的男人，雖然臉上有傷，可不影響他英俊的外貌。

此刻雲崢正忙著給他上藥，估計是小孩子的緣故，水瑤難得看到駱冰放下防備的神情，連看弟弟的眼神都多了些溫度。

「我回來了。」水瑤這一嗓子讓做事的人都抬起頭。

「呵呵，妳總算回來了，就等著妳的衣服。快，給我吧。」徐五接過水瑤帶回來的東西，趕緊讓那幾個人進屋去換。

等人走了，他才偷偷問水瑤緣由。

「唉，剛開始我是想讓他做我們的護衛，可看他那個樣子，我又改變主意。」

水瑤雖然不大清楚駱冰究竟是什麼人，她總覺得這樣一個男人肯定不是普通小老百姓，至於他為什麼會被人給賣了，就更不好說了，有些事情她暫時也不大適合過問。

「那妳以後怎麼辦，不是要去找妳的親戚嗎？」

水瑤嘆口氣。「以後再說吧，或者從鏢局僱幾個人也行。」

吃飯時，原本想著大家第一次一起吃飯，大夥兒坐一張桌子也熱鬧，可是李大夫妻倆帶著孩子偏要留在廚房吃飯，說是不能壞了規矩。水瑤心裡暗暗鬆口氣，看來他們之前應該在大戶人家待過。

至於駱冰這傢伙倒是沒客氣，跟他們一張桌子吃飯也不覺得有什麼不對，這讓水瑤更加確定自己的判斷。

吃過飯，水瑤遞給駱冰一袋銀子。「這是給你的路費，你可以選擇在這裡休息一晚，或者也可以馬上離開，都隨你。」

駱冰看一眼水瑤，點點頭，直接去水瑤給他們安排的房間。

下午，水瑤跟李家夫妻倆好好聊了聊，原來夫妻倆的主家因為犯事，他們做下人的只能再次被發賣。李嬸在當初的主家負責廚房，至於李大則是負責趕車，他們的兒子鐵鎖今年六歲，身體有些虛弱。

水瑤簡單幫他看一下，道：「家裡正好有藥材，李嬸妳先給他熬點藥，發一夜汗後應該會好一點。」

許是雲崢自己在屋裡待著有些寂寞，所以偷偷地找過來，水瑤瞧見了，笑著道：「雲崢，來，見見鐵鎖，以後你們兩個就是朋友了。」

水瑤沒想到的是，他們家雲崢竟然還拿了水果和點心過來，看著小傢伙把好吃的遞給鐵鎖，她不得不在心裡感嘆，年紀小也有小的好處啊，至少現在心思單純，這樣更容易結交到朋友。

在雲崢的熱情款待下，兩個人很快就玩在一起。

李大夫妻倆看見雲崢滿是疤痕的臉，雖然面上沒表現什麼，可是心裡都替這個孩子可惜。

雲崢看鐵鎖吃完藥，他也告辭回屋。

「姊，我覺得這一家人還不錯！」雲崢開心地道。

水瑤抱著弟弟上炕。「現在暫時還看不出什麼，都說路遙知馬力，日久見人心，這人啊得慢慢的品，尤其是咱們倆目前的情況，凡事多用心，不能欺負別人，可也不能被人欺負了。」

第二天一早起來，水瑤就發現駱冰不見了，連隻字片語都沒留下。

「這人真是的，不求他知恩圖報，離開了也該跟妳說一聲啊！」李嬸有些不滿。

水瑤笑了笑。「走就走了，反正家裡不還有你們？李嬸，這些日子家務活幹完了，妳就抓緊時間給大夥兒添新衣服，布料和棉花我都買回來了，我和雲崢的衣服也不多，正好妳來了，這幫手就有了，你們一家的衣服也都做些。」

水瑤都發話了，李嬸哪有不從的？雖說眼前是個小姑娘，可她覺得這孩子並不是個好糊弄的主。

「家裡的事妳就放心吧，還有我呢。妳看孩子他爹也沒啥正經的事，要不讓他出去找點活幹，這樣也能貼補點家用？」

水瑤笑著搖搖頭。「不用了，讓李叔幫妳一起做，等過完年咱們就要離開這裡，到時候我買一輛車，大家一起走。」

當李大夫妻倆休息時，李嬸不住感嘆。「唉，說起來咱們也算有福氣，這家人口簡單，主子也好，以後咱們就好好照顧兩個小主子，肯定不會吃虧。」

李大看得明白。「那是，妳也不看看咱小姐是誰？好不容易遇到一個好人家，可不能再出現變故了。」

當水瑤也讓鐵鎖跟著雲崢一起認字時，夫妻倆更是感動得差點要落淚，心裡對水瑤的感激和信服就更上一層樓。

他們也發現小少爺的臉似乎不那麼難看，皮膚好像也越來越好，隱隱能看出小孩子本來的模樣。

對李嬸的問題，水瑤也沒避諱。「雲崢一直都在用藥，能痊癒就好了，要不然就浪費那藥錢了。對了，李嬸，今天出去多買些東西，馬上要過年了，咱們在這裡好好地過個太平年。」

話音剛落，許久未見的江子俊竟然來了，還帶來老爺子和老太太。

水瑤趕緊迎出去。「江爺爺好、江奶奶好。」說完拉過江子俊小聲問道：「你拉他們出來適合嗎，別讓外面的人看到，老爺子可就危險了。」

江子俊對這事不是很擔心。「放心，那些人已經被引走，一時半會兒還找不到這裡。再說，我們這樣誰會懷疑啊？我爺爺想見見妳這個救命恩人，沒別的意思。」

老爺子和老太太都上門，水瑤也不好說什麼，領著人先進屋。江子俊得知水瑤買人回來，不禁覺得這丫頭還真有想法。

「咳，老早就想過來看看你們，只是我身體一直不大好，所以就一直耽誤下來。水瑤和雲峥是吧？來，到爺爺身邊來。」

雖然臉色還是蒼白，不過水瑤看老爺子已經有了些血色，身體也長出些肉，不像那天看到的骨頭架子。

老爺子一臉的和藹笑容，很有一個長輩該有的氣度，讓雲峥不自覺的想靠近。

「雲峥，這位是子俊哥哥的爺爺，你要喊江爺爺。」

小傢伙乖巧的喊人，老爺子開心的抱著雲峥坐在他的腿上，從老太太的手中拿出給姊弟兩人的禮物。

水瑤的是一只通體碧綠的鐲子，雲峥的則是一個金鎖，這禮物是姊弟倆目前收到最貴重的。水瑤不禁有些猶豫，她是救了老爺子不假，可她沒指望施恩圖報。

「拿著吧，小小的見面禮不成敬意，跟妳幫我的比起來差遠了，再說妳還幫了我們家子俊很多，連我這個老婆子都得到了妳的照顧呢。」江老太太笑道。

雲崢看姊姊接過，也開心地讓老爺子給他套在脖子上。「謝謝江爺爺。」

幾個人坐下來，聊著聊著就聊到水瑤外家的事情上，因此江老爺子也知道水瑤和雲崢的身分。

「水瑤，妳外家還剩什麼人？」

水瑤苦笑一聲。「就一個舅舅，只是他出去闖蕩了，要不然我們也不會流落在外，想找他也找不到人，要是家裡有人，我們早就回去了。」

江老爺子若有所思的打量下姊弟倆，然後問起外家其他事情，可惜水瑤很小的時候外公就去世，根本不知道是什麼情況。

得知這個消息，老爺子還有些小小的遺憾。「唉，沒想到你們會是這樣的情況，好孩子，別擔心，只要人還在，總有一天會找到的，以後你們倆有什麼打算？」

水瑤搖搖頭。「儘量去找吧，能找到最好，找不到我也能帶著弟弟一起過活，只要活著比啥都強。」

老爺子他們並沒有在這裡坐很久就離開了，一上馬車，老爺子就道：「子俊，回頭想辦法查一下洛家的實際情況。」

江子俊有些懷疑地轉過頭。「爺爺，您是說……」

老爺子嘆口氣。「洛家的後人下落不明，咱們家又出現這樣的情況，我總覺得事情不大對勁，好像老天爺在給我們什麼提示似的，查一下咱們心裡也有數。」

送走江家人後，水瑤坐在炕上琢磨一會兒，她不大清楚江爺爺怎麼會對她外公家感興趣？難道他們是故交？看樣子不像啊……還是仇家？可也不像啊！

她暫時想不明白，恐怕也只能問舅舅和娘了，也許他們知道其中的緣由。

她招來雲崢給他上完藥，讓小傢伙先躺著。「明天姊帶你和鐵鎖一起到街上逛逛，正好選一些你們喜歡的東西。」

不是水瑤不想帶弟弟出去走走，一來傷口嚇人，她不能管住所有人的嘴，另外也是擔心雲崢再發生意外。

「真的？」雲崢有些不敢置信。

水瑤點點頭。「姊啥時騙過你？一會兒你去跟鐵鎖說說，明天讓李叔李嬸跟咱們一起。」

這時院子裡響起李大的聲音。「小姐，莫少爺來了！」

接著莫成軒的聲音就傳進來。「水瑤，快出來看看，我給妳弄的馬車可還滿意？」上次水瑤託他幫忙置辦馬車。

水瑤出去喊鐵鎖進來陪雲崢，她則帶李大去看馬車。「不錯啊，連車廂都弄好了，厲害，你辦事我放心。」

莫成軒得意地一揚腦袋。「可不是，也不看看是誰出面的，就這馬車我可是費了老勁，壞的不想買，好的一時半會兒遇不到，好不容易買了個不錯的，就趕緊給妳送過來了。對了，咱們也該結帳了吧？」

看到冬兒揹著包袱進來，水瑤心裡多少有些底。「子俊哥呢？他那頭已經分了？」

莫成軒嘿嘿笑。「那是當然，就剩妳一個，反正我要把馬車送來，就順便了。」

李大挺喜歡新買的馬車，熟練地把馬牽到院子裡，幸好莫成軒準備了乾草，不過也就這幾天的量，回頭他還得想辦法去買。

這次分紅沒有上一次多，畢竟才剛開始，而且賣糧食純粹是暴利交易，這才是正常的商業收入，水瑤並不覺得意外。

莫成軒也沒在這裡多待，畢竟年末了，家裡那頭也忙。

水瑤看著手裡的銀票，心裡無比的踏實。

隔天，李大夫妻倆去置辦貨物，水瑤則帶著兩個孩子買了些吃的，再繞到茶樓讓兩個小傢伙開開眼，聽聽八卦和說書的。

她點了一壺茶和一些吃的，兩個孩子開心地吃點心，她則豎起耳朵聽周圍人的八卦。有人說附近那個道觀失火，也有人說那個道觀裡都是壞人，至於背後的人，諸多猜測，水瑤也不確定哪一個是真的。

只有這失火一事，她相信或許跟江子俊他們有關係，畢竟老爺子在那裡受不少苦頭，不報復才怪。

其實她到現在也沒弄清楚江家的來龍去脈，不過最近大家都忙，她目前最迫切之事是找到家人，只能先將江家的事擱在一邊，反正時間到了，她自然會知道。

至於說書先生說的前朝藏寶的事，她也沒那閒心聽了，這離她太遙遠，況且現在的事她都管不過來呢。

「姊，他們說的這些都是真的嗎？」雲崢不懂，怎麼這裡人說的那麼多事情他好像都沒聽說過。

水瑤苦笑一聲。「或許是真的，或許是假的，誰知道呢？話說無風不起浪，說不定還有些蹤跡可循，多聽聽也沒害處。」

茶樓本就是三教九流混雜的地方，也是消息最多的地方。等兩個小的吃飽喝足後，她也聽得差不多，可惜的是沒聽到有關她爹的蛛絲馬跡，更別說是她娘了。

年前，徐五帶來新消息，看到上面的內容，讓水瑤想起在茶樓聽到關於寶藏的事。

「這上面的事是真的？」

徐五肯定地說道：「錯不了，有人已經放出消息，秘密尋找前朝藏寶人的下落，這也是咱們兄弟無意中從一個混跡在丐幫的外來人嘴裡聽說的。不過據我猜測，他們要找的人未必就是傳言的那樣，或許當初那些人已經改名換姓了也說不定。」

水瑤靠在椅背上，手指敲著桌面。「有點意思，讓兄弟們繼續關注這方面的消息，雖然咱們對這批財寶沒興趣，可保不准咱們身邊的人就是，還不如早做防備。」

送走徐五，水瑤在屋裡考慮半天。財帛動人心，這消息不簡單，透露太多的訊息，想來以後又是一場腥風血雨。

突然，胸前那塊護身符隱隱有些發燙，讓陷入沈思的水瑤頓時清醒過來。她拿出護身符觀察半天，跟之前沒什麼兩樣，要不是能感覺到上面的暖熱，她都懷疑這只是一塊普通的鐵，可是之前的經歷和剛才的溫度，在在提醒她這東西肯定不簡單。

「難不成你也是個寶物？可洛家並不是什麼大富大貴的人家，祖上也都是普通人，要是這東西值錢，按理說洛家不會一點一點敗落下去啊……」

面對水瑤的自言自語，沒有人能夠回答。

「不管你是寶物還是什麼，反正我是沒想把你賣出去，不管怎麼說，這也是洛家的祖宗傳下來的。」

這天水瑤等人正吃著飯，就聽院門響如擂鼓。

水瑤納悶，住這麼長的時間，還是頭一次遇到。

待李大打開大門，水瑤看到門口躺著的人，哭笑不得。「駱冰？」

此刻的駱冰滿臉通紅，手裡還拿著個酒壺，人似乎已經醉了。

「李叔，你把他送到他的屋子裡去，回頭咱們再問。」

李大把他揹進屋出來後，嘆了口氣。「估計遇到啥事了，要不依照他的性格應該不會這樣。」

到了第二天，駱冰待在屋裡並沒有出來，一個人悶不吭聲的，沒人知道他現在在想什麼，因為這傢伙拒絕跟任何人溝通。

其實水瑤能理解，駱冰需要的是時間，只有他自己想通了，他才會走出那個屋子。

這時江子俊來了，從水瑤口中知道這事後，驚訝地問：「什麼，妳上次買的護衛回來了？」

他沈吟了下。「我過去看看。」其實他更擔心水瑤買回來的這人會不會給姊弟倆帶來禍端。

還沒等江子俊進去，就聽到屋裡傳來駱冰那獨有的清冷聲音，只是變了腔調。

「少爺？」

江子俊一驚，萬萬沒想到會在這裡看到他爹的護衛。

第十六章

「青影?!你怎麼在這裡？我爹娘呢？」江子俊著急地問。

青影此刻也是滿臉的懊惱和悔恨。「少爺，我也不知道老爺和夫人在哪裡，當初我們的船遭人破壞，大家都落水了，對方在水裡也有埋伏，混戰之中，我們不知道老爺他們究竟是逃走還是被抓……對方速度太快，還武力高強，我是潛在水裡才逃過一劫。等我浮上來，他們早就沒了影，我上岸後遇到一家黑店，就被人給算計了，這不被賣了當奴隸，讓小姐給我買去了。之後我又回去找，還是沒找到老爺和夫人的蹤跡，連其他兄弟我也沒找到，沒辦法，只能先回來，打算以後再慢慢打聽……」

「我會趕緊讓路伯伯去找。」江子俊慎重地道。

如今水瑤哪還不明白是怎麼回事，心裡還暗自感嘆一回。好不容易看中一個護衛又要飛了，不過跟江子俊的情況比起來，這當然是小事。

水瑤進去看到駱冰，苦笑一聲。「現在我也不知道該叫你什麼好了，駱冰這名字恐怕也是那個黑店給你取的吧？」

青影一臉慚愧，為水瑤的聰明，也為自己之前的行為。

「是，所以當初我說妳買了我也沒用，我還是會離開，因為那個名字不是我的真名，只是沒想到妳竟然跟我們小少爺認識。」

水瑤轉過頭來吩咐上菜，然後跟江子俊說起當初青影的事情。「……對了，青叔，你來的時候有沒有被人跟蹤？」

江家老爺子好不容易救出來，可別因為青影再讓人給盯上，江子俊何嘗不也這麼想？

青影邊吃邊搖頭。「沒有，我很小心，酒也是在門口喝的。」

這話讓兩人稍微放下心來。

水瑤和江子俊出去後，江子俊開口問道：「水瑤，妳為什麼會知道那個道觀的機關，難道妳認識這後面的主人？」

水瑤搖搖頭。「我也是偶然中得知，他的主人是誰我根本就不認識，話說那道觀是你們燒的吧？」

江子俊點頭，臉上充滿陰狠。「我爺爺在那裡受那麼多的苦，沒將他們殺光已經不錯，可惜放走的人還是沒跟他們的主子連上，我們暫時也找不到人。」

他頓了頓。「其實我們家的事……」

水瑤趕緊擺擺手。「你不必跟我解釋，不用你說我也能猜出幾分，就衝青影喊你少爺，想必以前你們應該是有錢人家。」

水瑤拒絕探聽，正合江子俊的心意，他也不確定現在告訴她那些事到底好不好。

江子俊等青影吃完飯才帶他離開，至於去什麼地方，水瑤也沒多問。

過年期間，莫成軒突然來訪。

「唉，我這不是跟我娘到我外公家嘛，所以躲個閒過來看看你們，家裡人太多了，鬧騰！」

主要是他也不喜歡跟那些小孩子一起玩，感覺太幼稚，以前是沒辦法，現在他不需要裝了，只能跑到水瑤這裡避難。

水瑤也不點破他的小心思，跟他說起最近的打算。「過完年我就要出發，你這邊要怎麼安排？需要我這一路做點什麼嗎？」

這事莫成軒早就聽水瑤提起過，不過當她真的要離開，他總覺得心裡有些發堵。沒了水瑤，他好像都找不到可以說話的人。

「唉，妳就走吧，護衛妳選好沒，要不我送妳兩個？」

這事水瑤跟徐五商量過，與其僱鏢，不如用他們自己的兄弟，別小看這些乞討的人，什麼三教九流沒見過，各種手段心裡跟明鏡似的，帶這些人出去反而更方便，也不惹眼。

得知水瑤的打算，莫成軒沒再說什麼。「行，這事妳拿主意，有事就讓人回來告訴我們一聲。」

只是真到了要走的時候，水瑤竟然找不到江子俊。

「我也好幾天沒看到他，他家裡那頭一個人都沒有，也不知道是出了什麼事情。」徐五也不知詳情，水瑤聽了，心裡總覺得有些不踏實，難不成那些要抓他們的人找過來了？

如果真是這樣，恐怕也來不及給他們留信，也怕留了會讓他們受牽連，反正徐五他們還留在這裡，只要對方還安全的話，會想辦法通知他們的。

「行，家裡這邊就交給你了，有什麼事找莫成軒。那我走了，什麼時候回來也不確定，我會隨時給你送信的。」水瑤道。

徐五頷首。「放心，我已經先派人去打通銷路，說不定妳路上就能遇到咱們的人，一路當心。」

要不是這邊還有一堆事要處理，徐五都想跟著一起出去闖闖。

水瑤帶著一車的人出發，還包括徐五挑給她的三個護衛，雖然武功不是最厲害的，可是各方面綜合起來也算頂尖，她相信這一路上應該不會發生大問題。

突然，她打了一個噴嚏，耳朵也不由得開始發熱。「奇怪，這是誰在唸叨我了？」

不只水瑤，雲崢也是如此。水瑤摸了摸雲崢發熱的額頭，心裡不由懷疑，難不成娘她們出事了？

另一頭，千里之外的曹家，洛千雪抱著渾身滾燙的女兒不知所措，只知道用自己的體溫給孩子取暖。

當她聽到女兒喊哥哥、姊姊的時候，不知道為什麼，覺得心特別疼。

她看看四周，沒找到熟悉的小翠，有些著急，把閨女抱在懷裡，急忙往外跑。

「夫人，妳要做什麼？」負責她們這院子唯一的灑掃丫頭環兒想攔住洛千雪。

「滾開，我要救我的孩子！」

「夫人，小翠姊姊已經去求夫人了，妳就耐心的等等吧！」環兒勸道。

洛千雪現在哪聽得進去，她滿心滿眼就是懷裡的孩子，可是環兒知道其中的利害。「夫人，妳聽我說，老爺今天在家裡招待客人，一旦妳過去衝撞了他們，別說救小姐了，恐怕連小翠姊姊都會跟著受牽連。不如妳先回屋去，別讓小姐的病情再加重，我去看看小翠姊姊那邊情況怎麼樣，再不濟我去求別人。」

可洛千雪哪是環兒能勸得住的，她只有一個想法——快救女兒！

最終她掙脫環兒的環抱，抱著雲綺迅速出了院子。

連環兒都不得不感嘆，這做母親的就是不一樣，即便她瘦得弱不禁風、腦袋不清楚了，可孩子依然是她心中那塊寶。

這邊小翠要求見曹雲鵬，卻被丫鬟擋在外面。

「夫人和老爺正在會見客人，妳等一下吧。」

只是小翠等得腳都凍麻了還沒見到老爺和齊淑玉的影子，她沒辦法，想去求老太太，又聽說老太太和老太爺也都在會見客人，她只得去求三姨奶奶，只是她萬萬沒想到這時候洛千雪已經抱著孩子跌跌撞撞的跑出來，邊跑還邊喊：「快救救我的孩子，快救救我的孩子，我求你們了！」

院子裡有丫鬟和小廝攔著，可今天的洛千雪好像變成了一個大力士，誰來都能將人踢開。

在屋裡會客的老太太、曹雲鵬等人聽到院子裡的哭喊，不禁一愣。

「外面出什麼事情了？」曹雲鵬皺眉問。

小廝回道：「老爺，那院的夫人抱著小姐跑過來了，說是小姐生病了，讓人趕緊找大夫。」

曹雲鵬一時之間還沒明白這個夫人是誰，看小廝朝他擠眉弄眼，才明白說的是洛千雪。

他心裡不由一急，朝院子裡的人呵斥道：「你們都是幹什麼吃的，還不趕緊去找大夫，要是小姐有個三長兩短，唯你們是問！」

吼完他走到院子，就看到洛千雪抱著雲綺，光著腳站在雪地上，好像天地間只剩下她們娘兩個。

他頓時覺得有什麼東西堵住了喉嚨，轉頭怒視齊淑玉。「這到底是怎麼回事，你們就是這麼對待她的？大冷的天連雙鞋子都沒有？還有她身邊伺候的人都到哪兒去了？這人瘦成這樣到底是怎麼回事？」

還沒等齊淑玉開口說話，她身邊的丫鬟就先替主子叫屈起來。「老爺，不怪夫人，這事她不知道，她和您不是在會見客人嗎？」

曹雲鵬瞪了齊淑玉一眼。「回頭我再跟妳算帳！」

說完他跑了過去，一把抱過洛千雪和她懷裡的女兒，急匆匆往書房裡跑。「快喊大夫過來！」

小翠從三姨奶奶那邊轉回來，正好瞧見老爺抱著夫人進屋。「老爺！」

曹雲鵬看到小翠，斥道：「妳這丫頭是怎麼當的，有事不趕緊過來稟報，沒看到雲綺臉都燒紅了？」

小翠不禁委屈，這來來回回的，沒一個人能幫他們，原以為三姨奶奶可以，誰知道看門的人告訴她三姨奶奶出去了，她只能無功而返。

她撲通一聲跪在地上，聲淚俱下。「老爺，看門的丫鬟稟報說你們在會客，讓我等等，我等了好久也沒見誰出來，跑去老太太那邊也是同樣的情況，我想著去找別人，可是一個都沒找到，沒想到夫人會抱著小姐出來……老爺，你看看夫人，她還是以前的夫人嗎？本來她穿著鞋子，你說鞋子哪兒去了，肯定是那些沒長眼的奴才圍追夫人，鞋子才會掉的……我真的想不明白，這是夫人的家啊，怎麼到後來反而我們變成了外人……」

小翠不是不委屈，可她再委屈也沒他們家夫人委屈。

曹雲鵬苦笑一聲。「我還以為在那個院子，妳們會生活得很好，沒有外人打擾，至少沒什麼能刺激到夫人，不承想竟然會是這樣，還是怨我啊！」

這邊老太太和齊淑玉看見曹雲鵬抱著洛千雪離開，臉色都不是很好看。

「妳啊妳，讓我怎麼說妳好？雲綺畢竟是我們曹家的孫女，妳再不待見，也不能不好好照顧，如果今天這事傳出去，丟的可是我們曹家的臉面。」

「娘，我沒那麼想過。」

看齊淑玉那委屈的樣子，老太太皺著眉頭瞅了她一眼。「沒這樣最好，以後做事用用腦子。」

另一頭，曹雲鵬皺著眉，心裡有些著急，這大夫一時半會兒還沒法過來，可那個客人卻對他的升遷有著關鍵作用。

「小翠，妳留在這裡照顧夫人和小姐，若大夫來了，妳們就在這裡看著，有什麼需要就趕緊吩咐下面準備，我去去就回。」

看著曹雲鵬急匆匆離開的背影，翠兒在心裡暗自嘆口氣，再看看坐在床上，一心都在孩子身上的洛千雪，心都跟著疼了。

夫人那腳凍得通紅，上面還沾了不少泥土，也不知道院子裡那些沒長眼的東西都是怎麼對待他們家夫人的。

「夫人，來，先把小姐放下。我給妳擦擦腳，要是妳的腳凍壞了，以後就沒法抱小姐了。」

洛千雪倒是很聽翠兒的話，只是眼神並沒有離開孩子，臉上也是著急的神色。「她怎麼了，怎麼不說話了？」

小翠在雲綺額頭上敷了一塊濕巾，然後才開始替洛千雪擦腳。「沒事，大夫馬上就要來了。」

她指著曹雲鵬留下來的隨從。「你出去跟庫房說，我們要棉衣，不管大小都給我們拿幾套過來，還有鞋子也要。」

小翠也不知道這個人叫什麼，只能指指對方，好在有曹雲鵬的吩咐在，對方倒是沒說什麼，很麻利的把東西拿過來了。

看著她要的東西，小翠在心裡嘆口氣，這明顯是從街上買回來的，哪是家裡做的，不過有這些東西，至少接下來的日子她們不至於太難捱。

很快的，郎中被請過來，這次不是以前的那個郎中，而是換成一個老大夫。

看到洛千雪她們的第一眼，老大夫眼神中也帶上一抹疑惑，不過人家是請他來看病，多餘的話他也不好問。

只是看到雲綺這副模樣，老大夫忍了再忍，也沒忍住心裡的火氣。「這都是怎樣，孩子都病這麼久怎麼才想起找大夫來？」

「安老大夫，求求你快救救我們家小姐吧，我們也是沒辦法了，之前看過大夫，可一直不見好，所以今天我們才求了老爺子重新換大夫。」小翠得知老大夫姓安，就在附近的回春堂。

這話聽在安老大夫耳裡，有好幾種意思，難道眼前這個看似美貌卻有些木愣的夫人不受寵？

他嘆口氣，算了，他是來看病的，也管不了人家內宅的事情。「我先給孩子扎兩針，這麼燒下去，就算好了，這腦子也該燒糊塗了。」

小翠看安老大夫給雲綺扎完針，又詢問能否給洛千雪看一下病。

安老大夫點點頭，替洛千雪把完脈，又問一下病因。

小翠也不能什麼話都跟人家說，只說這病出在孩子身上。

安老大夫嘆口氣。「心病還得心藥醫，夫人這病得慢慢地調養，最好能出去走走、散散心。」

小翠苦笑一聲，他們連這個大門都出不去，估計外面的人都未必知道曹雲鵬還有這麼一位正室夫人。

「大夫，你先開個藥方，不管怎麼樣，也不能讓這病繼續惡化下去，這裡還有一個小的得指望我們夫人呢。」

對小翠的忠心，安老大夫是挺欣賞的，不禁讓他想起另一張面孔。有些小霸氣，也有些小無賴，更多的是心好。

只要心是正的，這人品就沒錯。

雖然她們的處境他不甚瞭解，可猜也能猜得出來。「姑娘，以後要是需要幫忙，妳到回春堂來找我就成。」

曹雲鵬送走客人後，老太太的臉立刻就沈下來。

齊淑玉嚇得趕緊跪下來。「娘，您別生氣，這事都怨我，其實院子裡伺候夫人的人不少，就是不知道她為什麼會跑出來……她瘋成這樣，一般人哪裡敢攔，尤其她還頂著夫人的頭銜，下人這心裡也是有所顧忌的。」

說完，她抬頭看了下老太太的神色，繼續解釋道：「現在都這樣了，我是擔心以後繼續瘋下去可怎麼辦？」

曹雲鵬陰沈著臉，眉頭緊皺。「那又怎麼樣，千雪可是我的原配髮妻，又給我生了三個兒女，雖然兩個孩子因為我的原因，半路出事，那也抹殺不了她和我同甘共苦的經歷，要是沒有她，我就沒有今天。

「倒是妳，這段日子我忙外面的事情，家裡妳都是怎麼管的，夫人那邊怎麼連件棉衣都沒有？還有雲綺燒成這樣，怎麼就沒請個好一點的大夫瞧瞧，非要逼得夫人親自抱著孩子找過來？」

曹雲鵬這話說得有些重，因為他非常的生氣。

第十七章

面對曹雲鵬的怒氣，齊淑玉委屈地哭了。「娘、老爺，我冤枉啊，家裡每個人的月例就那麼多，夫人那邊又要看病又要吃藥，這藥還貴，光是那點月例根本就不夠用，我自己還偷偷用私房錢填補了一些。至於衣服什麼的，針線房都有給，她們為什麼沒穿我也不清楚，等我問過下面的人才能知道。再說，就算我想苛待她們，也不會做得這麼明顯呀！」

看齊淑玉抽抽搭搭的樣子，曹雲鵬有些煩躁。「行了，不是就不是，哭什麼。」

老太太心裡有數，神色一變，語氣也輕緩了許多。「淑玉啊，娘也知道委屈了妳。老三，你看洛千雪現在的確不適合當家主母的位置，你說淑玉一個妾的身分來管家，終歸名不正言不順，以後跟那些官夫人打交道也的確尷尬，依我看，不如你跟洛千雪和離吧，現在她這身分的確不適合當家，就算做妾，我也怕人說咱們家欺負人，只有和離了，對她或對你都比較好。

「當然，咱們也不是那種忘恩負義的人，且她還是雲綺的生母，以後她就在咱們家生活，就當是養一個親戚。反正家裡那麼多下人都養活，也不在乎她一個女人，你說呢？」

一直在旁邊喝著茶的曹家老太爺曹振邦聽了這個主意，贊同地點點頭。「是這個理。老三啊，爹也知道你跟千雪有感情，可你現在這身分跟之前不同，如果這次事情能成，這升遷就是轉眼的事，如果不趕緊快刀斬亂麻，以後你就是同仁眼中的笑柄。唉，這也是無奈之舉，要是千雪現在好好的，爹也不會說這樣的話，可是家裡沒一個理事的當家主母，的確是個問題。」

曹雲鵬這腦袋有些亂，心也煩躁，今天什麼事都趕到一起，尤其是父母勸他和離。他總覺得對不住髮妻，都說貧賤之交不可忘，糟糠之妻不下堂，如今他卻要成為那個被人唾棄的負心人，這種感覺讓他很難受，再看看地上跪著的齊淑玉和父母期待的眼神，曹雲鵬覺得自己如芒在背。

「娘，這事讓我好好的想一想。」

說完他頭也不回地離去，就怕再坐下去，父母會說出其他的話來。

他到書房去看已經睡著的娘兩個，洛千雪摟著女兒，神態很平和，根本看不出她的精神出了問題，再摸摸女兒的額頭，熱度已經褪了不少。

他的手不由撫了撫洛千雪那略帶蒼白的消瘦臉頰，到現在他都還記得兩人初見的場景。

他嘆口氣。「千雪，妳怎麼就不理解我的苦衷呢？我也是身不由己啊，我也沒想到我會失去一部分記憶，等找回父母，一切都由不得我說了算，包括我娶妳的事情也得不到父母的支持，妳說以後咱們兩人的路該怎麼走？孩子們的死我也心痛，我不是沒追查過，可一點線索都沒有。千雪，我真希望妳一覺醒來能恢復正常，我也不用做那煎熬的選擇，妳不知道，他們都在逼我……」

沒人能夠回答曹雲鵬的問題，恐怕他心裡也沒有答案。

他喚人過來，幫忙他一起把洛千雪母女送回去。只是一進屋，看到冷冷清清的院子還有不見蹤影的下人，他的怒火就再也忍不住了。

除了一個環兒之外，彷彿這裡就是一座荒宅，連一點人氣都沒有，他現在才知道閨女這病為啥好不了，就算是大人住在這裡，不生病都難，更何況一個孩子！

「人呢？都給我死哪兒去了，快給我滾出來！」

聽聞曹雲鵬暴怒，那些偷偷躲起來喝酒的下人一個個驚慌失措的跑了回來。

曹雲鵬從來不覺得自己嗜血，可看著渾身帶著酒氣的丫鬟和婆子，他恨不得活剝了這些狗奴才的皮。

他上前一腳踢在一個婆子的胸口，後面那幾個也都沒倖免，每個人都被暴怒之下的曹雲鵬踢了好幾腳。

「你們給我老實交代，是誰指使你們這麼幹的？」

奴才有奴才的規矩，他就不信這些人膽子大到竟然連主子都不顧了，這樣的奴才要來幹什麼？

「老爺饒命啊，天冷，我們就是去吃點酒暖和身子，真的沒誰指使我們這麼幹的……以後我們再也不敢了！」

看到跪在地上的人，曹雲鵬怒喝一聲。「來人，給我拖出去每個人打二十大板！」

這個數字把跪在地上的人都嚇癱了，這二十板下去不死也會脫層皮啊！

「老爺饒命啊，我們再也不敢了——」

曹雲鵬指著她們。「不敢？你們還有什麼不敢的？夫人和小姐她們的棉衣哪兒去了，她們分來的炭哪兒去了……」

面對主子的質問，兩個婆子嚇得抖如篩糠，其中一個小丫頭指著她們兩人道：「回老爺，就是她們兩個把東西給賣掉，銀子都歸她們兩個，我們根本就沒得到什麼，就今天才買點酒菜請我們吃一點……」

有一個人指證，其他人也都不甘示弱，恨不得把所有責任都讓這兩個人幫忙扛了。

她們沒想到的是，擅離職守已經觸怒曹雲鵬的底線，他不是因為這些人出去喝酒發火，而是這些狗奴才根本就沒把洛千雪和雲綺當主子看。

「打，一個不留的都給我打！還不知道自己錯在哪裡，不打清醒，以後就沒人知道這個院子裡住的是誰！」

本來聽到曹雲鵬送洛千雪母女回去的消息，齊淑玉就有些坐立不安，趕緊喊來丫鬟，讓她去通知那些喝酒的婆子回去，她自己也跟了過去，只是剛走到門口，見此情況，乾脆轉身又往回走。

「夫人，您這是要去哪兒啊，您不勸勸老爺了？」丫鬟疑惑道。

齊淑玉冷哼一聲。「現在誰能勸得動他啊，他哪是打下人，他這是在打我的臉呢，我現在過去幹什麼？伸出臉繼續讓人家打？我還沒賤到那個程度！他愛怎麼鬧就怎麼鬧吧，自然會有人幫著收場。」

曹雲鵬在院子裡一鬧開，整個曹家上上下下都得到消息了，老太太一拍桌子，有些生氣地道：「這老三也真是的，為了一個女人至於嗎！就不為自己的名聲考慮一下？那些個狗奴才，不聽話發賣出去不就得了？」

曹振邦一邊喝茶，一邊慢悠悠的開口。「我看妳選的那個齊淑玉也不怎樣，一個官家的庶女罷了，如此小家子氣，配咱們老三，我還覺得讓孩子吃虧了。我倒認為那個洛千雪不錯，而且兒子喜歡，要不是她的腦子出了問題，當三房的主母還真的挺適合。」

老太太冷哼了一聲。「還不錯呢，也就你們爺兒倆會這麼想，這兒子也隨你了，都是情種。齊淑玉怎麼？雖說是庶女，可好歹人家爹是當官的，那官還比咱們兒子大呢，她的外家是趙家，咱們家的生意想要做大，沒一、兩個幫手怎行？這些年來，咱們家都快被你那幾個兄弟給掏空，你又不是不知道，我看再這麼下去，這個家遲早都變成他們的了。」

這話曹振邦不樂意聽，手裡的茶杯「哐噹」一聲摔在桌子上。「妳們女人懂什麼？沒有我那幾個兄弟，咱們家生意能做大嗎？他們就算拿了點，那也是進了咱們曹家人的腰包……算了，懶得跟妳說。」

老爺子袖子一拂，怒氣沖沖地離開了。

老太太一生氣，手裡的茶杯直接摔在地上。「這一個個沒個省心的……」

抱怨歸抱怨，這後院的事她也不能坐視不理，那幾房還等著看熱鬧呢。

她帶著媳婦來到洛千雪的屋子，面無表情地看一眼被打的那些下人。

「老大媳婦，這些人交給妳，發配到莊子上幹活去，重新換幾個人來，能讓我兒子生氣，可見她們的行為有多惡劣。想躲懶是吧，那就讓她們嚐嚐什麼是幹活！」

老太太都發話了，龔玉芬便喚來管家，讓人將這幾個刁奴帶下去。

「三弟，你也消消火，對付這幾個刁奴哪能勞你動手啊？咱們進屋坐坐，喝口水消消氣。」其實龔玉芬也想讓老太太看看這屋子是什麼情況，若說她一點都不清楚洛千雪她們的境遇那是假的，不過這畢竟是三房的事，而且中間還夾著一個老太太呢。

齊淑玉這個人她也看不上，平時仗著自己是官家小姐，又得老太太寵愛，有時連她這個大嫂都未必放在眼裡。

老太太掃一眼屋子，覺得這裡根本就不是人住的地方，寒意透骨，饒是她身上穿得那麼厚，都不自覺打了個冷顫。

龔玉芬還想給老太太倒杯熱茶喝，可這兒哪裡有什麼熱水？

老太太見此，眉頭一皺，大掌一拍。「這也太不像話了，這還是我們曹家主子住的地方嗎？大冷的天讓主子住這麼冷的房子，這些刁奴該打！」

她看了一眼站在遠處的小翠和環兒。「妳們倆還算是忠心，以後好好照顧妳們家主子，雲綺還小，以後的事情妳們多幫襯點。」

兩人上前給老太太磕頭，老太太擺擺手。「都起來吧！老大媳婦，趕緊安排人手，這孩子都生病了。」說著轉頭看到桌上擺的飯食，打開一看，臉瞬間沈下來。「這都是什麼，就給雲綺她們吃這個？」

翠兒苦笑一聲。「老太太，這還算是不錯的呢，雖說涼了，可好歹還能吃，夏天時送到我們這裡的飯食幾乎都是餿的。」

其他的她沒法說，只能先把眼前的事情給解決了，至少保證夫人和小姐能吃口熱呼的，不求大魚大肉，哪怕是素食也行，可別送些根本無法下嚥的食物，大人好對付，小孩子可不行。

「砰」一聲，曹雲鵬一拳砸在桌面上。「娘、大嫂，妳們都看到了吧，要不是我們親自過來，誰能想到曹家的小姐和夫人竟然會吃這個、住這樣的房子裡？就連那些下人的屋子都比這裡暖和！」

「都怪我，我要是有時間過來看一看，也不至於這樣。」龔玉芬不禁歉疚。

曹雲鵬苦笑。「大嫂，這事怨不得妳，這麼一大家子，什麼事情都需要妳去操持，再說我們三房也不是沒有人管。說來這齊淑玉做得太過分了，恐怕連這個屋子她都沒進來過吧。娘，這哪裡還有一個做妾的本分？」

老太太長嘆一聲。「老三，你忘了之前娘是怎麼跟你說的？」

看兒子滿眼的慍色和猶豫的表情，老太太怎麼可能猜不出他心裡是怎麼想的。「唉，你先跟娘回去，這裡讓你大嫂來安排，她辦事你就放心吧。老大媳婦，妳讓人在這邊弄個小廚房，這麼遠送過來的東西肯定早涼了，讓她們自己熱熱，平時喜歡的話也可以自己做，再讓廚房送些東西過來，銀子從我那邊出。」

話音剛落，齊淑玉就帶著人氣喘吁吁的走進來。「娘、老爺，我來晚了。」得知老太太都來了，她不得不出面。

曹雲鵬氣哼哼地道：「妳來得正好，來，妳看看，這地方妳能住嗎?!」

說心裡話，這地方齊淑玉除了當初收拾的時候來過一次，之後她一次都沒來過，本來看到洛千雪她就堵得慌，所以能不過來她就不過來。現在才來沒一會兒，齊淑玉就覺得身上發冷。

曹雲鵬冷笑。「冷吧?這地方妳穿著棉襖都冷，而她們幾個卻穿著夾襖呢，妳說她們幾個怎麼過?這個家妳就是這麼給我當的?要是不會打理，可以換人，我就不信沒人能打理好。」

齊淑玉跪在地上，哭得梨花帶雨，連龔玉芬都覺得這女人只有哭了才讓人覺得心疼和好看。

「老爺，你可冤枉我了，這邊我來也不是、不來也不是，常來的話，別人還以為我別有用心呢，不來你們就以為我是不關心夫人……夫人生病了，我過來也怕打擾她，讓她的病情加重。娘，我也難啊!」

老太太眉頭微挑。「行了，這事我知道不怪妳，都是那些不長眼的奴才讓妳跟著沾了包，咱們做女人不容易，男人何嘗又容易？你們這一房的事情，不能讓妳大嫂也跟著操心吧？她一個人已經夠累了。」

看屋子重新生起火盆，該送來的都送來，鍋灶也開始砌了，他們這些人才離開。

洛千雪母女一直都在熟睡當中，即便此刻這些平時根本就見不到的人都來了，她依然還是沒醒過來。

「夫人，起來吃點飯吧！」小翠輕聲喚道。

洛千雪睜開眼第一件事就是摸摸雲綺的額頭，聲音裡帶著欣慰和驚喜。「要好了、要好了……」

小翠嘆口氣。「夫人，別擔心，老大夫開的藥很管用，比之前那個強多了，下午老爺和老太太他們都來了，咱們這邊……」

不管洛千雪能不能聽進去，小翠還是把之前的事跟她交代一遍，洛千雪也沒吱聲，目不轉睛地盯著雲綺瞧，好像周圍的一切都影響不了她的情緒。

這時雲綺慢慢睜開眼睛，雖然有些無力，可總算清醒了些，看到洛千雪一臉溫柔的看著她，小丫頭綻開一抹虛弱的笑。

「娘，我夢到哥哥和姊姊了，哥哥說他們都沒死呢。」

這話小翠聽了不覺得有什麼，可洛千雪的眼突然迸出一種異樣的光彩，腦袋有那麼一瞬是清明的。

「好孩子，妳說的是真的？」

雲綺點點頭。「是真的。哥哥哭了，我也哭了。娘，我想哥哥和姊姊了。」

小翠有些驚喜地看著自家夫人，不過洛千雪隨後的反應還是讓她失望了。「妳哥哥和姊姊是誰啊，怎麼感覺聽到他們，我這心裡特別難受呢？」

小翠趕緊阻止洛千雪繼續思考。「夫人，吃飯吧，今天飯菜不錯。小姐，我抱著妳吃，今天晚上有加菜。對了，老爺過來看過妳了。」

「真的？」雲綺有些驚喜的睜大眼睛，四處望望，沒發現人影，又失望地轉過頭來。「可惜，我沒看到他，爹是不是又把雲綺給忘了？」

小翠邊安慰她邊餵飯。「小姐，妳跟我說說，妳哥哥和姊姊都好嗎？妳是怎麼夢到他們的？」

雲綺眨巴著眼睛，彷彿在回憶。「哥哥說……他們在找我們。」

再多的小翠也問不出來，因為雲綺能記住的也就這些，她看著沈默的洛千雪，嘆了口氣。「夫人，說不定少爺和大小姐他們真的沒事呢……」

第十八章

自洛千雪生病之後，最讓小翠意外的就是二夫人柴秋桐帶著丫鬟過來看人了。

小翠有些摸不著頭緒，柴秋桐其實也是琢磨了半天，大夫人和齊淑玉就算了，連老太太都過來了，這一趟她勢必要來。

不過她也不是空手來的，禮物什麼的都沒少，這還是雲綺頭一次從家裡的伯母手裡收到禮物。

看到洛千雪這模樣還有屋裡的佈置，讓同是曹家兒媳婦的柴秋桐心裡不由暗嘆了一把。

「小翠，這點銀子妳先拿著，有什麼需要可以拿來用，我有時間再過來。雲綺，乖，以後再跟小翠到我那裡玩。」

小翠道過謝之後，心裡對這位二夫人多了一分好感。

不過遠遠不止如此，之後家裡其他人陸陸續續都來了，這回小翠可是把曹家其他幾房的人都見全了。

老太太在屋裡聽丫鬟們的稟報，一邊喝著茶，一邊若有所思的點頭。她不是不清楚自己過去意味著什麼，當時兒子那副模樣，若她不過去，恐怕兒子心裡也會恨她這個娘吧？

雲綺的病逐漸好轉，這邊雲崢的情況也好上不少，至少人是清醒的，不會莫名其妙的發熱了。

「雲崢，你跟我說說到底出了什麼情況？」水瑤太瞭解這個雙胞胎的連結，所以她才會有此一問。

「應該是雲綺。我覺得妹妹好像生病了，反正我心裡不大舒服，甚至連作夢都能夢到她一直哭。姊，我們快走吧，得趕緊找到妹妹和娘她們。」

水瑤面上不顯，心裡卻比誰都著急，如果雲崢和雲綺真有心靈感應，那事情或許比她想像的要複雜多了。

李嬸抱著鐵鎖，水瑤抱著雲崢，跟大夥兒擠在一起倒也挺暖和，就是苦了李大，一個人冒黑趕路，總歸是辛苦些。

好在天快黑的時候，他們到達下一個縣城，在這邊找了家客棧打算好好休整兩天。因為這一貪急，外加受涼，水瑤生病了，從墜崖到現在她一直都挺健康的，誰也沒想到會在這個節骨眼上病倒。

還沒等水瑤他們再次出發，竟然碰到徐五和江子俊。

徐五從兜裡掏出最近才送回來的調查結果。「才送回來，你們就出發了，我這不是著急嘛，就急著給你們送過來，半路上就遇到這傢伙。」

有江子俊在，徐五多少能放心一些，臨走時拍拍自己派來的三個乞丐兄弟的肩頭，鼓勵了兩句。

有些事情水瑤不好當著那麼多人的面問，直到和江子俊獨處時才問出心裡的疑惑。

「我們要走的時候你們不在，是不是怕行蹤洩漏，才讓江爺爺換個地方？」

江子俊點頭。「走得匆忙就沒跟你們說，我們家的事情比較複雜，一時半會兒也說不清楚，總之我爺爺吃了這麼大的虧，肯定不會坐以待斃。以後我估計應該沒時間忙生意的事情，妳和莫成軒一起商量著來吧。另外記住了，找不到爹娘妳就回來，外面終究不如妳熟悉的地方住得安全；就算找到了，妳也給莫成軒那邊留個信，我這邊也好做安排。

「還有，找到人之後也別急著相認，先打聽清楚再說，有些事情未必如你們想像中的那麼好。有錢人家或當官之家，裡面的門道多著，你們倆平時也接觸不到這些，自己千萬要當心，有困難就給我們捎信，一切還有我們，所以別怕……」

水瑤有些心酸，說起來江子俊還是一個小小少年呢，考慮得卻比她都多，要不是活了兩世，恐怕她連人家的一半都不如。

她眼中波光閃動。「子俊哥，你放心吧，你說的我都記住了，那些事情我不怕，因為我知道你們都站在我身後，你就放心去做你自己的事情吧！」

江子俊並沒有送水瑤他們太遠，下一個驛站他就轉道了。水瑤看著車中的英俊少年頻頻朝他們揮手，不禁有些傷感，下次見面不知道會是什麼時候？

江子俊雖然沒說什麼，可水瑤估計他們家的情況已經是她所無法想像的。

「姊，子俊哥哥以後還會來看我們嗎？」雲崢心裡也有些難過，離開熟悉的地方，連子俊哥哥也離開他們，他不知道下一站還會有什麼在等著他們？

水瑤望著前方，以後的路怎麼走，她也沒想好。她長嘆一口氣，牽起雲崢的手。「會的，以後我們還會再見面的。走吧。」

在車上，水瑤研究了一下這次徐五送來的名單，這裡面沒一個人符合她的條件，不過倒是有一個人名吸引住她的目光。

曹雲鵬——這個人除了名字裡有兩個字跟父親一樣之外，其他沒一樣符合，她心裡沒來由一陣煩亂。

「姊，找到了？」雲崢也想知道這紙上究竟寫什麼，竟讓姊姊一臉愁容。

水瑤把紙遞給弟弟。「你看一下，沒一個符合條件的，不過我看這個人倒是有點意思，不如我們就往這裡去，正好可以去看看搬家的安老，你說呢？」

別說是水瑤，連雲崢看完都覺得失望。「怎麼一個都沒有啊，姊，到底是怎麼回事？是咱們記錯了還是娘記錯了？」

水瑤可不這麼認為，娘怎麼會記錯自己男人的名字和年紀？要說有問題，那問題也是出在她爹身上，感覺神神秘秘的，彷彿藏著什麼秘密，要不然怎麼可能鬧出那麼多事情？

其實在她的腦海裡，爹只剩下一個模糊的印象，如果兩人碰頭，或許她根本就認不出對方來，畢竟太久沒見到這個爹，要說她心裡對這個爹沒怨言，那是不可能的。

這時馬車突然緊急剎車，讓車裡的人驚了一下。水瑤掀開車簾一瞧，就見外面一大隊人馬飛馳而過，看來李大是為了閃避對方才停下。

水瑤瞄到馬隊中間那個坐在馬背上、穿著錦裘的男人，雖只是匆匆一瞥，可連她都不得不讚嘆，馬上這個男人長得真好，既有讀書人的文雅，又有練武之人的氣勢。

不過一旁的李嬸可就看不慣這些人的橫衝直撞。「妳說大路朝天，各走一邊，沒見過這麼霸道的，連個路都不讓人好好走。」

水瑤笑道：「估計是有錢有勢的人家吧，看他身邊的那些護衛也不是簡單的人物。」

這一路走下來，水瑤他們才發覺這路程也太長，天黑了都沒能趕到縣城，只能先在一個鄰近鎮子邊上找一家客棧投宿。

跟之前的安排一樣，三個乞丐兄弟各自去辦事，水瑤他們在大堂裡吃飯。跟之前住過的客棧比起來，這家的住客似乎安靜許多，即便說話也都是低聲私語。

別說李大覺得奇怪，水瑤也很納悶，這有些不正常。

吃過飯後，李大從其他車夫那裡打聽到一個不大好的消息。

「聽說昨天晚上，有個富人家被人殺了，家裡都被翻個底朝天，至於為什麼，目前還沒聽說，現在人人自危……」

乞丐兄弟帶回來的消息跟李大打聽到是一樣的。「有人說是土匪幹的，也有人說是仇家所為，至於到底是什麼原因，眾說紛紜，也沒個準。」

水瑤嘆口氣。「真是什麼事都有，你們晚上警醒一些。」

因為心裡有事，水瑤一時半會兒也難以入眠，就聽見隔壁房間傳來男人的抱怨聲。

男人估計是喝酒的緣故，越說越激動，這時另外一個男人發聲了。「行了，再抱怨那銀子也沒了，咱們能撿一條命回來已經不錯……」

隔壁沒了聲音，想必人已經睡下，水瑤輾轉反側許久才入睡。

「不好了，快起來，土匪來了！」

睡到一半，聽見這一喊，水瑤打個激靈，打地鋪的李嬸也瞬間清醒過來。

「怎麼辦，我們該怎麼辦？」冷不丁遇上這樣的事，李嬸也有些慌張。

隔壁屋的李大和另外一個乞丐兄弟已經在外頭敲門，水瑤不禁暗暗慶幸自己是和衣而睡，立刻從床上跳下來，迅速把門打開。

「小姐，快躲起來，土匪下山了，客棧外面都圍滿了人！」

水瑤打量了一下這房間，根本就沒什麼地方能躲，而且這麼多人，上哪裡躲去？

「怎麼辦，能衝出去嗎？」水瑤問。

乞丐兄弟搖搖頭。「恐怕來不及了。」

話音剛落，外面的土匪已經撞開大門，院子裡頓時雞飛狗跳，女人的尖叫聲、反抗聲、男人的咒罵聲……不用出去看，都能想像出院子裡是什麼情況。

「殺人了——」

屋裡的人頓時汗毛都立起來，水瑤更甚，冷汗直冒，將雲崢和鐵鎖往床底下塞，也只有這裡可以躲人。

「姊，我不要離開妳……」雲崢扭著小身子，愣是不躲進去。

水瑤著急。「你傻啊，外面什麼情況你又不是沒聽到，萬一他們把咱們都殺了可怎麼辦？能保一個是一個！」

李嬸推著水瑤。「小姐，妳也跟少爺一起躲吧，我們在外面應付他們。」

雲崢倔脾氣也上來了，小脖子一梗。「我不，要死咱們倆死在一起，反正我一個人活著也沒勁！」

看著雲崢那堅定的眼神，水瑤長嘆一聲，心裡頓時充滿一股豪氣。「好，要死咱們就死在一處，誰也別想把咱們分開。」

這時土匪已經上來，隔壁屋子的門突然被踹開，水瑤都能聽到男人的怒罵聲和踢打聲。

她強裝鎮定地問：「其他兩個兄弟應該在附近吧？」

那個乞丐兄弟點點頭。「他們應該沒事，只要他們沒事，我們就有機會。」

水瑤點點頭，握緊了雲崢的手。「李叔，開門吧。」

外面的土匪剛想踹門，門卻在這時候自動打開。

「喲嗬，有點意思！」土匪興味盎然地笑。

在土匪的監視下，水瑤他們收拾好自己的行李，乖乖走了出去。

院子裡已經站滿住客，當然如果能忽略地上倒下的那幾具屍體，這場面或許還不那麼讓人緊張。

「別看。」水瑤蒙上雲崢的眼睛。「雲崢，現在我們還很弱，只能面對，可你要記住，如果我們還能活著，要不斷讓自己變得強大，永遠不要讓自己陷於這種險境。」

李大抱著兒子站在他們身邊，院子已經被土匪包圍了，一個個氣焰囂張，遇到不順眼的不是打就是罵，惹急眼了，就一刀捅過去。

為了以防萬一，水瑤讓大夥兒緊緊靠在一起，什麼也不說，就等土匪安排下一步。

雲崢現在除了害怕，還有些擔心他們的錢財，他怕沒了銀子，他們會挨餓、會沒地方住，不禁偷偷湊近水瑤耳邊說起自己的擔憂。

水瑤把自己的圍巾圍在弟弟的脖子上，低聲說道：「放心，姊姊有安排。」說完還不忘從地上抓了把帶了血污的泥抹在臉上，因為天黑的緣故，她這小動作並沒人去關注，畢竟大家都戰戰兢兢的，哪還有心情去看別人？

「怎麼樣，人都到齊了？」

「回大當家的，都出來了，該搜的我們都搜完了——」

那個被喊做大當家的土匪頭子，一雙鷹眼即便是在暗夜裡，都讓人看得心裡發毛。

「你們兩個出來！」

李大和李嬸不敢相信地指指自己。

「對，就是你們兩個！我們走後，你們負責通知官府，讓他們用我們二當家的來換人質，敢不聽話，明年這時候就是你們這三個孩子的忌日！」

李大夫妻倆儘管不捨，可也不得不放下鐵鎖，讓水瑤牽著，依依不捨的離開了人群。

所有人都被捆住手腳扔在車上，天色黑暗，他們也不知道車子是怎麼走的。下車後，又被蒙上眼睛一路牽著走，直到抵達目的地，他們的眼睛才得到解放，不過天也亮了。

水瑤先打量下他們所在的位置，四周都是樹林，應該是在山裡，山寨特別大，不知道底細的大概會以為這裡就是一個遠離鬧市的村落。

男人和女人被分開關押，小孩則跟女人一起關押，這樣倒是方便水瑤他們。

這頭，官府得到消息也立刻行動，那些被劫持者的家屬在知道消息後也紛紛關切此事，要求官府趕緊解救人質。

水瑤他們在山上度日如年，第一天還好，可是接下來的日子就難過了。

雖說吃的東西不能說是豬食，卻也差不多，而且數量嚴重不足。住就更別說了，現在正值隆冬時節，卻連被子都沒有，再加上一些較有姿色的女人時不時的被人帶走，這讓水瑤心裡更沒底。

「姊，我好冷……好餓……」雲崢忍不住道。

水瑤只能抱緊雲崢，再拉來鐵鎖挨著她，偷偷從懷裡掏出糖塊塞到兩人嘴裡。這也是她臨出來前塞到懷裡的，其他的東西都讓人給搜走了。

「噓，別出聲，你們自己吃。」偷偷囑咐兩個小的慢慢吃之後，她又開始發愁起來。要是一直這麼下去，弟弟和鐵鎖肯定扛不住的。

「吃飯了！」

門才剛打開，其他人一擁而上，水瑤他們這些小孩子根本就搶不過那些身強力壯的女人。不過她注意到今天送飯的兩個人裡好像換了一個，看到來人衝她眨眨眼，她眼睛頓時一亮，趕緊捂住鐵鎖和雲崢的嘴巴，這兩人也發現了情況不對。

來人正是另外兩個乞丐兄弟之一的王虎，也不知道他是用什麼法子混進來的。

他偷偷給水瑤塞了一個布包。「快點吃，一會兒我們再過來收東西。」

水瑤心裡大定，既然王虎能混進來，肯定會想辦法救他們出去的。

等王虎來收東西的時候，又悄悄遞給水瑤一張紙條。看到上面的內容，水瑤臉上不由帶了一抹笑。

「姊，怎麼樣？」

水瑤朝雲崢和鐵鎖點點頭，在兩人耳邊悄悄說一句話，兩個小傢伙頓時捂著小嘴偷樂。

第十九章

水瑤他們抓緊時間睡覺，到夜深人靜時分，那些白天吵累的女人全都呼呼大睡，窗戶那邊悄悄打開，一顆腦袋露了出來。

王虎朝水瑤他們擺擺手，然後將雲崢他們三個人陸續拉了上去，下面竟然還有人在接應。

看到來人，連水瑤都有些意外。「青影？」

突然她想到什麼，著急道：「對了，張龍還在裡面呢！」張龍就是那個一起被抓的乞丐兄弟。

另外一個乞丐兄弟李豹笑道：「妳就放心吧，他啊，運氣不錯，遇到一個老鄉。總之咱們先走，有事回頭再說。」

穿過樹林，水瑤才看清楚這裡是個斷崖，難怪官府一直拿這些人沒辦法，不過這也僅僅是她的初步判斷，因為斷崖那邊已經有官兵陸續爬上來。

「先把他們送下去。」青影一聲吩咐，那些官兵二話不說，先把雲崢放在吊籃裡，慢慢往下送。

他回頭對水瑤道：「子俊在下面等你們呢。」

水瑤心裡有太多疑問，不過現在真的不是問的時候。她到了下面，看到李大夫妻倆和江子俊，眼睛一熱。只有她自己明白，這一次他們的確是異常凶險，一個不好，說不定就會命喪於此。

「好了，沒事了。」江子俊安慰道。

兩個小的已經泣不成聲，尤其是鐵鎖，第一次離開父母，小傢伙心裡一時半會兒還沒適應。

江子俊揹起雲崢說道：「一會兒要攻山了，咱們先離開，地方我已經安排好，走吧。」

穿過狹長的山谷，來到附近的人家，江子俊已經打點好，因此水瑤他們一來，熱騰騰的飯菜都上齊了。

吃過飯，又泡了個熱水澡，水瑤這才有精神問起其中的細節。

江子俊道：「唉，幸虧有妳那兩個留在外面的兄弟，我們才能這麼快得到訊息，也慶幸我們剛好就在附近，否則就算有這個心，也沒那個時間趕來。先別問了，妳先好好的休息一下。」

水瑤這一覺睡到中午，起來後沒看到江子俊，也不知道他去了哪裡，便帶著李大一起出門看看。

遠遠的，水瑤就望見一個簡易的指揮所，只不過周圍都站滿了兵丁，她沒法靠近，只能稍微打聽一下，這才知道山上還沒打完，正在收尾，應該是一些負隅頑抗的匪徒在跟官兵們交手。

既然不能靠近，那她就在附近轉悠一下。

「那是什麼？」水瑤指著遠處半山腰、掩映在密林裡一棟不大的屋子問道。

李大仔細看一下。「興許是廟吧，只是這個地方怎麼會有廟呢？」

此刻也不是去廟裡的好時機，於是兩人轉頭去打聽關於這間莫名其妙的廟。

「咳，說來話長，這都好多年了，光是這廟都翻修過好多次，至於什麼時候建的，誰也說不清楚，反正祖上就有了，大家有什麼事情都會過去燒個香、求個雨什麼的……」附近的居民道。

山上的攻防戰在下午時分結束，他們這些被綁架的人質又被重新召集起來，清點人數，返還物資，當然也不能瞎報，人家手裡可都有名冊呢。

水瑤聽到旁邊幾個男人在感慨怎會遇上這麼倒楣的事情。「……大哥，你看看，我就說不要販賣牛羊吧，你偏不聽，這下倒好，人家銀子什麼的都能要回來，可咱們的牛羊都讓那些土匪宰殺了，你說咱們怎麼就這麼命苦，老底都賠朝天了……」

這聲音讓水瑤想起住他們隔壁的那幾個男人，敢情就是他們啊。

對這幾個人她還挺感興趣的，主要是這幾個男人說話很有意思。

「放心吧，你們的損失官府肯定會賠的，咱們就在這裡等著吧。」水瑤上前對他們道。

看到水瑤這麼點大的孩子，說話卻像模像樣的，四個大男人不禁納悶。

「妳怎麼就一個人？妳家大人呢？」其中一個壯漢看到一旁的李大，又問：「他是妳爹？不大像啊？」

水瑤苦笑一聲。「他是我叔叔，我啊，命比較苦，沒有親人緣。」

壯漢不大好意思地撓撓頭。「小姑娘不好意思啊，不過也沒事，都是命，還有比妳苦的呢！像我們就遇到一個哥兒們，一起坐船出去做生意，也是沒爹娘，誰想到半路上出事了，估計這會兒早就被魚吃了。想當初他還唸叨著等掙了錢就回來找他姊姊和外甥、外甥女呢，說他姊姊家的雙胞胎可有意思了，唉！」

聽到這裡，水瑤渾身緊繃，他們說的那個人的情況，怎麼那麼像她舅舅呢？

她顫抖著聲音問：「你知道……那個人姓什麼嗎？」

壯漢長嘆一口氣。「說是姓洛……叫洛啥來著？」

身邊的男人補充道：「好像是叫洛玉璋……」

水瑤腦袋嗡地一聲，差點暈倒，她喘了口氣，穩下心神。「這位大叔，我能問一下這位洛玉璋到底出了什麼事情？」

「哎呀，說起來都是傷心事，我們那次坐的船也不知道是怎麼回事，船底讓人給鑿穿了，大夥兒都跳了船，也有人受到攻擊，有人反擊，反正當時挺亂的，我們哥兒幾個打小水性就好，拚了命的往外游，這才撿回一條命，誰知這次又這樣……唉！」

水瑤感覺自己的心差點都要停止跳動，難不成舅舅真的出事了？

她木著一張臉，繼續追問。「那你怎麼判斷那姓洛的人就死了呢？或許還活著也說不定啊？」

男人無奈的一聳肩。「妳這說法也不是沒有道理，但據我們看到的，有些人被對方給抓到，妳說仇家都尋上門來，還能饒他一命？反正我們後來也沒見到他，畢竟游上岸的也沒幾個，那些人可真夠狠，淨幹那些喪盡天良的事，話說有仇就報仇唄，他娘的，那可是一船的人啊，就不怕老天爺報應！」

李大在一旁看到水瑤的身子晃了下，然後人就一頭栽倒在地上。

「這是怎的了？」壯漢驚道。

李大也嚇了一跳，趕緊抱起水瑤喊人過來幫忙，好在官兵這邊有軍醫，一針下去，水瑤就清醒了，不過醒來後也只是默默流淚。

「小姐，到底出了什麼事情，怎麼說著話妳就倒下了？大夫說妳的身體沒什麼問題……」

水瑤閉上眼睛，平緩一下情緒才道：「李叔，我沒事，只是聽到一個不大好的消息，一時半會兒接受不了才會這樣。麻煩你現在去找江子俊，讓他想辦法把那四個人給我留下，至於什麼理由，回頭我會跟他說。你去辦事吧，我自己坐一會兒。」

李大不放心地看了水瑤一眼，這個小姐辦事一向有主意，他要是留下來肯定不行，只得迅速離開。

那四個人看到李大出來之後，得知水瑤沒事，便一起進來瞧瞧。

「哎呀，妳這小姑娘可嚇死我們哥幾個了，話說一說就暈倒了。怎的，在山上給餓的？等回頭這事處理完，大叔我請妳吃頓飽飯！」

看水瑤神色有些不大對勁，四個大男人這回說話都小心翼翼的。水瑤心裡有事，對方說得多，她偶爾才回應那麼一、兩句。

「都出來吧，大人過來看大家，正好給你們發放被劫掠的財物——」

外面這一通喊，這哥幾個坐不住了，事關錢財，他們最好得當面說清楚。

「你們去吧，我沒事，一會兒我就過去。」水瑤對他們道。

等水瑤出去的時候，外面開始發放物資了，李嬸跟李大一起過來，雲崢和鐵鎖兩個人則手拉著手站在一旁。

看到水瑤一臉慘白的樣子，雲崢嚇了一跳，眼神中帶著驚恐。「姊，妳怎麼了，出什麼事了？」

水瑤摸摸弟弟，搖搖頭。「沒事，就是剛才累到。來，跟姊姊到那邊休息一下。」

水瑤拉著兩個小的到一旁坐著，根本就沒看到從棚子裡出來那些帶兵援助攻打土匪的官員，其中就有一位是他們日思夜想的父親曹雲鵬。

雲崢有些羨慕地看著坐在高頭大馬上的男人，要是自己的爹爹能這樣出現在他面前，該有多好。

曹雲鵬朝後面的同僚們揮揮手，臉上帶著優雅的笑容。這次剿匪成功，將能讓他再記一功。

他掃了一眼被救出來的人質，那仰慕的眼神讓他很有成就感，當然他也不是沒看到雲崢，只是眼神一掠而過，就揮鞭帶著人揚長而去，留給雲崢的只是飛揚的塵土。

東西都分配完，至於損失財物的那些人，這次官府還算不錯，拿出從土匪窩裡搜出來的銀子分給那些蒙受損失的人，予以補足。

得到賠償的兄弟四人開心地跑過來。「小姑娘，妳這嘴巴也太靈驗了，這一次總算是沒賠啊！怎麼樣，咱們一起去吃個飯吧，反正你們也要走，咱們一起做個伴，正好路上也有個說話的人。」

水瑤笑看他們一眼，然後朝他們身後的江子俊一挑眉。「行啊，不過能不能在這裡多逗留兩天，我們在這裡的農家租了房子，不如一起休整一下，然後我們再出發？」

青影拍拍這哥兒四個的肩頭，看到是他，幾個男人立刻喜笑顏開，他們能活命，多虧有這個人幫忙。

這時三個乞丐兄弟也來了，還包括張龍，幾個男人一起聊起天來。

江子俊走到水瑤身邊，目光探詢。「妳不開心？」

水瑤苦笑一聲，招呼他在身邊坐下，讓李大夫妻倆先把雲崢和鐵鎖帶回去。

「為什麼讓我留住那四個人？」江子俊問道。

水瑤便把剛才聽到關於舅舅的事說了一遍，徹底把江子俊震懵了。

「什麼？妳說他們？」

水瑤點頭，根本就沒注意到江子俊眼裡的欣喜若狂。「所以我得讓這幾個人幫我找出害我舅舅的凶手，你讓青影跟他們聯絡，只要能留住人，其他都好說。」

江子俊眼神放光地打量著水瑤，他現在都有些說不出心裡是什麼感覺了，這小丫頭難不成就是他命裡的福星，有她在，好像什麼難題都能得到解決。

為了尋找他失蹤爹娘的線索，這段日子他們的人都快把腿跑斷，誰知到水瑤這裡，人家竟然把證人給找到，不得不說有些事情真的是冥冥之中就注定好的。

「行，沒問題。」江子俊拉正水瑤的身子，讓她面對自己。「水瑤，其實有些事我一直沒說，一來是忙，二來也是不想讓妳牽涉其中，不想讓你們處於危險的境地，到現在這地步，恐怕也得讓妳知道一些，因為我們有一個共同的敵人——如果那個落水的人確定是妳的舅舅，那我也實話跟妳說，我爹娘也在那艘船上，所以我們得找到那個下黑手的人。」

這番話對水瑤來說無疑是爆炸性的消息，她怎麼都沒想過她舅舅竟然會跟江子俊的爹娘坐同一艘船。沒想到這緣分，最後都找到他們兩個這裡來了。

她眼神直盯著江子俊。「那四個人看過主凶的模樣，你這段時日不會也是為了追查這個才追到這裡來的吧？」

江子俊自嘲的笑一下。「還真的讓妳猜對了，要不然咱們倆怎麼會在這裡又遇上了？早知道這樣，半路咱們就不分開了。」

她盯著江子俊的眼睛，眼神一閃。「子俊哥，你老實跟我說，你父母失蹤究竟是因為什麼，咱們總得有個方向吧？」

江子俊嘆口氣。「這事說來話長，我爺爺算是江南的富商，只不過一年前家裡出了點問題，生意到處受阻，我爹和我娘出去解決這事……我沒跟妳說吧，我爺爺就我爹這一個親生兒子，或許就因為這個緣故，讓有些人多了不該有的想法。

「他們趁我爹娘離開後，勾結我爺爺收養的兒子下手，當時幸好有護衛拚死保護，我和奶奶才逃了出來。說來要不是為了保住我這個根苗，我奶奶當初肯定不會放下我爺爺跟我出來的……」

聽完江子俊的故事，水瑤不解地問：「先不說你們家的內賊，能動用那麼厲害的組織為他提供囚禁你爺爺的地方，我怎麼覺得這事有些不簡單?要想圖財，直接殺人不就好了，為何還要大費周章地把你爺爺關到那個地方?」

這也是江子俊一直不大明白的地方，他爺爺始終沒給他一個合理的解釋，好像有什麼事情瞞著他，只說那些人是衝著傳家寶來的，至於這傳家寶究竟如何重要，爺爺也沒跟他細說，不過此刻他還不能在水瑤面前說太多。

「這事我不大清楚，恐怕家裡有什麼秘辛吧，能解釋的恐怕只有我爺爺了。我爺爺說了，這外面的勢力超出他的想像，至於還有沒有別的事情，那就不好說了，要想知道答案，只能找到幕後的人。」

水瑤有些頭疼。「這都是些什麼亂七八糟的事情啊，有人幫你們家的內賊奪了權勢，還不想讓你爺爺死，那肯定是老爺子嘴裡有他們想知道的秘密，至於這秘密，我猜不是人，就是東西……算了，我舅舅也倒楣，剛好跟你爹娘坐上同一艘船，不過你怎麼確定你爹娘一定還活著？」

江子俊略一思索，很確定地點點頭。「我爹畢竟是我爺爺唯一的血脈，只有他活著才能威脅到人，所以我敢判定我爹娘還活著，只是他們沒想到半路會出了妳這個差頭，要不然他們的計劃很成功。」

水瑤不禁愁容滿面。「這事不大好辦，沒有線索，我們等於是大海撈針，希望這哥兒四個能幫上忙。」

第二天，水瑤閒著沒事，帶著雲崢他們去了山上那間廟。其實這廟不大，只是裡面供奉的神祇讓她有些意外，難怪村民會到這裡來求雨，還真的挺適合的。

廟裡供奉了一條龍，要不怎麼說這廟特別呢。

不過看到那條盤踞的龍，水瑤心裡隱隱有些不適的感覺，也說不出為什麼，總覺得怪異，尤其脖子上的護身符傳來的溫度，讓她覺得此地不可久留，還是早點離開為好。

「走吧，沒什麼可看的。」她對雲崢道。

雲崢他們對這東西本來就不感興趣，過來也是瞧個熱鬧，倒是帶路的那家孩子跟水瑤他們解釋。

「你們別怕，這龍怪是怪了點，但是有一樣好啊，妳說都經歷多少代，這個龍塑一直都沒事，別間廟裡的佛像早就塌了，就我們這邊的龍有神靈，所以村裡的人特別信奉這個，都說是龍王爺在保佑我們呢！」

第二十章

是不是龍王爺保佑，水瑤不知道，不過心裡那種不舒服的感覺是真的，彷彿那護身符要離開她似的，總之這地方她不能再來了，萬一把洛家的寶貝給弄丟了，她可對不起洛家的祖宗。

該看的都看完，水瑤他們得出發了，幫舅舅報仇是一回事，先找到母親和妹妹那才是重中之重。

「你們路上多當心些，記得別那麼趕，找可靠的客棧住，路上隨時留信，這樣也方便我找到你們。」江子俊知道後，叮囑道。

水瑤點點頭。「如果路上找不到我，就到安老大夫那裡去找吧，他家的藥房名字我之前告訴過你，反正我路過那裡會去看看他的。」

另一頭坐在藥房裡的安老大夫突然打個噴嚏，摸摸鼻子，皺著眉頭自言自語。「這是怎麼了，是誰想我了？難不成那個夫人的毛病又犯了？」

也不怪他這麼想，這些日子老爺不在，小翠讓環兒想辦法跟角門那邊看門的搭上線，當然也沒少塞銀子，這才讓她們有機會出去找安老大夫替洛千雪開藥。

這藥都是小翠和雲綺兩人自己看著熬的，大夫人派來的人都沒法靠近，因為她們不相信這些人。

雖然原來的那些人都撤走了，可誰知道這周圍還有沒有其他人的眼線？

吃了安老大夫開的藥，洛千雪的身體恢復不少，偶爾也能跟她們說幾句話，不過大多數時候容易忘事。

「也不知道我爹什麼時候能回來，他都走好幾天了。」雲綺有些惦念曹雲鵬，這個家裡除了小翠和生病的娘喜歡她之外，也就爹還不錯，至於其他人在小姑娘眼裡，一個個都不懷好意，至少她們看她的眼神都怪怪的。

小翠嘆口氣，沒說什麼。儘管大家嘴上不說，可是或多或少都知道老太太勸老爺跟他們家夫人和離的消息。

小翠當然知道和離會導致什麼結果，夫人沒了可以依仗的婆家，娘家那頭也沒什麼人，少爺又不在家，能賣的都賣了，這病的病、小的小，她都不知道如果離開這裡，她們該怎麼辦？

況且小姐還會失去嫡女的身分，雖然她也不看重這名分，可是小姐以後是要嫁人的，這嫡庶的區別她很明白，要不然齊淑玉幹麼打破腦袋都想當正頭夫人？

「翠姨，我能出去玩一會兒嗎？不會走遠，就在咱們門口那邊玩？」雲綺也是被小翠拘緊了，她們剛來不熟，萬一小姐有個三長兩短，那還不要了夫人的命。

可她也清楚小孩子都愛玩，便點點頭。「行。環兒，妳陪小姐一起吧，另外喊一個婆子跟妳們一起，反正也不能白養活她們，總得幫咱們做點事吧？」

這想法是好，可惜人家根本就不聽環兒指揮，她們都覺得院子裡這位夫人，不過是看在三老爺的面子上擺在那兒罷了。

雲綺難得能走出這個院子，對周遭的景物都挺好奇的，其實她最主要的目的，是想到門口那邊看看父親回來沒。

事情就是這麼湊巧，曹可盈正好帶著弟弟曹永博跟院子裡其他孩子一起玩，雲綺看到那麼多小孩子無憂無慮地在院子裡瘋跑，眼裡滿是羨慕，她也想加入其中。

她這副表情被曹可盈看到了，起初曹永博也沒注意，不過看到邊上多一個陌生的小姑娘，覺得挺奇怪的。

「姊，那是誰啊，怎麼沒見過？」

曹可盈看到雲綺身邊的環兒，心裡多少明白小姑娘的身分，眼裡迸射出的都是恨意，她小聲對曹永博道：「那個人就是過來跟咱們搶爹的那個女人生的孩子。」

曹永博當然知道搶他們爹的人是誰，胖乎乎的小臉滿是憤怒。「就是那個死丫頭跟咱們搶爹的？她娘也不是什麼好東西，不行，我得找她出這口惡氣不可，誰讓她們來攪和咱們家！」

曹可盈一把拉住衝動的弟弟。「慢著，殺豬焉用宰牛刀，你聽姊的……」

她在曹永博耳邊低語一陣，小胖子臉上頓時眉開眼笑。「姊，還是妳有辦法，等著。」

說完他跑到其他幾個兄弟姊妹跟前，也不知道說了什麼，就有小孩子過來拉雲綺一起過去玩。

環兒看到雲綺可憐的眼神，有些為難。如果不讓小孩子玩，好像不通情理，可讓雲綺去玩，就怕她吃虧，畢竟那些少爺小姐是什麼樣子，她心裡明白。

在她左右為難的時候，曹永博開口了。「環兒，妳去我屋裡拿些吃的過來。」

環兒為難了，看看曹永博他們身邊跟著的奶娘和伺候丫頭，小聲嘟囔。「我是雲綺小姐的丫頭，你那兒不是有丫鬟嗎，讓她們去拿不就行了？」

「什麼，妳再給爺說一遍？信不信我讓我爹賣了妳！快，再敢磨蹭，我讓人打妳板子！」

這位小少爺仗著老太太的寵愛，平時在家裡就驕橫跋扈，萬一得罪了對方，她被發賣無所謂，但是夫人和小姐這邊可就沒人能幫小翠的忙了。

她不情願地答應一聲。「你們好好照顧雲綺，怎麼說她也是你們的妹妹。」

說完她撒開腿就往曹永博的院子跑，邊跑還不放心的回頭望，就看到雲綺有些不安的看著她。

「妳叫雲綺吧，跟我們一起玩，環兒一會兒就會回來的。」曹可盈笑意晏晏地牽著雲綺的手加入他們的行列。

「這裡沒什麼好玩的，要不我們去水塘那邊玩？」

上去。

曹永博一聲提議，大夥兒都紛紛跟了過去，雲綺不知這水塘是什麼樣子，也好奇地跟了上去。

另一頭，一直在屋子裡挺安靜的洛千雪突然煩躁不安起來。

「雲綺？我的雲綺呢？」

正在熬藥的小翠邊看著火邊回道：「夫人，雲綺跟環兒一起出去走走了，馬上就回來。」

話音剛落，外面就響起呼救的聲音，有孩子的也有大人的，翠兒心裡咯噔了下。

洛千雪聽到喊聲之後，立刻扔下手裡的東西如風般飛奔出去。

「夫人，妳等等我！」

小翠心裡也隱隱有一種不大好的預感，迎面就碰上哭哭啼啼的環兒。

「小、小翠姐，小姐落水了——」

小翠哪裡還顧得上問明原因，立刻跟在洛千雪後面朝呼救的方向跑過去。

雲綺的小身體在水塘中載浮載沈，一雙小手使勁拍打著水面，可就算這樣，依然阻擋不了沈下去的命運。

那些丫鬟和婆子也不是說不救人，有些用喊的，有些則是找來棍子想要拖人出水，但是就是沒有人跳下去救人。不過也是，春寒料峭時節，站在外面都冷，更別說是下水了，尤其是救一個並不得寵的孩子。

小翠還沒來得及喊人，洛千雪已經跳了下去，小翠知道洛千雪的水性，所以並不擔心，可這時節不對啊！

「環兒，妳快回去給小姐和夫人拿衣服，讓院子裡的人都過來幫忙！」她立刻吩咐。

曹家各房主子知道有孩子落水了，各家都擔心是自己的孩子，急急忙忙的往這邊跑。老太太得到消息後，也帶著丫鬟和婆子往水塘邊趕來。

他們到的時候，就見洛千雪抱著雲綺往岸上走。

「不像話……太不像話了，主子都掉水裡了，你們這些下人竟然站在岸邊看熱鬧?!」柴秋桐首先忍不住，這麼多人眼睜睜看著一個孩子落水，不採取行動，反而等著主子下水救人。她不敢想像，如果有一天她的孩子落水了會是什麼情況？

老太太滿臉慍色。「太不像話了，成何體統！快來人，喊大夫過來！」

龔玉芬臉上不禁有些掛不住，她身為掌家夫人，下人看著小主子落水而沒有相救，到底是她管理上出了疏漏，這臉色可就不好看了。

於是她聲音中帶著怒氣，朝一干下人呵斥道：「你們都愣著幹麼，還不趕緊過去幫忙，難不成還得讓主子伺候你們不成，養活你們這些廢物做什麼用？」

齊淑玉在一旁摟著一雙兒女看熱鬧，雖然臉上不顯，可眼神裡的喜色想遮都遮不住。

有膽子大的婆子上前想接過洛千雪懷裡的雲綺，卻讓她一把躲開了。

「滾開，別碰我的孩子！」

婆子見邊上還站著其他的主子，即便害怕，可這時候也顧不上什麼，只能摸摸看人怎麼樣了。

「我的娘啊，小主子沒氣了！」

婆子這一句話，也把小翠和洛千雪嚇了一跳。

「雲綺——」洛千雪不顧身上的寒冷，抱著雲綺就開始哭喊。

小翠跑過去，抱著洛千雪勸道：「夫人，快放下小姐，說不定還有救呢！」

雖然洛千雪現在精神有些問題，但這些日子安老大夫的藥也不是白吃的，好歹她知道救女兒要緊，以前學的東西她也沒忘。

她手腳麻利地抱著雲綺就開始急救，這動作看在其他人眼裡，無疑是在折騰孩子。

「妳這瘋婆娘在幹什麼？妳是恨不得我們曹家的孫女早點死嗎？給我拉開！」老太太氣得指著洛千雪就是一頓痛斥。

可洛千雪主僕倆根本就顧不了別人是怎麼看的，只想儘快把雲綺肚子裡的水倒出來，這樣孩子才有救。

老太太的命令都下了，這些下人哪敢不從，紛紛圍過來拉的拉、扯的扯，如此就妨礙了施救。

洛千雪心裡著急，此刻她就像是一隻被激怒的獅子，誰敢過來就攻擊誰，她體型雖然嬌小，但在家裡她可不是什麼活都不做的，對上這些心有顧忌的丫鬟和婆子，一時半會兒還真的讓她占了上風。

小翠聽說過這種救人的方法，這還是洛家獨傳的，在洛千雪受到干擾後，她繼續接手，不過終究是力氣耗盡。

「夫人，妳來，這些人我來對付。」小翠道。

救女心切，洛千雪也顧不上這是什麼地方，繼續按壓幫著雲綺呼吸。

老太太的眉頭皺得都能夾死蒼蠅，氣得胸口起伏不定，嘴裡喃喃自語道：「這、這有傷風化！瘋子，果真是瘋子……」

「娘，我們不能由著她們這樣啊，這麼多人看著呢，再說她們又不是大夫，這麼耽擱下去，這孩子……」齊淑玉在這時候開口了。她不擔心雲綺的生死，死了更好，就沒人跟她的孩子爭寵，曹雲鵬也能讓她獨占。

老太太叫道：「大夫來了沒，派人快催，再趕緊讓人拿棉衣和棉被來！」

雲綺肚子裡的水已經吐出來了，此刻洛千雪正在幫她渡氣。大冷的天，她根本感覺不到冷，額頭還滴下了汗水。

她一邊救孩子，腦中一邊閃過一些畫面，那是兒子和閨女跟她永別的場景，她不想讓這個悲劇再次上演。

此刻整個世界好像靜止了一般，所有人都看向那個渾身是水的女人，她是那樣的專注，好像周圍什麼都不存在，只有她們娘兩個。

「哇——」

隨著雲綺這一聲啼哭，不僅是洛千雪和小翠，連柴秋桐都跟著鬆了一口氣。

「快，環兒，把棉衣拿過來！」小翠欣喜道。

還沒等環兒遞上，一旁的丫鬟和婆子早就把準備好的棉被拿過來，一個裹住洛千雪，一個裹住雲綺。

力氣耗盡的洛千雪在聽到閨女這一聲啼哭之後，終於忍不住暈倒在地。

第二十一章

「快，快把人送回屋裡。大夫呢？怎麼還沒來？」

沒等龔玉芬開口，柴秋桐先著急了。這娘倆都從冰冷的水裡爬出來，又在外頭凍了這麼長時間，要是不趕緊救治，恐怕難以活命，說不定一場高熱就會要了這娘倆的命，再加上——

想到這裡，她轉頭看一眼齊淑玉，那女人臉上幸災樂禍的表情還沒來得及收回來，就被她瞧個正著。

「弟妹，不一起過去看看嗎？不管怎麼說，千雪好歹也是你們的主母。」柴秋桐冷笑道。

齊淑玉眼神一冷，皮笑肉不笑地道：「二嫂，妳還是管好你們自己家的事吧。」

說完她帶著兩個孩子，領著丫鬟和婆子轉身離去。

柴秋桐冷哼一聲，妾生的就是妾生的，給點臉就不知道自己姓什麼，真以為自己就是當家主母了？真夠不要臉的！

「走，咱們看人去。」柴秋桐帶著丫鬟跟上去。

老太太滿腹心事的帶人往回走。「老大媳婦，妳趕緊派人給我查查到底是怎麼回事？老三不在家，她們娘倆要是真出了什麼事情，雖然跟咱們沒多大的關係，可總歸是咱們沒照顧好人。雲綺到底是怎麼掉到水塘裡的，那麼多的丫鬟和婆子，怎麼就沒看住一個孩子呢？」

龔玉芬應了一聲。「娘，您先回去休息，這大冷的天也夠您受的，調查完了，我會立刻告訴您。」

老太太心裡也不是沒想法，這個洛千雪母女倆可真跟他們家犯沖，怎麼回回都是她們出事？

不久後，大夫人派去探聽原由的丫鬟來了。

「老太太，事情是這樣的，院子裡的孩子原本在一起玩，環兒帶著雲綺小姐出來溜達，被可盈小姐拉過去一塊玩，後來說要到水塘邊玩，大夥兒就一起去了。對了，那個環兒被永博少爺指使到他屋裡去拿點心給他吃，這也是為什麼環兒不在現場的原因。至於雲綺小姐為什麼掉到水塘裡，少爺和小姐們都說不大清楚，說是燕琳小姐碰到雲綺小姐，不過燕琳小姐卻說是有人從背後推了她一把，才會撞到雲綺小姐的。」

老太太別有意味的笑了。「還有這事？讓燕琳過來。」

曹燕琳此刻正跟在自己母親身邊，估計是被剛才的事嚇到，小姑娘整個人還有些哆嗦，邊走邊抹眼淚。

柴秋桐還以為孩子凍到了，剛要開口詢問，小姑娘就哇的一聲大哭起來，把剛才發生的事情跟母親說了一遍。

「娘，我真的不是故意的，而且也不是我要撞雲綺的，是有人從背後推了我一把，我沒站穩，就撞到雲綺身上，我也差點掉進去，還是哥哥拉住我的……」

二兒子曹永澤在一旁作證。「娘，妹妹沒撒謊，她說的是真的，我們都在一起玩，誰也沒注意是怎麼回事，不過現在想想，當時似乎是可盈站在妹妹的身後……」

一句話把柴秋桐的火都點了起來，她咬牙切齒道：「這一對母女沒一個好東西，這麼小就開始算計人，這事要是你祖母問起來，你們就照實說……不行，咱們現在就去找老太太。」

原本想先去看洛千雪，但她覺得這事必須先跟老太太說清楚，便轉頭吩咐身邊的丫鬟。「丁香，妳去找老爺回來，就說家裡出事了。李媽，妳回去準備東西送過來，雖然小姐不是故意的，但畢竟是她撞的，這事妳私下跟小翠說一聲，冤有頭債有主，我家閨女可不揹這個黑鍋，咱們走。」

還沒等老太太派來的人找到他們幾個，大夫人龔玉芬就先到老太太這裡。

「娘，想必丫鬟都跟您說了吧。至於燕琳為什麼會撞雲綺，應該是小孩子不小心。」

老太太瞅著大兒媳婦的眼裡多了一絲探究，接著笑了。「都是小孩子，這樣的事情在所難免，娘也知道妳辛苦，如果實在太累，就讓妳那兩個妯娌幫妳管，就累妳一個人，娘也心疼。」

龔玉芬心裡咯噔一下，老太太平時不是這麼說話的，今天是怎麼了，難不成是因為雲綺的事責怪她了？

她撲通一聲跪在地上，面露驚慌。「娘，都是兒媳婦照顧不周，才讓您老跟著受驚嚇了。不是兒媳婦不想讓弟妹幫忙，只是這管理的人一多，反而讓下面的奴才不知道該聽誰的了，兒媳婦還年輕，一點也不累，等真幹不動了，肯定會跟您老說的。」

老太太嘆了口氣，親自攙起這個兒媳婦，面帶微笑，一臉慈祥。「妳瞧瞧，我說什麼了，讓妳這樣？來，坐下喝口水，娘也沒別的意思，就是覺得這一大家子，人心各異，責任都讓妳挑起來，娘就是怕妳累倒了，既然妳沒覺得有什麼，那就繼續管著，妳就算不想管了，娘還不願意呢！」

龔玉芬有些鬧不明白老太太這是唱哪一齣？

她心裡有些忐忑，小心翼翼地開口問道：「娘，是不是各房對咱們這一房管家有意見了？」

老太太眉毛一挑。「她們敢？這個家全靠咱們這一房在支撐著，她們有本事就自己分出去過活，得了便宜還想賣乖！娘這麼跟妳說，就是覺得現在家裡有些亂了，這下人好像都開始耍滑偷懶，今天是雲綺，以後呢？」

龔玉芬的心頓時一緊，嚴肅地看著老太太。「娘，請您老指點一二，另外洛千雪這事該怎麼處理？家裡總不能有兩個三房夫人吧，以後下人也不知道該聽哪一個的？」

老太太摸著手裡的佛珠，意味深長地道：「雖說洛千雪是老三第一個媳婦、三房的正室夫人，可是沒有父母的同意，這事算不得數。加上妳三弟以後前途無量，有這麼一個瘋子媳婦，對他的仕途完全沒好處，這事妳自己心裡有點數就行。以後怎麼安排，到時候妳就知道了，在老三回來之前，好好讓人照顧洛千雪她們娘兩個。」

老爺子曹振邦一回來，就問起家裡的事情。「誰生病了？我怎麼看到下人急匆匆的領著大夫進來？」

老太太嘆口氣。「還能有誰，不就是咱們老三那個好媳婦，這娘倆跟咱們家簡直就是犯沖，那個洛千雪自己跳下水塘裡去救人，真是不成體統，哪有一個正室娘子這麼做，也不怕下人看到笑話！」

曹振邦聽到這個消息，眉頭皺了一下。「好好的在那個院子裡待著，怎麼會掉進水裡？雲綺再怎麼著也是咱們的孫女，誰這麼大膽？」

三兒子嗣艱難，老爺子都跟著著急，雖是個孫女，好歹也是老曹家的骨血，在家裡都能發生這樣的事情，要是出去了，豈不是更糟糕？

「唉，都是小孩子之間鬧著玩才會這樣，沒什麼大事，已經救上來了，就是擔心會出現後續問題，才讓大夫過來瞧瞧的。話說你今天怎麼回來得這麼早，外面的事情都處理完了？」

曹振邦冷哼一聲。「處理個屁啊，咱們這個親家還真是好親家，讓他辦點事，妳看他這個磨嘰啊，真夠讓人頭疼的，光使銀子還不行，我也不知道他哪裡來那麼多的毛病？」

老太太喝了口熱茶，眼珠一轉，很快就想明白其中的關鍵。

「他是用這個來威脅咱們呢，他閨女不坐上正位，你以為呢？估計咱們家的事還有得拖，老三這頭一直沒鬆口，我也不好強逼，你這邊也不看好，唉，難哪！」

老太婆這一句提醒，讓曹振邦瞬間明白過來，眼睛一瞪。「敢情他們在這裡等著咱們呢！不過這個齊淑玉，說心裡話，當初妳就不該說這樣的人家，一個妾生的，怎麼能配上咱們的嫡子？再說老三還是官身，就那齊淑玉，一點都沒有官家小姐的氣度。」

老太太嘴裡有些發苦，要不是碰到齊淑玉那個娘，或許她不會給兒子安排這門親事，誰讓自己有把柄落在人家手裡呢？

這個悶虧她只能自己嚥下，還不能跟老頭說。

「唉，我也沒想到會是這樣，外面都傳這個官家小姐名聲不錯，誰知道傳言這東西有時候也不能信。說起來，老五的婚事是不是也該提上日程了？他一天到晚在外面瞎跑，總歸也不是個好事，若有媳婦管著，好歹能安定下來。這三姨娘也真是的，我怎麼就沒見過她著急呢？」

提起這事，老爺子眼神晃了晃。「咳，這事妳也別瞎操心，男兒晚點成家也不算什麼壞事。我先去休息了。」

目送老爺子離開，老太太撇撇嘴，又是到三姨娘屋子裡去，那麼大年紀也不消停點，那把老骨頭早晚會毀在那個妖精身上。

柴秋桐帶著孩子過來後，先讓孩子認錯，接著才向老太太說出事情的原委。

「……娘，也不是我這個做伯母的要對自己姪女怎樣，但這事讓我們家孩子揹黑鍋肯定不行，我不管可盈是故意還是無意的，這事我必須跟您說清楚，老三回來了，可不能因為這事怪罪我們家孩子……」

柴秋桐這個媳婦平時別看不哼不哈，對誰都是笑呵呵的模樣，一旦惹到她，那就是個厲害的主，看來今天這事是真的讓這個媳婦惱火了。

老太太拉著柴秋桐坐下。「唉，娘都知道，這事的確是不怨燕琳，娘心裡有數，妳儘管放心，誰都不能怪到妳們身上。」

燕琳站在一旁，一邊抹著眼淚一邊抽噎。「祖母，雲綺妹妹會不會有事？嬸嬸會不會怪我？」

小姑娘年紀小，頭一次遇到這樣的事情，說不害怕那是假的，差一點一條人命就在她的眼前沒了。

老太太摸摸孫女的小腦袋，一臉慈愛地安撫道：「這事祖母知道不怨妳，雲綺她們肯定會沒事的，跟妳娘回去好好睡一覺，說不定雲綺她們明天就好了呢。」

打發走柴秋桐，老太太閉上眼睛想了一會兒道：「春蘭，準備些補品和藥材送到洛千雪那裡，讓大廚房這幾天飲食上多照顧一些，就算有事也不能在這個時候出事。」

這邊洛千雪雖然回屋了，可畢竟在外面凍了這麼久，起初救孩子時她沒覺得怎麼樣，現在孩子活過來，她卻生病了。

「大夫，你快給我們家小姐和夫人瞧瞧！」小翠焦急地道。

老大夫給洛千雪和雲綺先後把了脈。「小孩子得泡熱水，這位夫人得趕緊吃藥，原本身體就虧空，這次連舊病一起發作，若不趕快治療，恐怕不大好說。」

小翠和環兒連忙指揮丫鬟和婆子幫忙燒熱水和熬藥，平時這些下人可以坐視不管，可今天出了這麼大的事，弄不好她們這些人也跟著遭殃，所以做起事來比任何時候都勤快。

正忙的時候，小翠被人叫住了。

「我……我是曹雲傑的兒子，妳估計也不認識我，只是今天這事，我得跟妳們說清楚……」

要是曹永澤不說他是誰，小翠還真的不認識，其實之前她對小姐落水一事不是沒有懷疑，只是當時忙著救人，還沒仔細打聽清楚。

聽完曹永澤的話，小翠若有所思地看了眼這個二房少爺，她不清楚這事是真是假，不過轉念一想，二房夫人的名聲不錯，跟他們也沒什麼過節，願意來說這番話，可見心裡也是對她們有所尊重。

如果真是這樣，那齊淑玉所生的孩子都挺可怕的，那麼小的姑娘竟然就會暗中算計人，尤其這個人還是她同胞妹妹，心思不可謂不歹毒。

想明白這些，小翠看向曹永澤的眼裡充滿感激。「這事我知道了，謝謝少爺。」

曹永澤見事情已經辦完，也不好再留在這裡，反而給人添麻煩。

不過臨走前，他倒是幫小翠一把，衝著院子裡那些下人開口。「你們以後給我好好的伺候，我會隨時過來看我妹妹，要是下次我過來見你們誰敢偷懶，我就讓我爹把你們賣到鹽礦裡去揹鹽！」

第二十二章

二房這個少爺，平時看著不怎麼說話，可一說出來，那就是一句頂一句，人家有一個厲害的娘，尤其外家也厲害，要不然老太太為什麼對這個媳婦疼愛有加？那是因為曹家總有求到人家柴家的時候。

「是，二少爺。」

曹永澤冷哼一聲後離去，這些人不給點臉色就不知道誰是主子。

回去後，曹永澤不解地問母親。「娘，您說祖母到底是什麼意思啊，那好歹也是我三叔的正室夫人，可這家裡……」

柴秋桐摸摸兒子的腦袋。「你慢慢看著，細細體會，時間長了自然就明白你祖母是什麼樣的人。她啊最好面子，也最重利益，現在你三叔在她眼裡就是個寶貝，即便不待見那娘倆，在你三叔不在的期間也不會落人口實的，我估摸她後續還有別的打算。不過你記住，這話也就咱們母子幾個說說，到外面可不能瞎說。」

囑咐完兒子，她收拾好東西帶著丫鬟一起過去看洛千雪，路上恰巧碰到其他各房的妯娌帶著或多或少的禮物前來探望。

看過洛千雪母女後，柴秋桐說不出心裡是什麼滋味，她不由得想起自己的以後。看來自己的男人得看好了，調教好那才是自己的男人，要不然就是災難。

另一頭，齊淑玉正在屋裡教訓自己的女兒。

她恨鐵不成鋼地指著曹可盈的腦門，恨恨訓道：「你們兩個做得也太明顯了，妳當下人的眼睛都瞎了不成？娘不是教過你們，不管做什麼事情都不能授人以柄，你們倆倒好，妳弟弟先出頭把人家丫鬟給支走，後頭雲綺就出事了，妳想想看，就算那些明白人不在現場，也能猜出個大概來，尤其是各家的丫鬟和婆子都在附近，以後妳可多長點腦子……」

面對娘親的訓斥，曹可盈委屈地哭了，邊抹著眼淚邊嘟囔。「娘，人家還不是為了妳，那個女人不是好東西，跟妳搶爹，她生的孩子就更不是什麼好東西，爹都關心她，根本就不喜歡我們了，她要是死了，爹以後就是我們兩個的了……」

面對女兒的哭訴，齊淑玉苦笑了聲。「妳別光看表面，妳爹關心他們，那是因為他們會裝可憐。尤其永博，你可是你爹唯一的兒子，他不疼你還能疼誰？總之，那兩人不值得你們這麼冒險，要是妳爹知道這事，說不定還起反效果！」

因為雲綺出事，雲崢路上又莫名發起燒來。

看到弟弟這樣子，水瑤心急如焚，因為之前毫無徵兆，她只能猜測是妹妹那頭出事了。

「怎麼樣，夢到什麼了？」

雲崢搖搖頭，眼神中帶了點迷茫。「姊，我就是覺得心裡難受，身上也難受，這回連妹妹的影子都沒夢到，也不知道是怎麼回事。」

水瑤若有所思，娘和妹妹現在的情況肯定不好，要不然雲崢也不會這麼常生病。不過水瑤儘管著急，可沒敢太趕，畢竟弟弟的身體也重要。

想到名單裡那個曹雲鵬，雖然這人各項條件都不符合父親的情況，可心裡不知道為什麼，總覺得錯過這個人會是個錯誤。

有時候事情往往欲速則不達，他們越是急著去找那個曹雲鵬，這路上的意外就越多，跟早些出發的曹雲鵬比起來，他們的行程慢了許多。

另一頭，剿匪成功並沒有讓曹雲鵬開心太久，這一路上，他也在思考自己和家裡的事情，回去後他必須要面對現實。

回家後，一聽母親說起洛千雪母女出事，他大為惱火。「我不在家才幾天，就發生了這麼大的事情，現在她們還是我的正妻和嫡女，如果真的和離了，妳說家裡這些人會怎麼對待她們？」

老太太嘆口氣。「你嚷嚷什麼呢，這只是個意外，誰也不想這樣的，那些辦事不力的下人娘已經處罰過，可這也都於事無補啊。雲綺掉進水裡是事實，即便你在家裡又能怎樣，你也不可能整天都陪在她們身邊是吧？」

看兒子沈默不語，老太太搖了搖頭。「算了，說多了你未必能聽進去，你先去看看她們吧。」

兒子剛回來，她也不想在這個時候舊話重提，反正即便她不說，也會有人跟兒子提。來到洛千雪的屋子，曹雲鵬剛坐下問小翠幾句話，曹可盈姊弟倆也不知道是從哪裡得來消息，一溜煙就跑來了。

「爹，你什麼時候回來的，你怎麼不去看我們啊，我和弟弟都想你了！」

曹雲鵬看到一雙兒女笑意盈盈的撲過來，就算有再多的煩惱也煙消雲散了。

雲綺眼巴巴的看著這爺三個在她面前上演父慈子孝的場面，噘著小嘴，有些不樂意。只是還沒等她開口，齊淑玉就帶著丫鬟走了進來。「老爺。」

「妳這是？」看到她，曹雲鵬難掩詫異。齊淑玉心裡對洛千雪她們有多反感，他多少也知道一些，就不知道今天她唱的是哪一齣？

齊淑玉嘆口氣。「我娘給我送來人參，我就給姊姊和雲綺燉了參湯過來，雖然不能馬上就讓姊姊身體好起來，總歸對身體沒壞處。」

小翠上前一步想把參湯接過去，齊淑玉卻笑著閃開了。「還是讓我來吧。」

小翠哪能讓她親自餵他們家夫人，況且這裡面到底有什麼她不敢確定，她才不信這女人會這麼好心。

不過這時候她也不能說什麼，畢竟她只是個丫鬟，心裡正著急，誰知洛千雪突然出手，打翻了餵到女兒嘴邊的參湯。

「妳——」齊淑玉吃驚的看著洛千雪，彷彿被嚇到了一樣。「姊姊，妳這是做什麼呀，這個是給雲綺補身子用的。老爺，你看看，姊姊不讓孩子喝啊，這可是難得的百年人參，就這麼給糟蹋了。」

話音剛落，連帶著放在桌上的參湯一併被洛千雪給掃到地上，她看著齊淑玉，發出一種很奇怪的笑聲，接著眼神一變，好像在看某種奇怪的生物。

「我女兒，妳不許碰。」說完，她抱起雲綺背過身子，根本就不看他們。

齊淑玉噘著嘴，一副很委屈的模樣。「老爺，你看看，姊姊這脾氣也太大了吧，這幾天我想方設法弄些補品過來幫她們倆調理，可不是被丫頭給碰翻，就是讓姊姊給灑了，你說我好心好意的，怎麼就變成這樣？」

曹雲鵬皺著眉頭，聲音冷硬。「小翠，這是怎麼回事？夫人不明事理，難不成妳們也不明白？」

環兒嚇得一哆嗦，在她的認知中，曹雲鵬脾氣還算挺好的，至少在這院子裡從沒這樣對她們說話過。

小翠則一臉的無奈。「老爺，這都是趕巧了，夫人這樣我們也沒法控制。那次姨娘過來也沒通報一聲，我們一轉身就碰到了，純屬意外啊。況且既然對夫人和小姐的身體好，我們怎麼會故意這麼做呢？」

齊淑玉有些意外，這丫頭膽子真夠大的，在老爺面前就這麼明目張膽的告狀，不知道背地裡說過她多少壞話？再者，這個洛千雪，她都懷疑她是裝瘋，否則怎麼事事跟她作對？

齊淑玉還沒開口，她身邊的丫鬟梅香突然衝了過來，只聽「啪」的一聲，小翠結結實實挨了一巴掌。

「大膽！在主子面前，哪有妳說話的分！我們都是奴才，見到主子該稱呼『奴婢』，連這點規矩都不懂，還怎麼做下人？要是讓外人看到了，指不定在後面怎麼議論老爺和這個家呢！」

隨即她轉身朝曹雲鵬跪下。「老爺，請您責罰奴婢吧，剛才奴婢實在是忍不住，才在您面前莽撞了。」

小翠捂著臉，一副傻住的表情。她不記得自己多久沒挨過這樣的打，好像到了洛家之後，就沒有過這樣的待遇，即便小姐嫁人，老爺和夫人也沒這麼對待過她。

還沒等曹雲鵬做出反應，抱著雲綺坐在炕上的洛千雪率先發難。她跳到地上，對梅香是又踢又打。「誰讓妳打我的小翠！」

曹雲鵬被洛千雪的反應嚇到，看她身子搖搖晃晃的，還不忘強撐著給自己的丫頭出氣，萬千滋味同時湧上心頭。

「千雪，別生氣，保重身體要緊，教訓下人不用妳親自出手。來，妳先歇著。」

他扶著氣喘吁吁的洛千雪躺下來，抱著雲綺看著跪在地上的梅香。「梅香，既然妳知道規矩，那夫人是誰，小翠是誰，妳又是誰？妳的身分有資格在我面前撒野嗎？小翠有什麼錯，自有夫人來處理，即便夫人生病了，那還有老爺我呢，什麼時候輪到妳一個丫頭來教訓夫人身邊的丫鬟了？妳說妳懂規矩，那就下去領家法吧！」

齊淑玉心裡恨不得搧梅香一個巴掌，雖然知道梅香是為了自己，可心裡還是不由得怪起這個沒腦子的丫頭。若自己身邊的丫鬟在外面領家法這事傳出去，她這臉面可就沒了，家裡那些妯娌們怕是會笑話她。

想著，她轉身跪了下來。「老爺，我不是為梅香求情，可她是個丫鬟，會這麼做也是我這個主子沒盡到管教的責任，讓她冒犯了夫人，要罰也先罰我吧。」

曹雲鵬正要發難，躺在炕上的洛千雪突然開口了。「都給我滾出去，太吵了，我睡不著。」

齊淑玉趁這個機會給梅香使個眼色，梅香會意，站起身子，朝小翠和洛千雪一鞠躬，灰溜溜地退下了。齊淑玉也知道現在不是留在這裡的時候，牽著一雙兒女也離開了。

小翠嘆口氣，摸摸有些紅腫的臉頰。「老爺，您才剛回來，請先回去休息吧，等休息完再過來看夫人也不遲。」

曹雲鵬點點頭。「也好，妳好好照顧夫人，我有空再過來。雲綺，要乖乖聽妳娘和翠姨的話。」

剛才發生的一切在曹雲鵬腦海裡回想了半天，讓本來已經下定決心的他再次陷入動搖，只是有些人並不會讓他一直處於搖擺不定的狀態中，更不會讓他一直逃避下去。

這不，老爺子曹振邦就找他談話了，雖然覺得齊淑玉配不上這個兒子，可現在他遇到了難題，這個親家始終不發話，聰明人都清楚原因是什麼。

曹雲鵬有些不耐地說道：「爹，我們不能這樣，之前她只是精神出了點問題，現在連身體都不成樣子，你這時候讓我休了她，外面的人會怎麼說我？」

老爺子怒目一瞪。「誰敢說你？誰又能說你？在外人眼裡，齊淑玉才是正妻，大家根本就不知道你還有洛千雪這個妻子，你現在讓她出來，先不說丟臉不丟臉，就說你這妻妾關係混亂，那就是一件大事。聽爹的，咱們暫時先想辦法度過這個難關，畢竟咱們家可是投了大筆的銀子在裡面，拿不到他的批文，咱們就沒法運作，那損失的可不只是銀子，跟我們合作的人可都得罪了。

「再說，你以後還會步步高陞，只要你的官位大過他，我看他還怎麼為難我們，到時候你就是休了齊淑玉，我都沒二話……」

曹雲鵬只得無奈地點頭答應去斡旋此事，沒承想一見到齊仲平，人家第一句話就讓他嚇了一跳。

「雲鵬啊，升遷的事情有眉目了，不過畢竟是個肥差，聽說還有一個人覬覦你那個位置呢。你啊，多加把勁，你還年輕，想往上升以後有得是機會。」

原本板上釘釘的事情如今又出現變動，讓曹雲鵬心裡有些錯手不及，他急切地追問道：「爹，這可怎麼辦，我認識的人也不多，要不您老多費點心，小婿日後發達了，也不忘您老的提攜和栽培！」

齊仲平意味深長地拍拍他的肩頭。「雲鵬啊，有的時候你也別小瞧了後宅夫人，聽說桑大人很聽他夫人的話，這事你得讓你的夫人出面才行，不過聽說你那原配夫人身體有恙，這事可就不好辦了。據說桑夫人很重規矩，就算淑玉想幫你出頭，可以她目前的身分，人家桑夫人未必會接見她，這事你明白的。」

齊仲平再次拍拍曹雲鵬的胸口。「後天，桑夫人舉辦宴會，這次也是機會，能不能行就看你的了，我在一旁幫你敲敲邊鼓，或許成算會更大一些。」

曹雲鵬不是傻子，這番話要是聽不出弦外之音，這官他不做也罷。

想明白這其中的關鍵，他頓時賠上笑臉。「岳父大人，小婿一定不會讓您白費心思的，回頭我就帶著淑玉一起參加這個宴會，那我家裡那頭的事情，您看……」

齊仲平帶著平和的微笑。「這個好說，等你這事解決了，你爹那事自然就好辦了。」

曹雲鵬是笑著離開齊家的，不過只有他自己明白心裡是什麼感受。

第二十三章

事情既然已經走到今天這地步，已經沒有必要猶豫了，即便心裡再不捨、再不得勁，曹雲鵬也只能狠下心來寫和離書。

小翠看到這東西，直接哭著跪倒在曹雲鵬腳邊。

「老爺，你不能這樣，夫人都這樣了，你讓她以後怎麼活下去？求求你，收回這東西，我保證以後夫人肯定不會再出什麼事情的！」

曹雲鵬嘆口氣，扶起小翠，看了一眼拿著和離書沈默不語的洛千雪。

「小翠，我不是不管妳們，不管怎麼說，千雪是雲綺的娘，就衝著這一層關係，我都不能棄妳們夫人於不顧。放心吧，以後不管是我還是曹家，都會負責妳們的生活，只要在曹家住一天，妳們依然是我的親人。」

一直低頭不語的洛千雪突然抬起頭，不知道的還以為這是一個正常人，因為此刻洛千雪除了情緒有些激動外，眼神卻是清明的。

「為什麼要這麼對我們？這麼多年的夫妻情分，你說散就散，那孩子們怎麼辦，他們可是你的親骨肉啊！你對他們的事情不聞不問，連害他們的仇人都放任不管，呵呵，我到底嫁了一個什麼樣的男人，老天爺，祢睜開眼看看！」

小翠越聽越驚奇，張大嘴巴，不可思議地盯著洛千雪。「夫、夫人……您好了？」

誰知說完這話，洛千雪就暈倒了，幸好曹雲鵬在一旁及時扶了一把，不然這後腦勺就得摔出個大包。

別說小翠，就連曹雲鵬都被洛千雪剛才的一番話給嚇到了，這明顯就是正常人才會說的話。「小翠，這到底是怎麼回事？難道夫人沒瘋？」

小翠疑惑道：「我也不知道啊，夫人平時不是這樣的，今天還是頭一次呢，難不成跟吃藥有關係？也或許是和離的事情刺激到她了，所以才這樣……老爺，我還是求您三思，都說一日夫妻百日恩，何況你們還有三個孩子呢！」

曹雲鵬苦笑一聲，無力地擺擺手。「剩下的事情妳不用管，照顧好主子就行了，回頭我讓大夫過來瞧瞧。至於雲綺，這幾天先住在這裡，到時再讓齊淑玉接過去，她這年紀也該啟蒙了，過些天就讓她跟家裡的孩子一起去讀書。」

小翠嘆口氣。也是，她只是個丫鬟，哪有資格去說主子，況且能說的她都說了，至於該怎麼做，還要看曹雲鵬自己。

看著面色蒼白的洛千雪，她的眼淚不由順著臉頰往下淌。嫁給曹雲鵬，主子得到什麼了？孩子沒了，眼瞅著剩下的這一個也要被人搶了去，以後的日子要主子怎麼過啊！

環兒抱著雲綺走進來，看小翠在哭，再轉頭看躺在炕上、了無生氣的洛千雪，她還有些搞不清楚狀況。

小翠擦擦眼淚。「環兒，妳想辦法通知安老大夫過來一趟，夫人這樣我不放心，別的大夫根本就不知道情況，治了也白治。」

「老爺呢？老爺剛才不是來過了，這到底是怎麼回事？」環兒問。

小翠嘆口氣，接過雲綺。「回頭再告訴妳，妳快去。」

雲綺看到小翠滿臉淚痕的樣子，小心翼翼地開口問道：「翠姨，妳怎麼了，誰欺負妳了？」

孩子的一句話，讓小翠忍不住悲從中來。「雲綺，我們家以後要散了。」

雲綺不知道「散了」是什麼意思，不過看到小翠哭，她也跟著哭。

小翠擔心雲綺的身體，趕緊壓下自己的情緒。「雲綺不哭了，都是翠姨不好，妳好好陪著妳娘，她剛才不大舒服。」

此時，曹雲鵬已經沒法去顧及洛千雪，他自己的心情也非常糟糕。他還以為這輩子能和洛千雪白頭到老，誰想半路會出現這麼多的狀況，他們兩個人究竟為什麼會一步步的越走越遠呢？

看到兒子一臉陰沉，老太太心裡明白這事是辦成了，嘆口氣，拉著兒子坐下。

「娘知道你心裡不舒服，我們又何嘗願意這麼做？這都是沒辦法的事情啊！和離了也好，以後你和淑玉就好好的過日子，至少她娘家對你的仕途會有幫助。」

齊淑玉是最早得知這個消息的，她打發走來人，開心地在屋子裡轉了好幾圈。以後她就是曹家三房正室夫人了，以前大夥兒雖然也是這麼稱呼，可她心裡沒底氣，以後可好了，她就是曹雲鵬的夫人、正兒八經的官太太了，看娘家那些人以後還敢不敢在背後對她冷嘲暗諷！

曹可盈帶著弟弟進來的時候，就看到她娘打扮得美美的，嘴裡還哼著不知名的曲子。

「娘，您怎麼這麼開心，有什麼高興的事？」

齊淑玉看到一雙兒女，臉上的笑容更加難以抑制。「好閨女，以後娘就是正室夫人了，妳爹跟那個女人和離了，和離書都送過去了，哈哈，以後這個家就是咱們說了算！」

「太好了，我就知道娘一定能行！娘，您給我買一對墜子吧，我看大姊都戴了，可好看了。」

齊淑玉點點女兒的小鼻頭，寵溺地笑了。「妳這丫頭，真會挑東西，那可是寶石的，也罷，既然妳喜歡，那娘就買給妳。」

和齊淑玉屋裡的快樂比起來，洛千雪這邊的情況可有些慘澹。

曹雲鵬讓人找來的大夫在看過洛千雪後，只說了要仔細調養，另外又開了一些補藥，就沒有別的動作了。

小翠當然不放心，才讓環兒去找安老大夫過來。

老大夫過來一瞧，連他都嚇了一跳。「這是怎麼了？之前還好好的，這才多久怎麼就成了這樣？」

小翠嘆口氣，別的沒細說，只是把洛千雪和雲綺落水的事情說了一下。

「不對啊，她現在昏迷，明顯就是氣急攻心才造成的。算了，我先給她扎針，這火要是不引出來，這病難好啊。」

在安老大夫的眼裡，有錢人家的日子只不過是表面上風光，也不知道這當官的家裡怎麼會發生這樣的情況，說起來都是秘辛啊。

「這些藥妳拿回來後趕緊給她們兩個吃，別耽誤了，孩子還這麼小，娘又這樣了，妳們做丫鬟的多照顧些，老天爺會保佑妳們的。」

小翠有些被嚇到，她沒想到會這麼嚴重，之前的大夫可沒說得這麼邪乎，看來這個安老大夫還挺有一套的。

她這邊忙著給兩個主子調理身體，那邊各房也都知道了曹雲鵬與洛千雪和離的事。

「嘖嘖，你這個三弟啊，我都不知道該說他什麼好，當初人家都沒嫌棄他一個窮讀書的，現在他發達了，竟然嫌棄人家了。我告訴你，以後你可不能跟你那個好弟弟學，不管我是好還是壞，你都得好好待我，不然我讓孩子們天天鬧騰，讓你別想過安生日子！」

曹雲傑一把抓住柴秋桐伸出的拳頭，一臉討饒。「夫人，咱們可是老夫老妻了，能幹那事嘛！唉，說真話，聽到這消息我也訝異，我還尋思他猶豫了這麼久，肯定是看在以前的情分上，打算就這麼過下去，到底是沒忍住啊。或許他有他的苦衷，可洛千雪這邊也的確挺可憐的，妳說讓她一個女人怎麼辦？」

柴秋桐嘆口氣，搖搖頭。「一會兒你去找老三說說話，順便把孩子的事情說開，另外也勸勸他，別把事情做絕了，雖說雲綺是個女孩子，可到底是他的骨血，洛千雪可是雲綺的娘，不顧以往的夫妻情分，那也得看在孩子的面上，好好安置她。只是……我怎麼感覺不能讓洛千雪離開這個家？」

曹雲傑有些不解。「為什麼不讓她離開？這個家已經跟她沒關係了，留在這裡，她的身分多尷尬，雖說這腦袋不好使了，可身邊帶來的丫鬟不是還挺忠心的嘛，有她陪著也不是個事啊。」

柴秋桐伸出玉指點點丈夫的腦門，恨鐵不成鋼地道：「你做事從來就不願意多動腦子，她出去了，娘這心能放下來？她是擔心這女人給三弟帶來麻煩。之前娶齊淑玉的時候，對外稱呼是怎麼說的，現在突然冒出一個原配妻子，你那弟弟的名聲不就毀了？就衝著這一點，曹家也得留住人……」

曹雲傑揉揉腦門，嘟囔著。「我想那麼多幹麼，跟咱們也沒多大的關係，再說了，這個家聰明的人太多了，我這樣才好過日子。」

話雖然是這麼說的，可柴秋桐還不明白丈夫是什麼人？她嘆口氣，依偎在男人的懷裡。「你這樣已經挺好的，誰也不用關注你，老三倒好，聰明是聰明，連官都當上了，可老太太不停往他那兒塞人，連家都給攪散了。」

曹雲傑摟緊媳婦的肩膀，無限感慨。「我這個人，從小就不怎麼受父母的重視，上面有大哥，下面有老三這個弟弟，後來老三失蹤了，我娘的心思都被找人和跟家裡的姨娘鬥給佔了。其實這樣也好，我也不用背負太多，像老三這樣，我看著都替他難受。」

跟二房的人比起來，其他房的人反應倒是比較平淡，誰是三夫人對他們來說並沒多大的區別，或許齊淑玉還比頭前那位更適合一些，不管怎麼說，這個女人的娘家至少可以為曹家帶來利益，他們曹家需要這樣的姻親關係，因此曹雲鵬的和離並沒有在這個家激起多大的風浪。

「哥，你說我怎麼就這樣了，連我自己都覺得做得太過分，假如當初沒回到這個家，那我是不是就可以一家人幸福的活著呢？」這天，曹雲鵬來找自己哥哥訴苦。

曹雲傑嘆了口氣，拍拍弟弟的肩膀，給他重新斟滿酒。「事情已經這樣，後悔也來不及，你就按照之前的方向，踏實地過生活吧。其實這個家有時候讓人感到壓抑，我這是習慣了，你也應該習慣，況且父母都是親生的，總不會害你吧？」

他什麼都不能說，那只會給弟弟徒添煩惱罷了。

「你要多長點心，雖說和離了，可也不能對以前的弟妹差了，不是我這個當哥哥的說你，有些事情你只要長心，自然就在掌控中……」

曹雲鵬喝得一塌糊塗，哪裡還能聽到他二哥說了什麼，就算聽到了，他光顧著自己傷心，也沒心思去琢磨。

看弟弟這樣，曹雲傑也不知道該說什麼才好，趕緊拿走他手中的酒杯。「喝得差不多了，再怎麼喝，你能把所有煩惱都喝光不成？明天還得上工呢，趕緊去休息吧。」

水瑤他們作夢都沒想到，就這麼一耽誤，她娘現如今已經成了下堂婦。越接近調查到的地方，水瑤心裡就越忐忑，如果這一次不是的話，她都不知道以後還有沒有信心繼續找下去。

「姊，我餓了。」

雲崢第一個嚷嚷出來，接著鐵鎖也跟著開口，水瑤也覺得趕急了，摸摸兩人的小腦袋。「行，咱們一會兒就去吃飯。」

李大邊趕車邊搜尋可以吃飯的地方，只是飯館沒找到，倒是看到不少的人家，而且這地方看著好像比別的地方要熱鬧一些。「這是怎麼回事，怎麼這麼多的馬車？」

水瑤往外掃一眼，這地方應該是鄉下，可為何有這麼多的馬車呢？看他們去的地方，心裡多少明白其中的奧妙了。

第二十四章

水瑤道：「那些馬車都是有錢人家的，通常一群有錢人往鄉下來，都是要去廟裡燒香拜拜。」

話音剛落，李大的聲音就響起。「小姐，那邊有賣吃的，好像是個茶寮，咱們先到那邊去看看。」

雲崢和鐵鎖有些等不及了，伸出小腦袋往外瞧。「姊姊妳看，有吃的，熱騰騰的呢！」

估計是真的餓了，雲崢看到冒著熱氣的食物，眼睛睜得大大的。

李嬸抱過他坐好。「一會兒咱們就能吃了，別著急。」

三個乞丐兄弟卻不跟他們一起，他們說要到附近討飯吃，順便打聽情況。

這事水瑤不反對，囑咐了幾句。「要不到吃的不要緊，我會給你們帶一些到車上的。」

茶寮還挺大的，大家三三兩兩的坐在一起喝茶、吃東西，在寒冷的天氣裡，平添一分熱鬧。

水瑤看了一下，這裡不僅有小吃和茶點，還有麵條、包子之類的東西。

她領著兩個小的找了一個背風的位置坐好，李大拴好馬車也走進來。

「姊姊，我想要一碗麵條和兩個包子。」雲崢一臉饞樣。

水瑤笑著點頭。「都行，鐵鎖也是，都敞開肚子吃。」

這時，角落突然有人道：「真是土包子，沒見過吃的，跑這地方充大頭來了。」

水瑤眉頭一皺，順著聲音看過去，只見那桌子坐著幾位小姐，瞧對方的穿著打扮，應該是有錢人家的，歲數都不大，還帶著丫鬟。

雖然對方這話讓人不舒服，不過對方明顯也是個不差錢的主，本著多一事不如少一事的原則，她沒打算理會對方的挑釁。

只是她不理會，不代表對方會放過他們。

「喲，吃個飯還能發出這麼大的聲音，不知道的還以為是豬在吃東西呢！」這些人大概是閒得沒事幹，就想找個人刺一刺，才能體現出她們的優越和自我滿足。

李大被對方這話說得有些不大好意思吃，水瑤卻將筷子啪的一聲放在桌上，扭頭看向對方。「怎麼，今天不打一架是難受還是怎的了？豬吃食，妳餵過豬啊？不放個屁，妳是不是就能憋死？」

她不惹事，但是也不怕事，前世怕來怕去，還是把自己的命給搭進去了，這一世她從重生的那一刻起就發了誓，什麼都不怕，遇神殺神，遇佛殺佛。

她拍拍李叔的肩膀道：「李叔，你就放開肚子吃，天大地大，吃飯最大，還沒聽說管天管地管到人家吃飯的頭上來了。就算皇上在這裡，也不會不讓老百姓不吃飯吧，某些人算老幾啊，有幾個臭錢就了不起了，還不知道是誰掙的，說不定她們才是那個被人家餵養的豬呢！」

這番話讓在場的男人們哄堂大笑，主要是他們覺得水瑤這小姑娘挺有意思的，要是真餓了，誰管吃飯有沒有發出聲音，只有吃飽肚子才算大事，其他都不是個事。

不過大家的哄堂大笑在曹家這些小姐的眼裡，那可就是赤裸裸的譏諷了。

「妳說誰是豬呢！我看妳才是豬，只有豬才吃這樣的東西！」曹雲鵬的庶女曹可欣這話一出口，徹底把在座吃飯的人都給得罪了。

「妳這小姑娘，怎麼這麼說話呢！難不成妳說人家這都是賣豬食的？那妳在這裡是做什麼的，不也吃著豬食嗎？哦，對了，人家那小姑娘說妳是被人餵大的豬，還真的沒說錯。」

「你！」曹可欣氣得一下子站起來，今天她出門沒看黃曆，本來母親不想帶她出來，是她求著大姊才跟著一起出來的，誰讓她姨娘是個妾呢，要是主母，她也不至於被人扔在山腳下等人，她也想去廟裡求個籤。

「小姐，注意言行舉止，讓夫人看到，妳又要挨訓了。」身邊的奶娘一把將她拉住。

奶娘畢竟是過來人，這外面是什麼情況，哪是那些整天待在後院的小姐能理解得了的？口舌之爭一點意義都沒有，說不定無意中就得罪了人。

提到齊淑玉，曹可欣氣鼓鼓地坐下來，不過那眼刀子不時就朝水瑤飛過去。

對她的挑釁，水瑤乾脆漠視不理。剛才跟對方起衝突，也是因為那小姑娘故意針對他們，既然是過路的，她也不想再出意外，趕路要緊。

水瑤泰然自若地在眾人的目光下吃完飯，就連她這吃相，都讓曹可欣妒忌，一個下賤人家的孩子，怎麼還那麼能裝，那吃相比她都優雅。

而茶寮裡的人不見得都不認識曹可欣，這不，水瑤他們邊上一桌就開始悄悄地議論起來。

「那個姑娘……我以前看過，好像是曹雲鵬曹大人家的庶女，嘖嘖，真是看不出來啊，這教養可還不如咱們家的丫鬟，還官家小姐呢……」

曹雲鵬？

水瑤眼神微瞇，轉頭看向在丫鬟伺候下喝茶的曹可欣。如果曹雲鵬是她父親，代表這個女孩子跟她有關係？也就是說，爹不只娘一個妻子？

水瑤有些不敢往下想了。

記住曹可欣這張臉後，水瑤一行人收拾東西準備出發，就見遠遠的從山上下來一隊人馬，也不能說是一隊，應該是各家女眷結伴而來。由於山路崎嶇，馬車上不去，只能乘轎子，所以這一排轎隊和跟在一旁伺候的丫鬟婆子就成了一道風景。

「真是氣派啊，上山都有人抬著她們走。」雲崢之前沒見過這樣的場面，由衷感嘆了一句。

水瑤掃了一眼那隊伍，那個曹家夫人也在其中吧？

也不知道這主母是怎麼當的，家裡的庶女竟然養成這副德行，就說剛才那位，連她之前的丫鬟都不如。

「算了，跟咱們沒關係。李叔，出發吧。」

到了前面，和那三位乞丐兄弟碰頭，這才從他們口中知道了點端倪。

「聽人說曹大人升遷了，曹家夫人邀請各家夫人過來上香給老百姓祈福，希望今年能有一個好年景。估計這也就是她的藉口，實際上是過來求菩薩保佑他們家老爺能夠步步高陞，畢竟這廟挺靈驗的，要不然也不會跑這麼遠的路過來。」

水瑤點點頭，對這個曹家夫人不多評判，再說那個曹雲鵬是不是她的親爹還不好說。

「走吧，下一站我們去找安老大夫，你們幾個就到附近多打聽一下曹家的事情，有事到回春堂找我就行。」

水瑤一行人進縣城之後，就將那三個人放下車。至於回春堂在什麼地方，她雖然不知道，但是鼻子下面有嘴巴，還別說，回春堂在這縣城裡的口碑還真的挺好，一提起回春堂，都說那裡的醫術不錯。

看到水瑤，安老大夫還有些不大相信地揉揉眼睛。「水瑤？你們怎麼來了？」看到一旁的雲崢，瞬間瞪大了眼。「他、他就是妳那個燒傷的弟弟？」

雲崢笑咪咪地點頭。「安爺爺，是我，我的臉是不是好了？」

「何止是好了，就跟沒發生過一樣！你們是怎麼做到的，太厲害了！來來來，快屋裡請。」老爺子說話也挺誇張的。「唉，這一別可有些日子了，你們是來辦事還是出來玩的？」

水瑤嘆口氣，抬頭看著安老大夫。「安老，我們是過來找親戚的，不過目前還沒有下落，所以我們就先過來看看你，在這個地方，我也就認識你這麼一個熟人。

「對了，你來這裡那麼久，認識一戶姓曹的人家嗎？叫曹雲鵬，聽說是個當官的。」

安老大夫暗暗吃了一驚，上下打量著水瑤和雲崢，越端詳就越覺得這丫頭太像洛千雪了，都是美人，只是一大一小。

「丫頭，妳老實跟我說，妳找的親戚到底是什麼樣的親戚？」

如果是普通的親戚，安老大夫就不想說了，畢竟曹家那邊的情況真的不適合這姊弟兩人過去，太複雜了。

水瑤苦笑了一聲。「安老，如果我說我是來找我們的娘，你相不相信？也是，你說誰家的娘會讓我們姊弟倆流落在外？可事情就是這樣發生了，我們一路尋親，半路上遇到一些事，這才分開。我弟弟的情況你也清楚，我這還是好不容易找到的呢，現在得找我娘和我妹妹。」

水瑤說出娘和妹妹，讓安老大夫一下子就想起了洛千雪母女，這所有的情況幾乎都能對得上，那個女人好像也沒了一雙兒女。

水瑤捕捉到老爺子眼神裡的異樣，心裡咯噔了下，難不成他真的知道曹家的事情？看水瑤臉上突然露出笑容，安老大夫嘆了口氣，搖搖頭。「妳這丫頭啊，什麼事都瞞不過妳。是，我知道一些，因為我給他們家的一個女人和孩子瞧過病。」

水瑤和雲崢騰地一下就站了起來，安老大夫趕緊拉著她坐下。「你們別著急，這事情有輕重緩急，曹家的事情你們不瞭解，就這麼過去了，能解決什麼問題？你們倆先坐下來聽我好好說說……」

水瑤越聽，就越肯定老爺子口中的母女就是她娘和妹妹，情緒不禁激動，差點都想抄傢伙衝去曹家，不過看看自己這孩子身板，努力壓下心中那熊熊燃燒的怒火。

「你是說我娘這裡出了問題？」水瑤指指自己的頭。

「嗯，如果她知道你們都還活著，肯定會慢慢好起來，之前她就有所好轉，只是在救妳妹妹時，身體又出了問題，現在人已經臥床不起。當初我留下藥方，可這幾天我並沒過去，也不知道情況怎麼樣了。唉，說心裡話，那地方真的不適合你們姊弟倆……」

水瑤雖然是個孩子，但安老大夫卻很欣賞這個有能力又聰明且有擔當的孩子，所以也不避諱自己對曹家的看法。

「姊，娘生病了，我想去見娘，還有妹妹……」雲崢的聲音裡帶著哭腔。

水瑤知道，即便他們很想見到娘和妹妹，也不能就這麼貿然過去，在曹家人的眼裡，他們已經是死去的人，一個弄不好，說不準會引來第二次暗殺，她不能讓弟弟處於這種危險的境地。

有什麼辦法既能見到娘，又可以不暴露他們的身分呢？

聽安老大夫的意思，她娘在那個家過得水深火熱，如今卻還安然的待在那裡，或許是爹還顧念當初的夫妻恩情？但她無法理解，為什麼外面稱呼的曹家三夫人會是另外一個女人？且爹又為什麼是曹家的人呢？這中間究竟出了什麼事？

第二十五章

看雲崢著急又擔心的神色，水瑤只得先安撫道：「雲崢，你別急，姊姊一定會想辦法讓你見到娘和妹妹，但現在情況還不允許，你別忘了，半路追殺我們的人還沒找到呢，我們也不知道他們是誰。況且現在在爹他們眼裡，咱們倆已經是死去的人，就這麼過去，如果他們不認咱們怎麼辦？如果他們不讓咱們見娘和妹妹怎麼辦？這事不能操之過急，等姊姊想辦法。放心，答應你的事情，姊姊一定會辦到。」

安老大夫眼裡充滿讚許。「是這個道理。那個小翠倒是很忠心，妳娘和妹妹暫時生命無憂，但你們得想辦法見到妳娘，讓妳娘知道你們還活著，至少她的病會越來越有起色。另外，你們也要有所準備，曹家可不是一般人家，你們倆終究還是個孩子，一個孩子要怎麼跟大人鬥？這些你們都要想好，別的我不敢說，但這大富人家的後院看多了，那齷齪事情都是你們無法想像的，若沒有萬全之策，我建議暫時先不要回去。」

安老大夫又把自己打聽來的情況跟水瑤他們說了一下。「……妳想啊，雞爭鵝鬥，根本就不能避免，尤其是你們，丫頭妳還好說，雲崢可是兒子，咱們不得不防啊！」

水瑤悄悄抹了一把眼淚，娘就在他們跟前，可是他們卻沒有辦法立刻見到，那種焦慮不是外人所能理解的。

「安老，你最近要過去給我娘瞧病不？」

安老大夫嘆口氣。「我自己進不去，必須透過門房那邊，也得小翠他們找我過去才行，也不知道她們現在情況怎麼樣了。要不這樣，你們先安頓下來，我再過去試試，看能不能跟小翠她們遞上話。」

水瑤現在就算再著急，目前也只能徐徐圖之了。

回春堂旁邊就是客棧，水瑤他們便在客棧安頓下來，另外叮嚀安老大夫如果有人找他們，就讓他們到客棧來。

晚上，三個乞丐兄弟就被回春堂的夥計送到水瑤這裡，他們已經打聽到不少消息，這三教九流的地方可是八卦滿天飛，所以他們知道的比水瑤等人要多不少。

「什麼？我娘跟我爹和離了，那個妾還上位了？有沒有搞錯？」難怪外人稱呼的曹家三夫人會是另外一個女人，也就是說，她娘在曹家根本就沒得到過認可。

她的眼神不由得轉冷，曹家簡直欺人太甚！

這時雲崢悄無聲息的走進來，依偎在她身旁，一臉哀怨。「姊，要不明天我跟李嬸他們去曹家門口看看吧，我不進去，就在遠處看著，說不定就能看到咱爹了呢。」

水瑤長嘆一聲，撈來弟弟坐在自己跟前，眼睛直視著他，表情嚴肅。雖然弟弟年紀小，可有些事情還是得讓他知道。

「雲崢，明天去看可以，但目前還不能暴露身分。那個爹……雖然是咱們的親爹，可他已經不是以前的那個爹了，你不僅有我這個姊姊，還有雲綺這個雙胞胎妹妹，你還有其他的兄弟姊妹，事情是這樣的……」水瑤把打聽來的消息加上自己的判斷，跟雲崢詳細的說了一遍。

「……這也就是娘為什麼生病、妹妹為何落水的原因，娘一部分是因為咱們失去了性命，她心疼，這個可以理解，另外恐怕就是不能接受父親的欺騙吧，也不能接受咱們身分和地位的變化……你知道嫡子和庶子的區別吧？」

小傢伙緊繃著小臉搖搖頭，水瑤便把其中的區別跟他說了一下。

「……雖說咱們不是奔著曹家的財產來的，可是你的出現勢必會造成某些有心人的警覺。以後的路還長著，我們肯定要進曹家的，但不能像現在這樣祈求人家收留咱們，我要他們求咱們回去。」

幸好這些日子雲崢接觸的事物多，經她這麼一解釋，大抵明白了她的意思。

小傢伙頓時急了。「那怎麼辦？如果是這樣，那娘豈不是在危險中生活？」

水瑤嘆口氣。「沒錯，我也是擔心這個，所以姊也在想辦法，雖然她們暫時還不敢把咱娘怎麼樣，可時間久了就不好說，只要咱娘還活著，就是那女人心頭的一根刺。另外，咱們遇到追殺的事情還沒解決，我不知道咱們那個好爹都是怎麼調查的，依他的能力，這事查起來應該不難吧，也或許他的心思根本就沒用在這個地方，除了咱娘、雲綺和小翠，還有誰能記得曾經有兩個生命來過這個人世間……」

水瑤說了很多，因為她心裡也憋著一股氣，不說出來她自己都覺得難受。娘都變成那樣了，爹倒好，什麼都不管，連他們的生死都不顧了，在她的眼裡，這樣的爹不要也罷。

「明天姊也陪你一起去，咱們去看看這曹家究竟是什麼樣子。」

這一夜，水瑤睡得並不踏實，隔天起床眼底都出現黑眼圈。

李嬸他們不知道情況，可是多少能猜出來一些，只是水瑤不說，他們也不問。

由李大趕車，水瑤帶著雲崢和鐵鎖一起去，李嬸則出去找房子，他們要在這裡長留，住客棧不方便，得有自己的落腳處。

曹家很容易就能打聽到，畢竟在這裡誰都知道曹家的大名，不僅因為曹家生意做得大，更重要的是曹大人也出自這個家。

水瑤坐在馬車裡，雲崢和鐵鎖就在曹家大門附近和其他小孩玩耍，很快的，曹家大門打開，從裡面走出來一個人。

身著官服的曹雲鵬一出來，立刻吸引姊弟兩人的目光。水瑤能從男人臉上找出雲崢跟他的相似之處，可她的心裡卻沒有找到親人該有的激動，她冷靜的看著男人上了轎子，在隨從的護衛下離開。

雲崢則不同，小孩子的眼底是激動外加失落，他之前見過的，當時兩人還對視了一眼呢，爹當初怎麼就沒認出他來呢？

小傢伙心底有說不出的失落，爹已經不認識他了，那娘呢？他擔心娘也認不出他，小傢伙的心莫名一緊，撒開小短腿跑到水瑤這邊。

「姊，在那個山腳下，我見過他，可是爹沒認出我來……」

弟弟沮喪的表情和失落的聲音，讓水瑤不由得嘆口氣。

「雲崢，那個人都好幾年沒回來了，不認識你也正常，連姊都不記得爹長什麼樣子了。」

轎子裡，正被姊弟倆談論的曹雲鵬突然打了個噴嚏，手下的人急切地問：「老爺，您身體不舒服？要不咱們去看大夫？」

曹雲鵬悶聲回道：「沒事，一個噴嚏能代表什麼？我的身體好得很。到衙門去吧。」

等在曹家門口的水瑤和雲崢並沒有因為見到曹雲鵬就離開，他們在等待安老大夫的消息。

可安老大夫試過了，內院不請，他是無法進去的。他看著水瑤，無奈地攤手。「怎麼辦？」

水瑤也發愁，這富人家有富人家的規矩，沒有請柬或是出來請人，一般人還真進不到院子裡去。

「姊，聽說那邊有個角門，好像是送菜進去的地方。」雲崢跟那些孩子玩也不只是玩，娘和妹妹跟他就隔著一堵牆，他都不知道牆裡面的人是什麼情況，因此在跟附近的孩子玩時就向他們打聽。「對了，那小子說東北角的院牆有個狗洞，要不我去試試？」

水瑤無奈地笑了，摸摸弟弟的頭。「雲崢，別忘了，曹家也是我們的家，身為主人，幹麼要鑽狗洞？別急，姊正在想辦法，咱們先去角門那邊看看。」

安老大夫還有些不放心。「丫頭，妳可小心些，別讓他們認出你們的身分，妳看看給角門那些人塞點銀子好不好使？小翠就經常給他們塞銀子，要不然有些東西沒法出去買。」

水瑤若有所思的點點頭，如果是這樣的話，那娘身上剩的銀子真的不夠在這個家裡的開銷。

水瑤領著雲崢去小孩子那邊，拿出口袋裡準備好的糖，向這些看著不起眼、可實際上知道得非常多的孩子打聽起來。

「那個角門一般是辰時打開，出去買菜的人會讓人把菜什麼的送到那邊去。」

「我知道、我知道，那個看門的婆子很凶，還喜歡占人便宜，有次我娘買杏仁回來讓她見到了，還抓走好幾個呢！」

大家你一言我一語，聽在水瑤耳裡都想冒冷汗。如果真是這樣，那娘她們手裡的銀子恐怕早就被榨乾了。

雲崢在一旁乾著急，姊姊為什麼不趕緊想辦法進去，還跟這些孩子沒完沒了？

他扯住水瑤的衣袖搖了兩下，水瑤轉過頭，摸摸弟弟的頭。「要不你跟這些小朋友一起玩蹴鞠吧，姊姊給你們買蹴鞠，誰贏了，就有獎勵！」

說完她在鐵鎖和雲崢的耳邊低語一陣，兩個小傢伙會意地點點頭，尤其是雲崢，差點都想手足舞蹈了。

水瑤讓其中一個孩子帶她去附近的雜貨鋪，另外她也給孩子們買了不少吃的。看孩子們玩得興奮，她跟李大和安老大夫說起她的打算。

「一會兒我估計曹家出去採買的人會回來，李叔，你想辦法跟對方接上頭，不管用什麼辦法，只要讓他答應，以後這府裡的菜讓咱們送就行，這銀子給你，辦法你來想。」

安老大夫摸著山羊鬍，贊同地點頭。「這倒是一個長期的辦法。行了，既然妳想到辦法了，我就先回去，有什麼事情咱們晚上再商量，晚飯都到我家吃去。」

雲崢和鐵鎖跟一群小男孩玩蹴鞠，水瑤就和幾個小姑娘在一旁邊吃零嘴邊看熱鬧，幾個得到零嘴的小姑娘現在都恨不得把自己知道的事情全部跟水瑤說。

看到鐵鎖一腳將蹴鞠踢飛，水瑤差點都要為他鼓掌了，因為那蹴鞠就跟長了眼睛似的如她的意，飛進曹家的院牆裡。

「啊！蹴鞠！」孩子們好不容易得到這麼一個好玩的玩具，就這麼丟了，都覺得心疼和可惜。

這時候水瑤出面了。「這蹴鞠是好不容易買的呢，走，我帶你們去找這家要。」

有了這個由頭，水瑤敲起門比什麼時候都狠。

「誰呀？」裡面傳來聲音。

「我們的蹴鞠掉院子裡了，我們來要蹴鞠的。」

鐵鎖一開口，其他孩子也跟著嚷嚷，估計裡面的人受不了小孩子的叫嚷聲，外加水瑤這砸門的聲音，門吱呀一聲打開了，從裡面探出一張老婦的大臉，油光鋥亮的，一看肚子裡就有油水。「幹麼呢幹麼呢，能老實點不？」

水瑤理直氣壯的開口道：「我們的蹴鞠掉你們家院子裡了，我們要找蹴鞠。」

老太婆沒好氣地罵了一句。「哪來的倒楣孩子，這地方也是你們能進來的？去去去，哪兒涼快哪兒去，少在我跟前晃悠，煩！」

剛想關門，水瑤和幾個大一些的孩子一把就頂住門，尤其是半大的小子，那力氣即便是老太太也吃不消。

「幹麼，打劫啊？」那婆子怒道。

水瑤眼睛一轉，將手裡的五文錢塞到老太婆的手裡。「大娘，幫幫忙，這蹴鞠是我娘買給弟弟的生日禮物，這東西不好留在別人家裡，妳就讓我們進去找找吧，妳看我們都是小孩子，能幹啥啊，一會兒找到就出來。」

這老太婆還真讓那些孩子說對了，五文錢都能打動她。她搗著手裡的銅板，臉上頓時換上一副表情，雖然有些不耐，可也沒那麼橫了。

「行了，快進去找找，小心別讓我們家主子發現了。」

水瑤領著鐵鎖和雲崢還有另外一個孩子進去了，鐵鎖帶著那個孩子去找蹴鞠，水瑤囑咐了他兩句，就帶著雲崢飛快奔向安老大夫說的地方。

曹家的宅子與其他有錢人家的宅子大同小異，也幸虧她前世有在富人家生活的經歷，所以即便這裡彎彎繞繞，她還是很快就找到那座據說很偏僻的屋子。

此刻院門大開，沒見什麼人守著，彷彿這地方就是一個荒宅似的。不過據她所知，那些丫鬟、婆子一般都好躲懶，這麼冷的天氣，估計是躲在房中取暖。

兩人悄悄走到門口，往裡面一瞧，一道熟悉的側影讓水瑤和雲崢的眼睛頓時氤氳。

第二十六章

小翠正出來倒水，就聽到院門後有人在喊她，她還以為耳朵出了什麼問題，因為那喊聲太熟悉了，作夢都能夢到。

她轉過身四處搜尋，生怕是自己在作夢，不過看到門口站立的兩道身影時，手上盆子咚的一聲落了地，她不要命似的奔了過來。「小姐？少爺？」

水瑤一把拉住她躲在門口。「小聲點，翠姨，是我們，我們沒死，妳看雲崢也好好的。」

雲崢的臉雖然治好了，可新長出來的肉和之前的顏色還是有些區別，得等過了伏天才能恢復正常。

小翠的眼淚瞬間洶湧而出，抱著姊弟倆泣不成聲。「你們倆到底怎麼回事，我們都以為你們已經不在人世上了呢，夫人為此大受刺激，現在腦袋還不怎麼靈光。對了，快，快跟我去見妳娘去。」

小翠突然想起屋裡還有一個重要的人呢，拉著水瑤他們就往屋裡走。

水瑤趕緊拉住她的手。「等等，院子裡是不是還有其他人？我暫時不想讓別人知道我們倆還活著，那樣對大家都不好，別忘了，我們是為什麼出事的。」

小翠的腳步頓住了，她怎麼會忘了，要不是半路出現追殺他們的人，小姐和小少爺也不會跟他們分開，夫人也不會變成這樣。

她轉過身定定看著水瑤，眼前這個女孩比在老家那時要冷靜沈穩得多，也不知道這兩個孩子在外面究竟遇到什麼情況。

「那怎麼辦？總不能連娘都不見吧，或許夫人看到你們病就會好了呢！」

水瑤塞了一袋銀子到她手上。「我們就在妳找的安老大夫家裡，妳明天想辦法找人去讓安老大夫過來給我娘瞧病，到時候我和雲崢會過來看她的。再不濟，妳帶我娘出門走走，我們在外面見面也行。」

小翠搖頭。「他們是不會讓夫人出去的。」

一句話就讓水瑤知道她們目前的處境。「翠姨，我們的時間不多，回去妳跟我娘說一聲，我和雲崢明天會過來看她，前提是妳要讓安老大夫過來，我們會跟他一起來的。對了，雲綺怎麼樣？」

說起小小姐，小翠的臉上帶了為難之色。「老爺讓她去讀書了，我不在她身邊，也不清楚是什麼情況，老爺也沒說晚上再把她送回來。」

水瑤臉色一變，心裡自然有數。「我跟妳說的事別忘了，我們得趕緊走了，妳快回去照顧我娘吧。」

此刻雲崢卻扭著小身子想往院子裡走，一臉哀求。「姊姊，讓我見見娘吧，我想娘了。」

水瑤何嘗不想呢？可是現在情況不允許。「等翠姨去找安老大夫，咱們再一起來好不好？聽話，娘在這裡，我們早晚會看到的。」

水瑤想起自己手上的木手鐲。「翠姨，拿這個給我娘看，即便她精神不好，可肯定識得這東西。好了雲崢，咱們走。」

水瑤硬拖著雲崢離開了，轉身時，姊弟倆同時都落下淚。

落淚的何止他們兩個，身後的小翠更是哭得無法自抑，卻不敢發出聲音來。

大小姐說得對，在這個家裡，她們兩個大人和一個孩子尚且無法立足，日子過得這麼艱難，何苦再讓姊弟倆加進來，來了也不過是受人箝制。況且夫人已經下堂了，姊弟倆回來，身分就更加難堪了。

小翠先讓情緒稍微緩和些後，才撿起掉在地上的木盆，跑進屋子。

「環兒，我有話要跟夫人說，妳去外面守著，任何人都不能靠近，如果有人來了，妳就遞個聲。」

小丫頭聽話地出去守門了，洛千雪沒有表情地看著眼前這張放大的臉。

「夫人妳看，這是什麼？」小翠將木鐲子遞到她面前。

洛千雪看到水瑤的木鐲子，情緒頓時激動起來。「我的孩子！」

小翠一把拉住洛千雪的雙臂。「夫人，妳先別激動，我跟妳說，剛才我見到大小姐和小少爺了，真的，不是作夢，他們倆真的來了，這是小姐讓我交給妳的，說妳見了這東西，心裡自然就明白了。」

聽到小翠的話，洛千雪那僵硬的表情好像被撕開一般，尤其是那古井無波的眼睛，頓時迸出光彩。「他們在哪裡？快帶我去找他們！」

小翠一把摀住她的嘴巴，急切道：「夫人，妳小聲點，聽我說，小姐和少爺還活得好好的，可他們暫時不方便進來，只能在門口跟我說話，說明天會過來看妳，妳可一定要小心，因為這家裡說不定就有人要害他們。別忘了，我們來的路上，小姐和少爺為什麼出事，這事到現在還沒查出頭緒來呢！現在我們得小心謹慎，尤其是少爺和小姐還活著的消息，千萬不能聲張，畢竟在曹家人眼裡，小姐和少爺都是死去的人。」

聽到這裡，洛千雪眼神變冷，咬牙切齒道：「那些人都該死，我的水瑤和雲崢都是他們害的，我不會放過他們。」

小翠嘆口氣。「所以我們得小心，不能洩漏小姐他們的消息，她暫時也不打算進入曹家，可惜我說話沒分量，加上妳又這樣，咱們要是提出離開曹家，別說是老爺，就算老太太都未必會。」

洛千雪露出嘲諷的笑。「我的存在就是曹雲鵬身上的污點，他們不會讓我們離開他們眼皮子底下的。」

小翠有些被驚呆了，眼睛睜得大大的，她都不知道夫人是不是真的瘋了，畢竟有些時候她說的話再正常不過，可是……唉！

洛千雪看見小翠嘆氣，難得展顏一笑，那剎那芳華，看得小翠下巴差點都要掉地上了，結結巴巴地開口。「夫、夫人，妳……」

洛千雪噗哧一笑。「我怎麼了，我兒子和閨女都活著還不許我開心啊！我跟妳說，其實我沒瘋，就是有些時候身不由己，也或許我真的是生病了，不過沒有關係，總之我現在是清醒的。

「妳聽水瑤的話，她說怎麼做就怎麼做，我這個當娘的沒辦法為他們遮風擋雨，那就更不能讓他們蹚這趟渾水。另外，讓安老大夫繼續給我抓藥，我現在懷疑我之前吃的藥有問題。」

小翠點點頭，該吩咐的夫人已經吩咐，她照做就是了。

「環兒，進來。」

小翠讓環兒想辦法請安老大夫明天過來，還塞給她一塊銀子。「用這個去打點，最好讓安老大夫定期過來，跟門上那邊說一聲，如果他們不讓，妳就說要告訴老爺去。」

現在唯一能利用的就是曹雲鵬了，至少這位爺對他們夫人是心存愧疚的，如果爺知道兩個小主子還活著，恐怕誰下堂還不好說呢。不過她也知道分寸，小姐他們沒行動之前，她是不會掀這底牌的。

曹府外，李大還真的逮著一個機會了。

他不認識那個採買的人，可是架不住他會動腦子，跟周圍的人聊天就搭上話了，確定那個迎面走來的男人就是曹府採買的人，他倒是直接，從胡同裡猛地跑了出來，衝著男人撞過去。

那男人被撞倒，怒吼道：「你是要死啊！」

李大趕緊扶起他，滿臉歉意。「對不起、對不起，有人非拉著我去賭兩把，我這不是沒辦法才跑了嘛！誰想就撞上了？要不我帶你去喝酒，就當是賠罪，地方你說，我請客。」

李大說得豪氣，讓對方有些摸不著他底細，加上最近他手氣不大好，還真的想跟人喝杯酒，眼前這個怎麼看都像是冤大頭，正好肚子裡快沒油水了，宰他一頓也不算冤枉他。

「說好你請客？」

李大很認真地點頭。「那是當然，咱大老爺們什麼時候說話不算數？走，咱們這就去，正好我肚子也餓了。」

水瑤他們出來的時候，就見馬車孤零零地停在街角，看看四周沒人，她問留在外面的孩子們，得知李大得手後，就讓雲崢和鐵鎖先去跟大家玩一會兒，她則去附近僱人幫他們趕馬車。

「好了，咱們該回家了。」她對雲錚和鐵鎖道，又轉向孩子們。「明天再過來陪你們玩。」

一回去，安老大夫得知水瑤成功進了曹府，不得不佩服地豎起大拇指。

「厲害，還真有妳的，既然妳說好了，那咱們就做好準備。我看雲崢有些太小，倒是妳，裝扮成小藥僮還差不多。」

雲崢一聽說不帶他過去看娘，立刻就噘起嘴，拽著水瑤的衣袖開始搖晃。「姊，我想看娘，妳帶我去吧！」

水瑤當然想帶弟弟一起去，就算沒辦法，她也會想出辦法。

「要不，就說雲崢是您老的孫子，家裡沒人帶？」

安老大夫能理解這兩個孩子的心情，嘆了口氣，摸摸雲崢的小腦袋。「行，那咱們就試試，不能的話就讓他在外面等著，等下次再說。」

晚上，每個人都各自彙報了今天的收穫，李嬸這邊看了幾處房子，有一處比較中意，就等水瑤過去拍板了；至於李大，一頓好酒、好飯外加禮物就把對方收買了。

「小姐，明天早上開始我就要過去送菜，你們這邊要是不方便的話，就僱個人趕馬車吧。」李大道。

水瑤擺擺手。「不用了，你用馬車去送菜吧。至於那房子，明天李嬸就去下訂，妳相中的肯定不會差。」

隔天早上，李大按照水瑤囑咐的多買了些好吃的菜放在單獨一個籃子裡，等到了院子裡，就藏在草叢中。環兒等他離開後，會立刻來把東西拿走，雖然不多，但是足夠她們幾個改善生活了。

水瑤來到曹府，小翠老早就等在門口，門房的人看到安老大夫還帶了兩個小跟班，眉頭立刻就皺起來。「怎麼瞧病還帶兩個尾巴，頭一次見到。」

他們敢這麼說，也是因為這大夫是給洛千雪瞧病的，誰不知道這女人是家裡三爺不要的，現在還不如他們這些下人過得舒服呢。

「大兄弟，這個是我徒弟，這個是我小孫子，兒子和媳婦出遠門了，我一個人也不放心，就把他帶在身邊。這個留給幾位買點下酒菜，以後家裡有需要的可以到回春堂來找我，我一定關照。」

對方痛快地接下安老大夫給的銀子，臉上也帶了笑。「老大夫，我一看你就是明白人。行了，趕緊進去瞧病吧。」

小翠接過安老大夫的藥箱。「快，我們夫人正等著呢。」

在路上，他們也不好表現得太親近，就是雲崢，此刻也像小大人般緊繃著臉，不過他的眼睛可沒閒著，四處打量一番，只有自己心裡最明白，他的心咚咚地跳，一方面是馬上要見到娘了，另一方面是因為緊張，就怕半路遇到什麼人認出他們的身分。

好在洛千雪已經被曹家人拋諸腦後，沒人會去關注一個沒有什麼背景、又瘋了的下堂女人，於是水瑤他們很順利地到達洛千雪住的院子。

小翠嘆口氣。「唉，這個院子以後就剩我和環兒，其他人都被調到別的地方，說是人手不夠用，可這一大家子還能差幾個人？他們就是看妳娘沒什麼價值，只要我們不離開，她們就可以高枕無憂，讓那麼多人來伺候我們也是多餘，不過在我看來，走了更好。」

到了院子，雲崢迫不及待地衝了進去，水瑤則緊跟在後。

第二十七章

「娘、娘——」

聽見孩子們的呼喚，屋子裡的洛千雪也是一臉急切。「水瑤、雲崢，你們在哪兒？」門突然被打開，陽光隨之灑入，待看清站在光暈裡的兩個小身影，洛千雪立刻從炕上跳下來，連鞋子都沒穿就這麼朝姊弟倆撲過去。

「水瑤、雲崢！我的孩子！」

「娘！」雲崢放聲大哭。

安老大夫感動地看著三人緊緊抱在一起，小翠讓安老大夫先進屋，她把門關上後，自己則到院門處守著。

屋內，三人哭成一團，水瑤邊哭邊打量著洛千雪。兩世了，她終於見到自己的娘，而不是憑著前身留下的記憶來回憶。

「娘，別哭了，我們都沒死，弟弟也都好好的，他的臉也沒事，過完夏天就會徹底恢復的。妳怎麼樣，身體還好嗎？」

洛千雪此刻也止住哭聲，抱著雲崢、拉著水瑤到炕上坐好，一臉專注地看著他們倆。

「娘是生病了，等吃了藥就會好的，娘就是想你們了，日日夜夜都不得安睡……」洛千雪邊說，眼淚邊滾滾而落，可她的臉上卻帶著慈祥溫柔的笑。

連安老大夫看到都為之動容，心裡還暗自腹誹，曹雲鵬真是瞎了狗眼，這麼好的媳婦不好好珍惜，竟然還和離了。

「夫人，我勸妳還是別激動，既然都看到孩子了，以後還能見面，倒是妳的身體是個大事。」

洛千雪抱著兒子，朝安老大夫跪下來。「大夫，我求你快把我的病治好吧……」

洛千雪頭一次對大夫說起自己的真實情況，她要趁著清醒時趕緊說，就怕一會兒再糊塗，又忘了。

水瑤無意間瞅到屋裡牆上密密麻麻寫滿了文字，好奇地湊過去，等看清楚之後，不由摀住雙眼，任由淚水滑落。

她娘是費了多大的勁才一筆一劃在這裡刻下那麼多的字，都是她和雲崢的名字，她十有八九是怕忘了他們吧，每天都往上面刻，可是這哪是在寫他們的名字，分明就是母親所有的牽掛和期盼。

刻在牆上，何嘗不是刻在她的心裡呢？

安老大夫在一旁給洛千雪診病，水瑤在屋裡走了一圈。說心裡話，這地方簡陋得可以，雖然房間不小，可是太空曠了，也沒幾件家具，即便正常人住在這裡，整天不出門，心裡也會出現問題的。

「唉，之前我沒敢說實話，也不知道妳跟水瑤這孩子還有這層關係，妳之前吃的藥的確有問題，好在妳這段日子換藥了，不然現在妳哪還能跟我這麼說話，估計早瘋了。」

安老大夫一番話引起水瑤的注意。「確定是有人給我娘下藥？」

安老大夫搖搖頭。「有些事情沒親眼看到，我也不好說，反正之前的藥不對，不能治病不說，反而會傷害身體，以後可得注意一些。」

趁安老大夫寫藥方的空檔，水瑤簡單把他們的經歷跟洛千雪說了。

「……娘，我和弟弟在外面過得很好，妳不用擔心，倒是你們得想辦法離開曹家，這地方簡直就是人間地獄，殺人無形。」

洛千雪摸摸閨女的小臉，搖搖頭。「他們不會讓我走的，這個以後再說。雲崢，讓娘看看你的傷。」

雖然兒子的臉皮已經恢復了，可是她想看看孩子身上有沒有傷。她到現在都無法原諒自己在那樣的情況下棄兒子於不顧，任由孩子在火海中哭泣，這比失去大女兒更讓她痛心。

雲崢原本躲閃著不讓洛千雪看，可是架不住他娘力氣大，洛千雪看到兒子身體上滿是傷痕，不禁悲從中來。她都不知道當初這孩子是怎麼活下來的，或許是老天爺垂憐，讓兒子等到了他姊姊。

水瑤和安老大夫在一旁緊張地盯著洛千雪，只見她雙手緊握，手上的青筋都突了起來，牙齒咬得格格響。水瑤心道不好，安老大夫手更快，一根銀針飛快地朝洛千雪的穴位扎了下去。

「夫人，孩子能活著已經是天大的幸事，當初我也幫雲崢治過，是受了些苦頭，但只要孩子能好好站在妳面前比啥都強，他們需要妳這個母親，妳可千萬要挺住。」

雲崢看到娘親這樣，嚇得哇一聲就哭了，好像想起了什麼，邊搗著嘴邊哭訴。「娘，妳別嚇我，我現在都好了，真的不疼了……姊姊說，我們都是妳身上掉下來的肉，沒有哪個當娘的不疼自己的孩子，我有多少的疼，妳心裡只會加倍的痛。娘，妳看看我，以後我們再也不要分開了……」

洛千雪本來渾身繃得緊緊的，被雲崢和水瑤在一旁勸說著，才漸漸地放鬆下來。

其實水瑤能體會娘親心裡的痛，自己捧在心尖上的孩子竟然遭受了那麼多的苦，估計這道坎一時半會兒是過不去的。

安慰完娘親之後，水瑤讓雲崢在屋裡陪伴，她則抓緊時間出去跟小翠溝通。

「現在就剩我和環兒，雲綺那邊，妳爹配了嬤嬤和丫鬟，老爺沒讓她住在我們院子裡，但也沒阻攔雲綺過來看妳娘。」小翠道。

「這個環兒還有雲綺身邊的人都怎麼樣，可靠嗎？」水瑤問。

小翠搖搖頭。「這個我們都不清楚，不過環兒跟我們相處時間最長，跟其他人比起來更親一些，辦事也麻利，對妳娘也挺盡心盡力的，這裡外都是她在幫我們跑，要不然根本就沒法找到大夫。」

水瑤眉頭輕皺。「雲綺那邊妳暫時插不上手，我會在外面想辦法。至於菜的事情，妳就說是託人幫忙送進來的，其他的不用解釋，你們現在都需要補養，雲綺那邊儘量讓她每天晚上都回來，她太小了，我擔心容易讓人給教壞。總之妳安心照顧我娘，剩下的事情還有我。」

水瑤不敢在這裡多待，雖然這院子沒什麼人，可他們都是從大門進來的，人多嘴雜，別到時候露餡了。

她回屋跟洛千雪交代了兩句。「娘，妳別著急，妳閨女我現在雖然年紀小，可也不是不懂事，妳放心，我的人每天都會送菜過來，有事情讓他帶信就行。」

雖然洛千雪不捨得兩個孩子，可她現在什麼都做不了，那就更不能讓兩個孩子陷入危險的境地，只能依依不捨地送姊弟倆到門口，看著兒女離開她的視線。

路上，水瑤向安老大夫問起洛千雪的病情。

「妳娘啊，精神受了刺激，這心理也有問題，身體就更不行了，上次救妳妹妹凍了那麼久，已經傷到根本，不弄點好藥調養，恐怕命不長啊。」

水瑤心裡也是千頭萬緒，娘的身體是大事，只有娘活著，弟弟、妹妹才能幸福的長大，這點即便是她這個姊姊付出再多的關心都無法取代的。

「安老，你儘管弄好藥，銀子不是問題，有我呢！」

娘的身體需要好藥，她手裡有銀子，買好藥沒問題，但是要想讓弟弟、妹妹以後在曹家立足，靠她這點銀子做依靠那可就有難度了，尤其幕後的真凶都還沒找到，舅舅也下落不明，所以她比誰都渴望銀子。

水瑤今天造訪的事情，很快就讓曹府的人知道了。

「妳是說……那個老大夫帶了個徒弟還有他的孫子過來了？」

丫鬟點點頭。「說是這麼說，不過奴婢也是頭一次聽到這事，覺得奇怪，這才跟您說一聲。」

齊淑玉哦了一聲，擺擺手讓小丫頭下去。

她坐在榻上尋思一會兒，然後去找龔玉芬一起去給老太太請安。

路上，她順口提了這事，龔玉芬其實也知道，不過就是多帶兩個半大的孩子來，人家規規矩矩的，對這個家也沒什麼影響。

「那個回春堂我打聽過，醫術挺好的，他還真有那麼大的孫子，想必嬌慣一些，也沒什麼大事。怎麼，弟妹覺得這事不妥？」

「我也是順口問一下，就怕下面的人糊弄了大嫂。妳說這個洛千雪留在府裡是不是不大適合啊，要是這事傳出去，外人該怎麼看咱們三爺？」

這事龔玉芬可不管，老太太都發話了，她一個做媳婦的管小叔房內的事也不適合。況且齊淑玉自己想的事幹麼不自己去說，非要拖她下水？

她面上不顯，心裡卻對這個弟妹嗤之以鼻。「弟妹，這事我可做不了主，當初你們三爺可是再三強調要留人在家裡的，老太太也答應了，這事妳又不是不知道。妳啊，要是覺得不妥，倒是可以跟老太太說，我這個當嫂子的也不好管你們房內事，妳說呢？」

「那……等有空再跟老太太提吧。」齊淑玉訕訕地笑了，現在她可沒那個膽子，好不容易才扶正，要是立刻提出把洛千雪趕出去的事，別說是老太太，估計自家男人都未必會答應，這個頭她不能出，不過這個大嫂也實在夠奸猾的。

龔淑芬不是沒看到齊淑玉的表情，心裡一陣暗喜，這回也有讓她鬧心的事了吧，洛千雪在這裡住著也沒礙著她什麼啊。

「喲，妳們也要去請安啊，那大家一起吧！」各房妯娌挽著柴秋桐的胳膊，笑呵呵地走了過來。

「大嫂，我們這邊人手有些不大夠用，這年紀大的該回家養老，丫鬟大了該許人，妳看是不是該買一些下人回來？」有個妯娌提議道。

提起這事，龔玉芬也頭疼。「唉，我都跟人牙子那邊打過招呼，最近也看了一些，合適的不多，妳們先暫時忍耐一下，我會想辦法儘快給你們配齊人手。」

「大嫂，我看妳最近氣色差了不少，不會是太累了吧？唉，也難為妳了，這麼一大家子都靠妳一個人管理，的確是強人所難，要是妳忙不過來就說一聲，我們幾個閒著也是閒著，可以幫妳分擔一下，這樣妳也能輕鬆一些。」其他妯娌跟著起鬨道。

龔玉芬苦笑一聲。「我也想啊，可是老太太這麼信任我，我也不能半路給她老人家撂挑子不是？要真說起來，我也只是幫襯著呢，大事還是她說了算。若妳們真有這個心，不如跟老太太說，說不準她老人家就同意了，正好我也省事，妳們說是不是？」

跟老太太說這話？她們這些小輩又不是吃了豹子膽！就為了管家權的事，各房當初沒少跟大房鬧騰，可是老太太死活不答應不說，被逼急了，就說要分家，而分家代表著什麼，她們心裡都明白。

「咳……這事哪裡需要驚動她老人家啊，我們也就是幫個忙而已，妳既然能忙得來，那我們就不瞎摻和了，只要妳不怨我們就行。」

柴秋桐興趣缺缺地看大嫂跟那些人打著機鋒，反正她對管家沒興趣，即便有，也不會在這個時候跟自家大嫂搶。

眾人各懷心思，一路走一路說笑，路過家裡學堂院子時，就聽到樹叢裡有孩子的哭聲，不，應該說是嗚咽聲，雖然不大，可柴秋桐的心思並不在大家的話題上，自然比其他人更敏銳一些。

「這是怎麼了？丁香妳快去看看。」聽聲音好像是女孩子的哭聲，柴秋桐也擔心是不是自己的閨女受欺負了。

正在談笑的夫人們聽到柴秋桐冷不防的出聲，也都發現情況不對。

第二十八章

丁香過去時，雲綺正捂著臉低聲哭泣，渾身都是泥巴，地上散落被撕碎的書本。

「妳這是怎麼了，誰欺負妳了？」待看到抬起來的臉，丁香不由失聲叫了起來。「雲綺？妳怎麼在這裡，不是去讀書了嗎？」

按理說這個時辰這位小姐應該在書房讀書的，怎麼會跑到這裡哭呢？

不過她轉念一想，大概也能猜出是為什麼。「來，雲綺，跟我過去，妳娘也在這裡呢。」

雲綺一聽她娘在這裡，趕緊站起身四處張望。「我娘在哪兒？」

丁香幫她收拾一下東西，帶著她出來。看到齊淑玉在這裡，雲綺這才明白，丁香嘴裡說的娘原來是這個娘，可那不是她親娘，只是讓她娘難受的女人，翠姨嘴裡的壞女人。

「咦，雲綺？怎麼回事，誰欺負妳了？丁香，到底是什麼情況？」柴秋桐驚訝地問。

丁香嘆口氣，把雲綺包裡的東西拿出來。「我過去就是這個樣子了，估計是被其他孩子欺負了。」

因為同情洛千雪，柴秋桐心裡對雲綺就生出一股疼惜。她上前幫雲綺擦拭已經哭花了的小臉，明顯能看出被人打紅的痕跡。

她臉色立刻沈下來。「這到底是怎麼回事，雲綺身邊的丫鬟和婆子呢？主子受了欺負，這些下人倒是跑光，我就沒見過這樣的情況。大嫂，妳說這事該怎麼辦？妳看看孩子這臉被人給打的，也幸好被咱們看到了，要是咱們沒看到呢？也不知道這孩子私下被人給欺負成什麼樣子了。」

柴秋桐可不慣人毛病，即便對方是大嫂，她也照說不誤。洛千雪這娘倆已經夠可憐，她們對家裡的任何人都沒有威脅，怎麼就有人愣是不放過她們呢，尤其這還只是個孩子。

此刻齊淑玉渾身都不舒坦，這個礙眼的東西怎麼跑到這裡給她添堵了？還當著這麼多人的面鬧出這一齣？

這麼多妯娌在場，她這個當娘的不能不關懷一下，她臉上頓時換上溫柔和煦的表情，蹲下身拉著雲綺的手問：「雲綺，妳告訴娘，到底是誰欺負妳了？妳的丫鬟和婆子呢，她們都去哪裡了，怎麼就妳一個人在這裡？」

即便齊淑玉裝得溫柔，可那眼神裡的冰冷還是讓敏感的孩子哆嗦了一下，帶著哭腔囁嚅道：「我不認識他們……好像是跟我一起讀書的……丫鬟說肚子疼就回去了，嬤嬤早上說腿不舒服就沒跟過來……他們騙我說丫鬟給我送吃的，然後……」

說到後來，雲綺總算把事情的前因後果解釋清楚。

齊淑玉首先不樂意了。「大嫂，妳看這事該怎麼辦？這人雖說是我安排給雲綺的，可畢竟也是家裡配過來的，如果要處罰，我也不能越過妳吧？」

龔玉芬也納悶，疑惑的看向雲綺。「雲綺，妳跟伯母說說，那幾個人是家裡的哥哥還是奴才們？」

雲綺搖搖頭。「我不認識他們，他們還說了，如果我跟大人說，他們見一次打一次……大伯母，我害怕……」

看著孩子嚇得瑟瑟發抖的身體，柴秋桐有些不忍心。明明就是正宗的小姐身分，現在弄得跟個小丫鬟似的。

齊淑玉摸摸雲綺的臉蛋，一臉溫柔地勸慰道：「雲綺，或許是那些哥哥們跟妳鬧著玩，以後妳跟他們熟悉了，他們自然就不會嚇唬妳了。我看這樣，以後妳跟姊姊在一起，姊姊會保護妳的。」

其他妯娌跟著點頭。「就是，小孩子愛玩鬧，以前不也這樣，打完了哭，哭完了再玩，小孩子哪有什麼隔夜仇？都是咱們家的孩子，再頑皮手裡也有個輕重，也不是什麼大事。」

「那可不行，這一次過去了，還有下一次呢，誰敢保證雲綺下一次不挨打？來，雲綺，到二伯母這邊來，我帶妳去找打妳的人，我倒要看看究竟是誰膽子這麼大，敢欺負我們曹家的小姐！」柴秋桐是真的看不過去了，孩子的臉都腫了，這些女人眼睛都瞎了不成？還是不是自己生的就可以這樣？萬一以後有一天她沒了，那她的孩子是不是也會淪落到雲綺這個地步？

雲綺睜著淚眼看著柴秋桐，怯怯地喊了一聲。「二伯母……」

在小丫頭心裡，沒想到這個平時幾乎都見不到的二伯母會在這個時候替她出頭。

「走，妳帶我去瞧瞧。」柴秋桐不由分說拉著雲綺就走，根本不管身後那些女人面上都是什麼表情。

「唉，弟妹這也太衝動了吧，這都什麼事啊，就是小孩子之間打鬧，也不至於這樣吧？」有人說道。

齊淑玉現在也不裝慈母了，還在一旁附和。「說得就是，孩子之間玩鬧，妳說大人出什麼面啊，懲罰一下奴才，讓他們以後長點記性就好了，別因為孩子的事鬧得大人之間有隔閡，妳們說呢？」

齊淑玉都開口了，即便其他人心裡有些心思，可臉上都挺給面子的。「可不是，二嫂今天也不知道是怎麼回事，還管起這樣的事來了。」

一陣笑鬧過後，龔玉芬這才吩咐身邊的丫鬟。「芍藥，妳過去看看那些丫鬟和婆子到底是怎麼回事，如果是偷懶耍滑，直接替我教訓一下。怎麼說雲綺畢竟是這個家的主子，奴才連主子都不放在眼裡，那他們以後還能聽誰的？」

雲綺的事就這麼一揭而過，大家繼續去給老太太請安，只有柴秋桐帶著雲綺去找那幾個欺負她的孩子。

雲綺本來還害怕，可是架不住柴秋桐給她撐腰，轉來轉去，她就看到了那幾個欺負她的半大小子。

她指指那幾個人，一轉身就躲到柴秋桐身後去了。

柴秋桐看了一眼，這幾個小子看穿著應該是下人，不過不是家裡那些下人的衣服，很有可能是外面族裡或是親戚朋友家的。

她給丫鬟使個眼色，幾個人立刻上前把人圍住。

雖然柴秋桐不認識這些人，可他們卻認識曹家的二夫人。「二夫人好，小的給您請安了。」

柴秋桐點點頭，開口問道：「你們都是誰家的，我怎麼沒見過你們？」

得知這幾個人的身分後，柴秋桐臉色瞬間陰沈下來。

「你們給我老實交代，我們家小姐是不是你們打的？如果不說實話，那就等著我找你們家主子去！」

柴秋桐拉出雲綺，幾個半大小子看到她，一個個嚇得抖如篩糠。本來他們以為這事不會鬧出去，沒想到這小丫頭膽子夠大，竟然還找了曹二爺的夫人過來給她撐腰。

眼前這位是誰啊，他們心裡都跟明鏡似的，到人家家裡讀書，他們這些人當初可是被訓練一通，若連這點眼力都沒有，他們還能站在這裡？

可他們心裡也苦啊，只能不停地求饒。

「說，是誰指使你們幹的，不然今天這事沒完。」

「喲，二伯母也在啊。雲綺，妳跑到哪裡去了，我不是讓妳在門口等我們一下嗎？怎麼一轉眼就跑沒影了，先生剛才還提了妳的名字呢！」這時曹可盈帶著幾個孩子走過來，身後的男孩子看到地上跪著的這幾個，心裡都有些發毛，原因只有他們自己心裡明白。

「他們……二伯母，這到底是怎麼回事？」曹可盈佯裝疑惑地問。

柴秋桐看這幾個故作冷靜的半大孩子，冷哼了一聲。「回去告訴你們爹娘，就說曹家二夫人請他們過來喝茶，至於什麼原因，你們心裡明白，我一個大人就不跟你們計較了，但這事不算完，你們自己掂量著辦吧。雲綺，走，二伯母帶妳見先生去。」

她理都沒理那個站在自己身邊的姪女曹可盈，這裡面到底是什麼情況，她不瞎，況且那女孩子的心機根本不比她娘差，這還是個孩子呢！

柴秋桐搖搖頭，帶著雲綺離開。

老太太這頭，本來大家沒想說這事，出了這樣的情況，身為掌家的夫人龔玉芬面上畢竟不大好看，不過也不知道是有意還是無意，有一個姪子媳婦就順口那麼一提，讓老太太頓時不滿了。

「哪個混帳東西這麼大膽，連曹家的小姐都敢動，以後曹家的面子還往哪裡擱？這還是在咱們自己家裡呢，要是到外面，說不定讓人笑掉大牙。老大媳婦，這事妳給我好好查查，雲綺再不濟，那也是老三的閨女，咱們做大人的不為孩子撐腰，還能指望誰？淑玉，一會兒妳跟著大嫂過去看看，不行就發賣掉，這樣的人養著也是個廢物。」

說完，老太太別有意味地看了齊淑玉一眼。按理說，這事不該別人來提，應該從齊淑玉這個母親嘴裡說出才是。

齊淑玉對上婆母的眼神，頓時緊張起來，她不清楚老太太對這事是什麼看法，可她也不知道真實情況啊，只是心裡隱約有個直覺，如果是她兩個孩子惹出來的呢？

想到這裡，她心裡不由後悔，怎麼就沒多囑咐兩個孩子呢，在家裡欺負雲綺，即便不是他們做的，大家的眼光也會盯在他們身上。

「娘，您放心吧，這事我肯定會好好處理的。」

老太太也不在這件事上多糾纏，本來這個媳婦就是她選的，就算做得不好，她也得幫著圓過去。

「對了，老二媳婦呢，怎麼沒看到她？」

提起柴秋桐，齊淑玉更不好意思開口了，人家做二伯母的都帶孩子去算帳了，她反而坐在這裡談笑清風。

「……她帶著雲綺去找欺負她的那幾個小子了。」

老太太心裡對柴秋桐多了些讚許，家裡的娘們連個孩子都護不住，那還能幹啥？再說他們家的孩子，自己還沒打，憑什麼讓外人動手？

不過她嘴上卻道：「唉，老二家的怎麼這麼衝動，這事讓丫鬟去就成了，她去總歸有些不適合。」

老太太都這麼說了，其他人還真不敢說別的，大家都知道這老太太是個護短的，別馬屁沒拍到，反而拍到馬腿上了。

尤其看齊淑玉那表情，老太太雖然沒說什麼，可就方才說的那番話，足以讓她們明白老太太的態度了。

這邊那幾個孩子的母親得知消息後就帶人過來道歉，下人犯錯，那就是主子沒教好，她們也跟著受連累。其實孩子回家後都跟她們說實話了，可這個實話她們沒法在曹家人跟前說，尤其是齊淑玉這邊。

下人之所以敢動手打那個不知道來路的小姐，也是因為受到曹可盈的指使，誰教人家是官家小姐，又是曹家最得意的三老爺的掌上明珠呢。

另一頭，水瑤下午就知道雲綺被欺負的事，雲崢當時就急紅了眼。

「姊，要不我們把娘和妹妹她們都接出來吧？」

小傢伙是真的心疼了，自己的妹妹都捨不得欺負呢，到了曹家怎麼會變成這樣。

水瑤嘆口氣，搖搖頭。「雲綺是曹家的血脈，就衝著這一點，他們不可能讓她離開，別說是她，娘恐怕也走不了，即便爹娘已經分開，可我們沒有能力跟他們對抗，就算是受了欺負，那也只能偷偷流淚。」

水瑤不禁覺得牙疼，面對這樣的困局，她都有些無措了，人不能進，裡面的人還沒法出。

好在她之前就讓張龍遞信給徐五，讓他過來一趟。

想到這裡，她找來張龍問：「徐五他們大概什麼時候會到？」

第二十九章

張龍算了一下路程。「怎麼著也要幾天。小姐，妳也別著急，咱們留在這裡還得往長遠處想，光是打聽消息可不成，咱們得派人進去。」

這事水瑤何嘗不知道，曹家這樣的人家一般都喜歡買家世清白的丫頭，如果從丐幫裡選，恐怕有些難度，而家世清白的人家，不到萬不得已，誰捨得把孩子賣了做丫鬟？

「唉！曹家可沒那麼容易進去，他們家找下人都是找熟悉的人牙子，如果人牙子出了一次錯，那就等於是砸了自己的招牌，少了一個大主顧，所以對這樣的人家，他們都比較盡心盡力。即便是咱們的人進去了，也未必能分配到雲綺和我娘那邊，總之這事再想想。王虎，你和李嬸這邊房子弄得怎麼樣了，如果可以的話，我們想儘快搬過去。」水瑤道。

王虎在一旁點頭。「已經可以搬進去了，家具都挺齊全的，缺的我們也置辦好了。」

水瑤手指敲打著桌面，下一步得掙銀子了。她問向另一個乞丐。「李豹，你那邊地方找好了沒？」

李豹點頭。「找好了，豬崽子也已經買了不少，下一步就等著雞崽子了，只是現在還不到孵小雞的時候，怎麼也得等天氣暖和了再說。小姐，妳這個辦法能行嗎？那麼多的牲畜，那可需要不少糧食來餵，能掙多少銀子啊？」

養豬的賺頭並不大，光糧食都要花不少本錢，雞鴨鵝也是，哪一張嘴離開糧食能活？

水瑤扶額，苦笑一聲。「我也不是不想做掙大錢的買賣，可是我們在這裡根本就沒根基，你說一個掙錢的買賣出來，那得讓多少人眼紅，我們還能不能保得住都得另說。這跟我們在建業縣是不同的，那邊有莫成軒撐著，至少還有個靠山，可這邊太難了，總之咱們先一步步來吧。你們去買幾個人來，有自己人比較能靠得住，如果有適合的也可以僱來，反正這事我交給你來辦。」

說完她轉頭看向李大。「李叔，要請你去看看有什麼適合的鋪子，等徐五過來，咱們那邊的東西也能運過來。」

安排好下一步要做的事情，水瑤又想起曹家，一時半會兒她沒辦法安排人進去，這也是她最苦惱的地方。

跟李嬸說了她的煩心事後，李嬸竟然笑了。「別愁，這事說起來也不是不能解決，恰巧我就認識一個人牙子，這人是我的一個好姊妹，可惜命苦，她家的男人死了，她也是沒辦法才去做這一行。後來又找了一個男人，不過聽說不怎麼樣，所以她就一直堅持做了下來。明天我帶妳過去看看，妳挑選幾個小丫頭先訓練著，咱們再問問她跟曹家有沒有聯繫，這樣多做準備肯定不犯毛病。」

水瑤一拍大腿，臉上愁雲立刻被笑容取代。「李嬸，妳可真是及時雨，我正愁這事呢，說起來，我也該跟你們交個底了……」

既然以後要長期相處，水瑤這次也沒瞞著李嬸，把他們的遭遇跟李嬸說了一遍。

李嬸是流著眼淚聽完他們的故事，原以為他們已經夠慘，沒想到眼前這個小大人般的主子竟然比他們還慘。她更同情洛千雪，多好的一個女人，可惜卻受到那樣的打擊，老天爺對她可真不公平啊！

「唉，都說有錢人家風光，我看也未必，妳看看這曹家都幹的什麼事啊，作孽啊！這麼好的媳婦愣是讓人家和離，都說糟糠之妻不下堂，妳爹他糊塗啊！」

水瑤一聳肩，無奈地嘆口氣。「糊塗不糊塗我也不清楚，況且之前的事我們還沒查清楚呢，現在我也很想讓我娘出來，可惜難啊！」

李嬸搖搖頭。「妳就別想了，他們肯定不會放人的，除非妳娘死了，要不然他們家也不在乎多個人吃飯。妳爹這行為說白了，那就是停妻再娶，要真論起來，是妳爹有錯在先，要不然外面的人怎麼會不知道有妳娘這號人物呢？

「小姐，妳也別煩惱了，車到山前必有路，咱們光腳的還怕她穿鞋的不成？只要人在，一切都來得及。」

其實李嬸有時挺敬佩這個小主子，就這麼點大的丫頭，也沒比自家兒子大多少，可人家愣是憑本事掙出一份家業，還順帶幫了他們這些人。

晚上睡覺的時候，李大才聽自家婆娘說了事情的經過。

「難怪呢，我說這孩子怎麼要找人，敢情爹娘都在那個大院子裡。唉，也真夠難為小姐了，以後咱們就多幫襯孩子一把，希望他們一家人能夠早日團圓。」

「切，還團圓呢，夫人都被人給休了，上哪兒團圓去？能把那娘兩個帶出來已經是天大的難事了。再說要怎麼團圓，你讓本來是嫡出的小姐和少爺變成庶出的，就算小姐答應了，咱們也不能答應，這不是坑人嘛！早知道這樣，夫人當年就不該嫁給這種男人，沒心沒肺……」

李嬸現在挺慶幸，雖然他們一家是奴才身分，可是碰到好主子，一家人和和美美的，男人對自己和孩子也好，比起夫人，她真的幸福多了。

這兩天水瑤有些忙，說實在話，她這還是頭一次進到人牙子家裡。

李嬸沒跟對方說實情，只說要是曹家招人，能讓小丫頭進去照顧一下裡面的人。

都是幹這一行的，人牙子當然明白是啥意思，也幸好這人跟李嬸關係好，說這事她不管，只要水瑤能讓小丫頭同意幫她做事就行。

到晚上，李大帶來的消息就更加振奮人心。

首先他找到了一個不錯的鋪面，不是租而是買的，對方家裡出了狀況，所以急需用銀子，鋪面地點很好，不過價位也可觀。

「小姐，我看這可以買下來，反正早晚都要用，徐五那邊的東西很快就會運過來，也是一份產業，妳說呢？」

水瑤點頭。「行，明天你去辦。」

接著李大又說出一個特大的好消息。「我跟你們說，曹家那個守門的換人了，新換的那個人我和妳李嬸都認識，以前跟我們在一個府裡幹活的。」

「什麼？你說是以前我們認識的？」李嬸驚訝道。

「那有什麼不可能的？那個管事嬤嬤就是前一個主子身邊的那個王嬤嬤，妳記得嗎？她唯一的兒子為了保護當初的老爺還死了的那個。」

說起這人，李嬸嘆了口氣。「也真夠難為她，兒子死了，本來以為跟著主子能有一個好的晚景，誰想到主家又出事了。」

「小姐，這個王嬤嬤跟我們一樣，主家敗了之後，我們都被人給發賣，只是沒想到她竟然到了曹家。以前我們跟他們雖說接觸不是很多，可是妳李叔跟她常見面，畢竟他趕車，跟主子和內院的人比較熟。對了他爹，那她認出你了嗎？」

李大點點頭。「認出來了，我們兩人還好一頓唏噓感嘆呢！難得我們這些落難的人還能在這個地方相見。她說有什麼事儘管找她，所以我就琢磨，小姐和少爺以後過去看夫人的事可以進行了，有她在，裡面要安全一些。」

水瑤難以抑制心中的激動，真是瞌睡了有人送枕頭，老天爺看到了她的難處，特地弄來兩個人幫她度過難關。

「太好了，李叔，這事辦得好，鋪子的事情你去處理，至於你這個老朋友，咱們也不能虧待了她，只要她替咱們辦事，以後養老的事情還有我們呢。」

水瑤一句話就讓李大豎起大拇指。「小姐，妳算是摸準她的脈了，她這人別的不愁，就愁老了該怎麼辦，沒兒沒女的，老頭子也沒了，就剩她這麼一個孤零零的老婆子，她不就盼著這一點？明天我就過去跟她說說！」

跟大家聊了一下進展後，水瑤就去看看雲崢，看小傢伙正在練字，她就坐在他的身邊，邊磨著墨，邊說起可以進去看娘的事。

「太好了，明天我就能看到娘了？」

水瑤笑著點頭。「現在杜哥哥不在這邊，姊想找個先生過來教咱們讀書認字，或者你去學堂也成。」

小傢伙開心地點頭，字也不寫了，就靠在水瑤的身上。

「但目前你也只能看到娘，妹妹現在在讀書，不過咱們早晚會見到她的。」

雖然看不到妹妹讓雲崢有些失望，可想想也是，現在時間不對，如果被曹家人發現了，那面臨的危險不是他能想像的。

「別噘著嘴啊，姊跟你保證以後一定會見到。不過你記住，到了曹家，萬一讓人家看到，你就說是李叔的兒子，知道嗎？」水瑤叮囑道。

雲崢點點頭。「我知道，妳放心吧。」

不放心也沒辦法，她目前已經有些分身乏術，手裡人手不夠，還是讓她覺得身心俱疲。

好在徐五沒讓她等太久，終於帶著貨物和人手來了。

看到一身風塵的徐五，水瑤差點都要給他來個大大的擁抱了。「你可總算來了，我這眼睛都快望瞎了。快進去休息一下，我有話要跟你說。」

徐五也心急，水瑤在信裡讓他趕緊帶人過來，說是找到親人了，他也不知道這到底是什麼情況，找到親人應該是好事，為何要讓他帶人手過來，他心裡沒底，所以才日夜兼程的趕路。

對他來說，水瑤既是朋友，又是主僕，雖然沒有那一紙賣身契，但在他的心裡，早就把水瑤當成自己的主子看待了，而且他一直覺得，跟了這樣的主子，他不吃虧。

水瑤帶著徐五進了屋子，待聽完整件事情的過程，連徐五都吃驚了。

「原來這樣啊，我就說妳怎麼急三火四的讓我來，那妳到底有什麼打算？」

水瑤便把目前的進展以及自己的擔憂說了。

「唉，這就麻煩了，曹家有權有勢，咱們現在只能算是平頭百姓，手裡有那兩個錢還不夠人家的九牛一毛。水瑤，這事妳可得想好了，要我說，大戶人家的日子不是那麼好過的，妳也不缺曹家那一口吃的，幹麼非要跟他們家扯上關係？」

水瑤臉上佈滿愁色。「如果是我一個人，怎麼都好說，雲崢是男孩子，只要能闖出點名堂，沒人會說他的出身問題。可是我妹妹雲綺不同，她是女孩子，即便我娘與我爹和離，曹家也肯定不會放任我娘帶雲綺出來的，恐怕這也是我娘的顧忌。不管怎麼說，這曹家我肯定是要回去的，為了我們曾經遭受的苦難，也為了我娘，我都得討一個說法。」

徐五來了，水瑤這心總算能放輕鬆一些，有些話她只能對他說，有些事情得由徐五出面比較適合。

「既然這樣，以後我就留在這邊，反正另外那頭還有別人頂著。妳跟人牙子那些小丫頭接觸也不是不好，但我認為這些人未必就會分配到妳妹妹身邊，要想妳妹妹在那個家裡有人照顧，咱們還得另想辦法。其實我覺得妳娘可以跟妳妹妹一起住啊，幹麼要分開住？這樣妳妹妹發生什麼事情，妳娘那邊根本就不清楚。」徐五一個大男人實在想不通。

水瑤苦笑了一聲。「這就是大戶人家的規矩，到了一定年紀，小姐都得另闢住處，要是能住在一起，即便苦一些，好歹有我娘和翠姨護著，也沒什麼大事，我也不用這麼憂心了。」

這時李嬸把飯菜送進來，徐五也不客氣，邊吃飯邊想辦法。

「這樣吧，外面的事情我來負責，妳就暫時先跟人牙子那裡的小丫頭打好關係吧，好在我這邊也帶來一些人，我再想想其他的辦法，看看能不能也送進曹家去……」

徐五是個行動派，這邊一安頓下來，店鋪立刻開業，而且他帶來的人一個個都被他安排出去，至於去做什麼，水瑤並沒有過問，她知道徐五做事一向有他的考慮和分寸。

這兩天，水瑤思來想去，還是覺得小孩子應該有自己的夥伴，雖然她不是沒這個能力請先生過來，但她覺得這個辦法並不可取。人都是群居的，這樣會讓雲崢失去跟外界接觸和學習的機會，她不想讓弟弟變得孤僻又自卑，因此她讓安老大夫給雲崢他們在附近找了一間不錯的學堂。

經過一段時間的接觸和觀察，人牙子手裡有三個女孩子讓水瑤很屬意，這三人說大不大，說小也不小，明白事理，也知道分寸。水瑤答應她們，只要把她交代的事情辦好，將來就為她們贖身，也會給她們一筆安家銀子。

在利益驅使下，小姑娘自然同意了。

這段日子，她也在加緊時間培訓她們，果不其然，除了那三個丫頭之外，還有兩個被曹家選中。

水瑤這邊的事情暫時宣告結束，李豹這頭也跟水瑤彙報了一下山裡的進展。

「不錯，獸醫那邊要跟上，別出現其他情況，一旦有瘟疫……」說起這個，水瑤心裡咯噔了下。

她怎麼忘了這件事了，上一世好像就是益州這一帶發生了瘟疫，後來蔓延到四周，聽說當年這裡家家戶戶幾乎就沒有什麼家禽了，更別說雞蛋和雞肉的價格，那簡直是瘋長。

李豹看水瑤頓住了，整個人陷入沈思中，他也不去打擾。跟水瑤相處時間長了，他知道這時候這位小主子肯定是想到了什麼。

水瑤其實是在回想時間，到底是什麼時候爆發的她也說不準，但後期聽到的應該是她離開後……算算時間，好像就是明年……

她的眼睛頓時沈下來。「李豹，雞鴨鵝的防疫一定要做好，也讓獸醫定期給咱們養的那些牲畜配點藥，不怕一萬，就怕萬一，這是重中之重，別當兒戲，能不能發財，我可就指望你了。」

李豹起初還有些不大在意，不過聽到後面的話，他不敢大意了。「行，老大已經給我配了兩個人，加上咱們買的人，夠用了。」

關於瘟疫的事，水瑤沒有更好的辦法，如果她養在山林裡的牲畜能夠活下來的話，將會是一個很好的發財機會。

「水瑤，安老大夫來了！」這時外面有人喊道。

水瑤趕緊起身迎了出去，她不清楚老爺子這時過來是為了何事，這個時候不是他坐堂或出診的時間嗎？

看老爺子急匆匆地走進來，滿頭大汗的樣子，水瑤的心不由得一沈。「安老，出什麼事了？」

安老大夫喘口粗氣。「丫頭，妳娘出事了！」

水瑤一聽，身子不由得搖晃了下，差點沒站穩，好在她及時抓住了門框。「究竟怎麼回事？」

安老大夫嘆口氣。「我也是剛從同行那裡聽到，昨晚有人跑進妳娘那屋子，雖然沒抓到人，但是那些護衛證實是個男人。」

水瑤眼睛一瞪。「胡說！就算有男人進去，跟我娘有什麼關係？她不遠千里帶我們過來找爹，連我和弟弟都差點丟了性命，她會圖啥？這事肯定有蹊蹺！」

——未完，待續，請看文創風603《鎮家之寶》2

有勇有謀成事，相知相惜成雙／皓月

2018年1月出版

鎮家之寶

她一邊尋親，一邊招賢，
而這收編後的「丐幫」也不是省油的燈，助她蒐集情報又掙錢，
現在她不只養雞養鴨，竟還管起軍中棉衣來了？

文創風 602 1

雲水瑤身為堂堂名門閨秀，被人用一碗毒藥作踐，
如今重生歸來，又淪為被追殺的目標，還被迫與家人分離！
一個落難千金淪落農家，就算有才有謀也難以施展，
加上養母雖待她好，可養母的家人卻是一肚子壞水，
她一面要解決家裡的糟心事，一面要想法子賺錢，
好在她運氣不錯，地主家的兒子自己撞上門來，
還有個衣著普通、相貌與氣質卻不凡的江家少年出面幫襯，
怪的是，這位名為江子俊的少年好神秘，莫非是個不簡單的人物？

文創風 603 2

天地之大，雲水瑤一個女娃兒要找人無疑是紙上談兵，
幸虧上蒼賜給她得力小伙伴，一起尋親，努力「謀財」，
豈料當失散已久的親弟歸來，竟慘遭火吻，
母親與妹妹好不容易尋到當官的親爹，卻是過得水深火熱，
親爹還是個軟柿子，任由妾室爬上正位而不吭聲！
她在這頭焦頭爛額，那處的深宅大院同樣未有安寧，
一樁樁離奇事件接連發生在她們身上，讓她不禁懷疑，
對方究竟是要她們的命，還是覬覦藏在她身上的傳家寶……

文創風 604 3

說起這傳家寶，雲水瑤只能參透一半，
當初她大難不死、自家舅舅與江子俊的父母失蹤，興許皆與之有關，
只是她還未釐清來龍去脈，一場意外就打亂了她的計劃——
瘟疫橫行，民間一片亂象，她被迫提前與父親相認，回歸本家，
可如此勢必會撼動某些人的利益，因而再次伸出魔掌！
這場你來我往的暗鬥，她走得步步為營，
怎知對方一出招就放出對他們有利的線索，
隨著舅舅與江家父母的行蹤浮出水面，江子俊的真實身分也即將揭曉……

文創風 605 4 完

雲水瑤戰戰兢兢的蟄伏，只為等待真相水落石出的那天，
她以為的嫌疑犯其實只是小螺絲釘，而那幕後大魔王竟與皇室有關！
想她好不容易齊了家、收穫了愛情，難道現在還要協助皇上平天下 ?!
可糧價異常上漲、南北鄰國同時來犯，民生雪上加霜，
她無法棄之不顧，致力帶頭捐獻，
她在這頭忙得團團轉，江子俊在另一頭剿滅賊人，
兩人雖分隔兩地，不過她相信「國家和，萬事興」，
待一切風雨過後，終將見月明……

文創風 602

鎮家之寶 1

國家圖書館出版品預行編目資料

鎮家之寶 / 皓月著. --
初版. -- 臺北市 : 狗屋, 2018.01-
冊 ; 公分. --（文創風）
ISBN 978-986-328-823-7（第1冊：平裝）. --

857.7 106021474

著作者 皓月
編輯 王冠之
校對 黃亭蓁 周貝桂
發行所 狗屋出版社有限公司
地址 台北市104中山區龍江路71巷15號1樓
電話 02-2776-5889～0
發行字號 局版台業字845號
法律顧問 蕭雄淋律師
總經銷 知遠文化事業有限公司
電話 02-2664-8800
初版 2018年1月
國際書碼 ISBN-13 978-986-328-823-7

本著作物由起點中文網（www.qidian.com）授權出版

定價250元
狗屋劃撥帳號：19001626
網址：love.doghouse.com.tw E-mail：love@doghouse.com.tw